명문동양신서明文東洋新書 - 03

소동파 후기 명시
蘇東坡　後期　名詩

류종목 편저

明文堂

소식蘇軾(1036-1101, 자 : 자첨子瞻, 호 : 동파東坡)은 시 ·
사詞 · 문장 등의 문학 장르는 물론 서예와 그림에 있어서
도 발군의 성취를 이룬 희대의 천재 예술가였다. 시에 있
어서 그는 송시宋詩의 특질을 확립한 송대의 대표적 시인
일 뿐만 아니라 중국 역대 시인들 가운데 가장 큰 성취를
이룬 걸출한 시인으로서 중국 시단은 물론 우리나라 시단
에도 지대한 영향력을 행사했다.

소식은 21세 되던 해인 가우 원년(1056) 3월에 처음으
로 고향을 떠나 동생과 함께 아버지를 따라 당시 북송의
도성이었던 개봉開封(지금의 하남성 개봉)으로 갔다. 이듬
해에 개봉부시開封府試와 예부시禮部試에 연이어 급제하
여 진사進士가 되었고, 가우 6년(1061)에는 특출한 인재
를 발굴하기 위하여 황제가 특명을 내려 친히 시행하는
특별 시험으로 반드시 대신의 추천을 받아야 응시할 수
있는 제과制科에 급제했다. 예부시를 주관한 당시 문단의
맹주 구양수歐陽修는 소식이 과거시험 답안으로 제출한
문장을 보고 매요신梅堯臣에게 "이 늙은이는 이제 이 사람

에게 자리를 내주지 않을 수 없겠습니다"라고 했고, 친히 제과 시험을 시행하여 총 3명을 선발한 인종 황제는 황후에게 "나는 오늘 자손을 위하여 태평성대를 이룩할 재상 두 사람을 얻었소"라고 했으니 '두 사람'이란 바로 소식과 소철을 가리키는 말이었다. 특별 시험인 제과에까지 급제했으니 소식의 벼슬길은 탄탄대로일 것으로 예상되었다. 그러나 소식의 인생 역정은 예상과 달리 참으로 파란만장했다.

제과에 급제한 소식은 가장 먼저 봉상부첨판鳳翔府簽判으로 부임하여 3년 동안 봉상(지금의 섬서성 봉상)에서 지낸 뒤 치평 2년(1065) 1월에 다시 개봉으로 돌아와 판등문고원判登聞鼓院·직사관直史館·개봉부추관開封府推官 등의 관직을 역임했다. 그러나 왕안석王安石을 비롯한 신법파의 정치적 핍박을 견디지 못해, 자기 곁에 두고 싶어 하는 신종 황제에게 간절하게 주청한 결과 희령 4년(1071) 6월에 마침내 항주통판杭州通判으로 임명되었다. 항주통판의 임기가 끝나 희령 7년(1074) 9월에 밀주지주密州知州로 임명되었고, 희령 10년(1077) 2월에는 다시 서주지주徐州知州로 임명되었으며, 원풍 2년(1079) 3월에는 또 호주지주湖州知州로 옮기라는 명을 받았다.

호주지주로 부임한 지 3개월밖에 안 된 원풍 2년(1079) 7월에 소식에게 일생일대의 불행한 사건이 발생했다. 그

동안 소식을 몹시 못마땅하게 여기며 호시탐탐 기회만 노리고 있던 신법파의 신진 인사들이 소식이 호주에 도착하여 황제에게 올린 부임보고서 〈호주사표湖州謝表〉에 조정을 우롱하고 건방지게 자기가 잘난 체하는 내용이 있다느니, 조정의 처사를 비난하여 백성들을 선동하는 내용이 있다느니 하면서 전후하여 네 차례나 소식을 탄핵하는 상소문을 올렸다. 그리고 소식의 시문 가운데 조금이라도 문제 삼을 여지가 있는 것은 다 긁어모아서 자기들 편리한 대로 해석하여 신종 황제 앞에서 소식을 모함함으로써 신종 황제로 하여금 마침내 어사대御史臺에서 이 사건을 심리하라는 어명을 내리게 한 것이다. 이것이 바로 오대시안烏臺詩案이다.

곧바로 어사대(일명 오대烏臺) 관리 황보준皇甫遵에게 체포된 소식은 개봉으로 끌려가 어사대 감옥에 갇힌 채 4개월 동안 심문을 받고 사형에 처해질 위기의 순간까지 갔다가 간신히 목숨을 건지고 황주안치黃州安置라는 유배령을 받았다. 그는 원풍 3년(1080) 1월 1일에 길을 떠나 2월 1일에 황주(지금의 호북성 황강시黃岡市 황주구)에 도착하여 4년 넘게 그곳에서 유배 생활을 했다. 황주에서 유배 생활을 하는 동안 그는 생활고를 이기지 못해 버려진 땅을 개간하여 손수 농사를 지었다. 농장이 황주성 동쪽 비탈에 있기 때문에 그는 그것을 '동파東坡'라고 명명하고

'동파거사'라는 자호自號도 지었다.

유배지를 여주汝州(지금의 하남성 여주)로 옮기게 되어 원풍 7년(1084) 4월에 황주를 떠난 소식은 여주로 옮겨 가는 도중이던 원풍 8년(1085) 2월에 황제의 윤허를 받아 5월부터 상주常州 의흥현宜興縣(지금의 강소성 의흥시)에서 은거하기 시작했다. 그러나 그해 3월에 신종이 세상을 떠나고 어린 철종이 즉위하면서 신법을 싫어하고 소식을 매우 총애하던 철종의 조모 선인태후宣仁太后가 섭정하게 된 덕분에 소식은 그해 6월에 등주지주登州知州로 임명되었다. 오대시안으로 인하여 그에게 내려진 유배령이 완전히 해제된 것이었다.

등주에 도착한 지 5일 만인 원풍 8년(1085) 10월 20일에 그는 다시 예부낭중禮部郎中에 임명한다는 조서를 받아 조정으로 들어갔다. 원풍 3년(1080) 정월 초하룻날 황주를 향해 유뱃길에 오른 지 6년 만이요 신법파와의 핍박을 못 이겨 지방관으로 나간 희령 4년(1071)으로부터 15년 만이었다.

조정으로 복귀한 그는 예부낭중·기거사인起居舍人·중서사인中書舍人 등의 관직을 역임하고 원우 원년(1086) 8월에 한림학사지제고翰林學士知制誥가 되어 2년 반 동안 재임했으니 이때가 그의 정치 생애에 있어서 가장 득의한 시기였다고 할 수 있다.

선인태후가 집정하는 동안에는 신법파가 세력을 잃고 구법파가 조정을 차지했다. 그러나, 구법파가 다시 촉파蜀派·낙파洛派·삭파朔派로 나누어졌는데 낙파 인사들과 삭파 인사들이 촉파의 영수인 소식을 심하게 모함했기 때문에 소식은 정쟁의 소용돌이에서 벗어나기 위해 다시 적극적으로 자청한 결과 원우 4년(1089) 3월에 항주지주杭州知州로 임명되었다. 그 뒤로 그는 한림학사승지翰林學士承旨·영주지주穎州知州·양주지주揚州知州·병부상서겸시독兵部尚書兼侍讀·예부상서겸단명전한림시독학사禮部尚書兼端明殿翰林侍讀學士로 임명되어 조정과 지방을 오가다가 원우 8년(1093) 9월에 정주지주定州知州로 나감으로써 영원히 조정과 결별했다. 소식은 그동안 여러 차례 사임을 주청했지만 사임은 받아들여지지 않고 대신에 정주지주로 임명된 것이었다.

원우 8년(1093) 9월에 선인태후가 세상을 떠나고 철종이 신법을 강행한 부친 신종의 뜻을 계승함으로써 신법파 인사들이 다시 조정으로 들어오게 되었다. 신법파 인사들은 눈엣가시 같은 존재인 소식을 완전히 제거해 버리기 위해 정주지주로 재임한 지 반 년 만인 소성 원년(1094) 4월에 그를 영주英州(지금의 광둥성 영덕英德)라는 남방 오지의 지주로 좌천시켰다가 그해 6월에 다시 그에게 혜주안치惠州安置라는 두 번째 유배령을 내렸다. 소성 원년

(1094) 10월부터 2년 반 동안 아열대지방인 혜주(지금의 광동성 혜주)에서 유배 생활을 하면서도 타고난 현실적응 능력으로 아무렇지도 않은 것처럼 초연하게 지내고 있는 소식을 보고 과거급제 동기로 신법파의 핵심 인사가 된 장돈章惇이 급기야 소식을 담주儋州(지금의 해남성 담주시 중화진中和鎭)까지 쫓아내고 말았다.

소식은 소성 4년(1097) 7월부터 철종이 세상을 떠나고 휘종이 즉위한 지 4개월이 지난 원부 3년(1100) 6월까지 약 3년 동안 초연한 마음가짐으로 열대지방인 담주에서의 유배 생활도 거뜬하게 견디어 내고, 원부 3년(1100) 7월에 유배지를 염주廉州(지금의 광서장족자치구 합포合浦)로 옮겨 거기서 약 2개월 동안 지냈다. 2개월 뒤에 유배지가 도성에서 더욱 가까운 곳인 영주永州(지금의 호남성 영주)로 바뀌었다가 영주에 도착하기도 전에 마침내 완전히 사면되었다. 거주의 자유를 얻은 그는 어디로 갈지 고민하다가 결국 원풍 8년(1085) 여름에 잠시 은거한 적이 있는 상주常州로 가서 건중정국 원년(1101) 7월 28일에 향년 66세로 세상을 떠났다.

이처럼 우여곡절이 많았던 소식의 인생 역정은 오대시안을 분기점으로 삼아 전기와 후기로 나눌 수 있다. 오대시안으로 인하여 사형에 처해질 뻔한 위기를 간신히 넘기고 황주로 유배되어 온갖 고난을 다 겪었으니 그의 인생관에 커다란 변화가 일어났을 수밖에 없기 때문이다. 이에 오대시안이 발생하기 이전의 소식 시 가운데 가장 대표적인 것 82수를 선정하여 ≪소동파 전기 명시≫에 수록하고, 오대시안이 발생한 이후의 소식 시 가운데 가장 대표적인 것 86수를 선정하여 ≪소동파 후기 명시≫에 수록하되 저본인 ≪소식시집蘇軾詩集≫(청淸 왕문고王文誥 집주輯註/공범례孔凡禮 점교點校, 중화서국, 1987)에 의거하여 창작 시기순으로 작품을 배열했다. 그리고 해제에서 밝힌 각 작품의 구체적인 창작 시기는 ≪소식전집교주蘇軾全集校注≫(장지열張志烈·마덕부馬德富·주유개周裕鍇 주편主編, 하남인민출판사, 2010)를 근거로 삼았다.

이 책의 편찬을 권유해 주신 김동구 사장님과 편집에 심혈을 기울여 주신 이은주 선생에게 깊이 감사드리며, 부족한 부분에 대해서는 독자 여러분의 애정 어린 질정을 기다린다.

2018년 7월

관악산 자락에서 **류종목** 씀

차 례

郭祥正家, 醉畫竹石壁上, 郭作詩爲謝, 且遺二古銅劍

원풍 7년(1084)에 경동로와 회남로에 고려관을 지으라는
어명이 내리자 밀주와 해주의 두 고을에는 소란스러운 분
위기 속에 도망하는 사람이 있었거니와 이듬해(1085)에

일러두기

1. 인명·지명·서명書名·관명官名 등의 각종 고유명사를 모두 한국 발음으로 통일하여 표기했다.

2. 원래 음력으로 표기되어 있는 옛날 날짜는 양력으로 환산하지 않고 음력으로 그냥 두었다.

3. 시의 번역문에는 한자를 쓰지 않았으며, 해제에는 가능한 한 한자 사용을 억제하되 필요한 경우 한자를 병기했다.

4. 보다 정확한 정보를 제공하기 위해 주석에는 한자를 많이 병용하되 한자 사용 빈도를 조금이라도 줄이기 위해 앞에 한 번 나온 어휘는 비록 고유명사일지라도 한글로 바꾸어 표기했다. 다만 시는 처음부터 차례대로 읽는 것이 아니라 독자의 취향에 따라 순서 없이 읽는 경우가 많기 때문에 책 전체를 기준으로 삼지 않고 하나의 작품을 기준으로 삼았다.

5. 시 본문의 한국 발음은 두음법칙을 적용하지 않고 원래의 발음을 그대로 표기했으며, 주석의 표제어는 두음법칙을 적용하여 한국 발음을 표기했다.

6. 원시 한 구절을 1행으로 번역하는 것을 원칙으로 하되 이로 인하여 내용이나 운율이 지나치게 손상되는 경우에는 2행으로 번역했다.

소동파
후기 명시

내가 일로 인하여 어사대 감옥에 수감되어 있을 때 간수들이 나를 좀 괴롭혔는데 스스로 생각해 보니 견디지 못하고 옥중에서 죽으면 자유와 작별인사도 못할 것이기에 시 두 수를 지어 간수 양성에게 주어서 자유에게 전해 달라고 했다

予以事繫御史臺獄, 獄吏稍見侵[1], 自度不能堪, 死獄中, 不得一別子由[2], 故作二詩授獄卒梁成[3], 以遺子由, 二首

제1수

하늘 같은 성군 덕에 만물에 봄이 왔는데

이 몸은 어리석어 스스로 몸을 망쳤구나.

백 년을 다 살기 전에 빚부터 갚을 일이거늘

열 식구 갈 곳 없어 남에게 또 누를 끼치누나.

어디 가나 청산은 뼈를 묻을 만하건만

훗날 밤비 내리면 혼자 상심하겠구나.

그대와 이승에서 형제가 되었으니

못다 한 인연일랑 내세에 또 맺으세나.

其一

聖主如天萬物春,	성주여천만물춘
小臣愚暗自亡身.	소신우암자망신
百年未滿先償債,⁽⁴⁾	백년미만선상채
十口無歸更累人.⁽⁵⁾⁽⁶⁾	십구무귀갱루인
是處青山可埋骨,⁽⁷⁾	시처청산가매골
他時夜雨獨傷神.⁽⁸⁾	타시야우독상신
與君今世爲兄弟,	여군금세위형제
又結來生未了因.	우결래생미료인

제2수

백대의 서릿발에 밤공기가 으슬으슬
바람은 방울을 흔들고 달은 낮은 데로 내려간다.
꿈에 구름 산을 맴돌자니 마음이 사슴 같고
열탕과 불에 놀랐나니 목숨이 닭과 같다.
무소뿔 돋은 내 아들이 참으로 눈에 밟히고
나 죽은 뒤 거적에 누울 아내에게 부끄럽다.
백 년토록 내 영혼이 대체 어디에서 노닐까?
절강 서쪽의 동향에 묻힐 줄을 알겠도다.

其二

柏臺霜氣夜淒淒,(9)　　　　　백대상기야처처

風動琅璫月向低.(10)　　　　　풍동랑당월향저

夢繞雲山心似鹿,　　　　　몽요운산심사록

魂驚湯火命如雞.(11)(12)　　　혼경탕화명여계

眼中犀角眞吾子,(13)(14)　　　안중서각진오자

身後牛衣愧老妻.(15)(16)　　　신후우의괴로처

百歲神游定何處,(17)(18)(19)　백세신유정하처

桐鄕知葬浙江西.(20)(21)　　　동향지장절강서

[해제]

소식은 호주지주湖州知州로 재임 중이던 원풍 2년(1079) 7월 28일 정적들의 모함으로 호주에서 체포되어 그해 8월 18일에 개봉開封에 있는 어사대御史臺 감옥에 수감되었다. 이때 간수들이 다들 소식을 괴롭혔지만 양성이라는 간수만은 소식에게 매우 호의적이었다. 당시 장남 소매蘇邁가 옥바라지를 하고 있었는데 부자는 두 사람 사이에만 통하는 신호로 평소에는 야채나 육류를 넣어 드리다가 심상치 않은 상황이 발생하면 생선을 넣어 드리기로 했다. 그러던 어느 날 소매는 돈을 빌리기 위해 다른 지방으로 가면서 친척에게 자기가 없는 동안 아버지에게 음식을 좀 넣어 드리라고 부탁했다. 친척이 무심코 생선을 넣어 드렸다. 소매가 깜박 잊고 그만 아버지와의 약속을 친척에게 일러 주지 않았던 것이다. 죽음이 임박했다고 생각한 소식은 양성의 도움을 받아 동생에게 몰래 이 시를 전했다. 소철은 양성이 전해 준 시를 읽어 본 뒤 통곡하며 되돌려 주었고, 양성은 수감자가 쓴 글은 모두 검열에 회부하게 되어 있는 당시의 규정에 따라 이 시를 검열에 회부했다. 결과적으로 이 시는 황제에게까지 전해져 신종황제가 이 시를 읽고 눈시울을 붉혔다고 한다. 그리고 나중에 신종이 소식의 죄를 감면시키라고 강력하게 지시한 데에는 이 시가 일조를 했다고 한다.

[주석]

(1) 見侵(견침): 나를 핍박하다. '견見'은 동사 앞에 쓰여서 목적어에 충당되는 일인칭 대명사의 역할을 한다.

(2) 子由(자유): 소식의 동생 소철蘇轍의 자字.

(3) 梁成(양성): 옥졸의 이름. 다른 간수들과 달리 소식에게 매우 호의적이었다고 한다.

(4) 百年未滿(백년미만): 인생 백 년이 다 차기 전이라는 뜻으로 죽기 전을 가리킨다.

(5) 十口(십구): 열 식구. 소식의 식솔들을 가리킨다.

(6) 更累人(갱루인): 이전에 진 신세도 다 갚지 못한 상태에서 또 동생에게 누를 끼친다는 말이다. 소식의 〈왕자립묘지명王子立墓誌銘〉에 "내가 오흥에서 죄를 짓자 친척과 친구들이 모두 놀라서 흩어져 버렸는데 유독 두 왕씨만은 떠나지 않고 교외까지 나와서 나를 전송하고 말하기를 '생사와 화복은 천명입니다. 공께서 천명을 어떻게 하시겠습니까?'라고 했다. 그리고 돌아가서 나의 가족을 남도로 데려다 주었다(余得罪於吳興, 親戚故人皆驚散, 獨兩王子不去, 送余出郊, 曰: '死生禍福, 天也. 公其如天何?'返取余家致之南都)"라고 했다.

(7) 是處(시처): 도처. '도처到處'로 되어 있는 판본도 있다.

(8) 夜雨(야우): 소식 형제는 개봉開封에서 제과制科 시험을 준비할 때 위응물韋應物의 시 〈전진과 원상에게(示全眞元常)〉에 감명을 받아서 자기 형제도 일찌감치 벼슬을 그만두고 고향으로 돌아가 침상을 나란히 놓고 마주 누워서 밤비 소리를 들으며 정담을 나누다가 잠이 들기로 약속했다. 이것이 이른바 '대상야우對牀夜雨'의 약속이다. 이 구절은 대상야우의

약속을 지키지 못하게 됨에 따른 미안한 마음을 담은 것이다.

(9) 柏臺(백대): 어사대의 별칭. 한나라 때 어사대에 측백나무가 많이 심어져 있었는데 여기에 까마귀 수천 마리가 서식하고 있었기 때문에 어사대를 백대 또는 오대烏臺라고 불렀다.

(10) 琅璫(낭당): 방울.

(11) 湯火(탕화): 열탕과 불. 아주 위험한 상황을 가리킨다.

(12) 命如雞(명여계): 목숨이 부엌 안의 닭과 같다. 목숨이 경각에 달려 있다는 말이다. 소식의 ≪동파지림東坡志林≫에 "작년에 죄를 지어 감옥에 갇힌 뒤 처음에는 죽음을 면하지 못할 줄 알았는데 나중에 사지에서 벗어나게 되어 이때부터 마침내 더는 아무 동물도 죽이지 못했다. 어떤 사람이 나에게 게와 대합조개를 보냈는데 이것들을 모두 강 속에 놓아주었다. 대합은 강 속에서 살 리가 없는 줄 알지만 그래도 만에 하나의 가능성을 기대했고 설사 살지 못한다고 할지라도 삶아 먹는 것보다는 나았다. 그것들이 살 것이라고 크게 기대를 건 것이 아니라 다만 내가 몸소 환난을 겪는 것이 닭이나 오리가 부엌에 잡혀 와 있는 것과 다를 바가 없기 때문이다(自去年得罪下獄, 始意不免, 旣而得脫, 遂自此不復殺一物. 有見餉蟹蛤者, 皆放之江中. 雖知蛤在江中無活理, 然猶庶幾萬一, 便使不活, 亦愈於煎烹也. 非有所求覬, 但以親

經患難, 不異鷄鴨之在庖廚, 不復以口腹之故)"라고 했다.

(13) 眼中犀角(안중서각): 눈에 자꾸 밟히는 무소뿔이라는 뜻으로 이마에 불룩하게 튀어나온 뼈가 있는 둘째 아들 소태蘇迨를 가리킨다. 소식의 시 〈상천축사의 변재법사에게(贈上天竺辯才師)〉에 "나에게는 키가 삐죽한 아들이 하나 있는데, 뺨은 각지고 이마에는 옥이 우뚝 솟아 있지(我有長頭兒, 角頰峙犀玉)"라는 구절이 있다.

(14) 吾子(오자): 소식의 둘째 아들 소태를 가리킨다. 소철蘇轍의 <용정변재법사탑비龍井辯才法師塔碑>에 "우리 자첨 형님의 차남 태는 태어난 지 3년이 되어도 걸음을 걷지 못했는데 변재법사를 초청하여 그 아이의 머리를 깎고 정수리를 어루만지며 축원하자 며칠이 안 지나서 다른 아이들처럼 걸을 줄 알았다(予兄子瞻中子迨, 生三年不能行, 請師爲落髮, 摩頂祝之, 不數日能行如他兒)"라고 한 것을 보면 소태는 정상적으로 성장하지 못했음을 알 수 있는바, 그렇기 때문에 이 아들을 두고 죽는 것이 특히 마음에 걸렸을 것이다.

(15) 身後(신후): 사후.

(16) 牛衣(우의): 추위를 막을 수 있도록 소의 등에 덮어 주는 거적때기. 극도로 가난한 사람은 병이 들었을 때에도 거적때기를 깔고 눕기 때문에 극도로 가난한 생활을 가리킨다.

(17) 百歲(백세): 오랜 시간을 가리킨다.

(18) 神游(신유): 마음이나 영혼이 노닐다.

(19) 定(정): 도대체.

(20) 桐鄉(동향): 지금의 안휘성 동성현桐城縣 서북쪽에 있는 고을. 한나라 사람 주읍朱邑은 젊을 때 동향에서 색부嗇夫라는 말단 관리를 지냈는데 훌륭한 관리라는 칭송이 자자했다. 그 뒤 다른 곳으로 옮겨 다니며 관직생활을 하다가 병이 들어 죽게 되었을 때 아들에게 자기가 죽거든 동향에다 묻어 달라고 했다. 아들이 그의 유언대로 동향에 묻었더니 동향 사람들이 과연 그를 위해 사당을 세우고 제사를 지냈다.(≪한서漢書·순리전循吏傳≫ 참조) 소식의 자주自註에 "옥중에서 들으니 항주·호주 백성들이 나를 위해 도량을 지어 놓고 재앙을 면하게 해 달라고 빈 것이 여러 달째라고 하기에 이 구절을 지었다(獄中聞杭·湖間民爲余作解厄道場者累月, 故有此句)"라고 한 것을 보면 소식이 항주와 호주를 주읍에게 있어서의 동향과 같은 곳으로 생각했음을 알 수 있다.

(21) 浙江(절강): 절강성 경내를 흐르는 강. 구간에 따라 전당강錢塘江·부춘강富春江 등의 다른 이름으로도 불린다. 절강의 동남쪽을 절동이라고 하고 절강의 서북쪽을 절서라고 하는데 동향은 절서 지방에 속한다. 이 연은 자기가 죽은 뒤에 후손들이 자신을 항주·호주 일대에 묻어 주어서 오랫동안 영혼의 안식을 얻게 해 줄 것으로 기대한다는 말이다.

12월 28일 은혜를 입어 검교수부원외랑 황주단련부사에 제수되었기에 다시 앞의 운을 사용하여

十二月二十八日, 蒙恩[1]責授[2]檢校水部員外郎[3] 黃州[4]團練副使[5], 復用前韻[6]二首

제1수

백 일 만에 돌아오니 때마침 봄이로다.

여생의 낡은 몸이나 돌보는 게 제일 좋겠다.

문을 나서 배회하자 바람이 얼굴을 치더니

늘어서서 말 달리자 까치가 사람을 쫓다.

다시 술잔을 대하니 꿈인 것만 같은데

붓을 들어 시를 써 보니 이미 신들린 것만 같다.

이 재앙이야 허물을 깊이 따질 것 있으랴?

국록을 축냄에 종래에 어찌 까닭이 있었으랴?

其一

百日歸期恰及春, ⁽⁷⁾⁽⁸⁾　　　백 일 귀 기 흡 급 춘

餘年樂事最關身.　　　여 년 락 사 최 관 신

出門便旋風吹面, ⁽⁹⁾　　　출 문 편 선 풍 취 면

走馬聯翩鵲啅人. ⁽¹⁰⁾⁽¹¹⁾　　　주 마 련 편 작 탁 인

却對酒杯疑是夢, ⁽¹²⁾　　　각 대 주 배 의 시 몽

試拈詩筆已如神.　　　시 념 시 필 이 여 신

此災何必深追咎,　　　차 재 하 필 심 추 구

竊祿從來豈有因.　　　절 록 종 래 기 유 인

32

제2수

평생에 문자가 내게 누가 되었으니
이제 가면 명성이 낮은 걸 싫어하지 않으련다.
변새에서 이전에 집 나간 말이 돌아와도
성 동쪽에서 소년의 닭과 다투지는 않으련다.
관직을 그만둔 도팽택은 가난하여 술이 없었고
안석에 기댄 유마힐은 병들어도 아내가 있었도다.
수양 땅의 늙은 종사가 나를 위해 관직을 버리고
강서 땅으로 가는 모습 참 우습도다.

其二

平生文字爲吾累,	평생문자위오루
此去聲名不厭低.	차거성명불염저
塞上縱歸他日馬,[13]	새상종귀타일마
城東不鬪少年雞.[14]	성동불투소년계
休官彭澤貧無酒,[15]	휴관팽택빈무주
隱几維摩病有妻.[16]	은궤유마병유처
堪笑睢陽老從事,[17][18]	감소수양로종사
爲余投檄向江西.[19][20]	위여투격향강서

수감된 지 130일 만인 원풍 2년(1079) 12월 28일, 어사대 감옥에서 나왔을 때의 감회를 노래한 것이다. 명성과 관직을 모두 버리고 가난하지만 마음 편하게 살고 싶어 하는 염원이 진하게 드러나 있다. 무척이나 의기소침해진 그의 모습이 눈에 보이는 듯하다.

[주석]

(1) 蒙恩(몽은): 사형에 처하지 않고 황주黃州 유배로 결정한 것을 뜻하기도 하지만 의례적인 표현이기도 하다.

(2) 責授(책수): 문책하여 제수除授하다. 문책 인사를 한다는 말이다.

(3) 檢校水部員外郎(검교수부원외랑): ≪당회요唐會要·원외관員外官≫에 "원외 및 검교·시관·사봉관은 모두 신룡(705-707) 이후에 생겼으며 개원(713-741) 연간에 이전 것을 대대적으로 개혁함으로써 대부분이 이미 없어져 황제의 친족이나 전공이 있는 사람 이외의 다른 사람은 제수하지 않았다. 지금은 폄적하여 책임을 묻는 사람이나 원외관에 제수한다(員外 及檢校·試官·斜封官, 皆神龍已後有之, 開元大革前事, 多已除去, 唯皇親·戰功之外, 不復除授. 今則貶責者, 然後以員外官處之)"라고 했고, ≪문헌통고文獻通考·검교관19檢校官一十九≫에 검교관 19종이 열거되어 있

35

는데 맨끝에 수부원외랑이 있다.

(4) 黃州(황주): 지금의 호북성 황강시黃岡市 황주구.

(5) 團練副使(단련부사): ≪직관분기職官分紀 · 절도방어단련부사節度防禦團練副使≫에 "지금 조정의 원우령에 의하면 절도방어단련부사는 종팔품이다(國朝元祐令: 節度防禦團練副使, 從八品)"라고 했다.

(6) 前韻(전운): 자신의 시 〈내가 일로 인하여 어사대 감옥에 수감되어 있을 때 간수들이 나를 좀 괴롭혔는데 스스로 생각해 보니 견디지 못하고 옥중에서 죽으면 자유와 작별인사도 못할 것이기에 시 두 수를 지어 간수 양성에게 주어서 자유에게 전해 달라고 했다(予以事繫御史臺獄, 獄吏稍見侵, 自度不能堪, 死獄中, 不得一別子由, 故作二詩授獄卒梁成, 以遺子由, 二首)〉를 가리킨다.

(7) 百日(백일): 소식이 어사대 감옥에 수감된 8월 18일부터 출옥한 12월 28일까지의 130일을 개략적인 숫자로 말한 것이다.

(8) 歸期(귀기): 감옥 밖의 세계로 돌아온 시기를 가리킨다.

(9) 便旋(편선): 배회하다.

(10) 聯翩(연편): 죽 이어진 모양.

(11) 啄人(탁인): 사람을 쫄 듯이 가까운 곳으로 다가와서 먹이를 쫀다는 말이다.

(12) 疑是(의시): 마치 ~인 것 같다.

(13) 他日馬(타일마): 새옹지마塞翁之馬 고사에서 이전

에 집을 나간 새옹의 말을 가리킨다. 이 연은 새옹
지마 즉 전화위복이 된다고 할지라도 관직을 위해
다투지는 않겠다는 뜻이다.

(14) 少年雞(소년계): 일곱 살 때 당나라 현종의 부름
을 받아 계방소아장雞坊小兒長이 된 가창賈昌이 소
년 시절에 투계로 황제를 즐겁게 하여 황제가 그를
배우처럼 길러 주었다고 하는 〈동성노부전東城老父
傳〉의 이야기를 인용한 것이다.

(15) 彭澤(팽택): 팽택령을 지낸 도연명陶淵明을 가리
킨다. 이 구절은 도연명이 해낸 일이므로 자신도 그
렇게 할 수 있다는 말이다.

(16) 維摩(유마): 유마힐維摩詰. 석가모니가 근처에서
설법할 때 그가 병을 이유로 참석하지 않자 석가모
니가 제자들에게 문병을 가라고 했으나 제자들이 모
두 유마의 의론에 진 경험이 있기 때문에 아무도 가
려고 하지 않아 결국 문수보살文殊菩薩이 가서 불교
의 진리에 대하여 그와 토론했다. 사신행查愼行의
≪소시보주蘇詩補註≫에 "≪유마경≫에 '법회를 아내
로 삼는다'라고 했는데 그 주석에 '법회란 불법을 터
득하면 마음속에 기쁨이 생기는 것을 말한다. 세인
들은 아내의 미색을 통하여 희열을 얻지만 보살은
법회를 통하여 희열을 얻는다'라고 말했다(≪維摩經≫:
'法喜以爲妻.' 注云: '法喜謂見法內生喜也. 世人以妻色
爲悅, 菩薩以法喜爲悅.')"라고 했다.

(17) 睢陽(수양): 남경 즉 응천부應天府(지금의 하남성

상구商丘)를 가리킨다.

(18) 從事(종사): 삼공三公 및 주군장관州郡長官의 부
하. 소철은 당시 남경유수南京留守 장방평張方平의
천거로 첨서응천부판관簽書應天府判官을 맡아서 남
경에 머물고 있었다.

(19) 投檄(투격): 관직에 임명하는 문서를 버리다. 관
직을 버린다는 뜻이다. 소식이 사형에 처해질 위기
에 빠져 있을 때 소철은 자신의 관직으로 소식의 속
죄를 청원했다. 그 결과로 그는 감균주염주세무監筠
州鹽酒稅務로 좌천되었다.

(20) 江西(강서): 균주(지금의 강서성 고안高安)를 가
리킨다.

진계상이 소장한 〈주진촌가취도〉

陳季常⁽¹⁾所蓄〈朱陳村⁽²⁾嫁娶圖⁽³⁾〉二首

제1수

어느 때에 고개지와 육탐미 같은 화가가
〈주진촌가취도〉를 그려 놓았나?
듣자하니 온 마을에 두 성씨만 살면서
집안 좋다고 최씨 노씨를 매수하지 않는다네.

其一

何年顧陸丹靑手,⁽⁴⁾⁽⁵⁾　　　하년고륙단청수

畫作朱陳嫁娶圖.　　　화작주진가취도

聞道一村惟兩姓,⁽⁶⁾　　　문도일촌유량성

不將門戶買崔盧.⁽⁷⁾⁽⁸⁾⁽⁹⁾　　　부장문호매최로

제2수

이 몸은 주진촌의 옛날 태수로
농사를 독려하러 행화촌에 간 적 있네.
지금이야 그곳 풍물 어찌 그릴 만하리?
관리들이 세금 내라고 밤에도 문을 두드릴 텐데.

其二

我是朱陳舊使君,⁽¹⁰⁾　　　아시주진구사군

勸農曾入杏花村.⁽¹¹⁾　　　권농증입행화촌

而今風物那堪畫,　　　이금풍물나감화

縣吏催租夜打門.　　　현리최조야타문

원풍 3년(1080) 1월 황주로 유배 가는 도중 기정에서 은거하는 친구 진조를 만나 그의 집에 갔다가 그가 보여 준 주진촌의 혼인풍속도를 보고 그 감회를 노래한 것이다. 주진촌은 서주지주徐州知州로 재임할 때 자신의 관할 부락이었는데 진조의 집에서 그 마을의 혼례 광경을 그린 그림을 보고 그림에 그려진 모습과는 달리 지금은 그곳 백성들이 도탄에 빠져 있을 것이라고 상상하는 방식으로 위정자들의 실정을 강도 높게 비판했다.

[주석]

(1) 季常(계상): 소식의 친구 진조陳慥의 자字. 소식이 봉상부첨판鳳翔府簽判으로 재임할 때 봉상부지부鳳翔府知府로 재임한 진희량陳希亮의 아들로 소식과 가까운 친구였는데, 어릴 때부터 주가朱家나 곽해郭解 같은 협객을 좋아했으며 만년에는 광주光州·황주黃州 일대에서 은거했다. 소식은 나중에 그를 위하여 〈방산자전方山子傳〉을 지었다. 진조는 당시 황주 부근의 기정에서 은거하고 있었다.

(2) 朱陳村(주진촌): 소식의 자주自註에는 "주진촌은 서주 소현에 있다(朱陳村, 在徐州蕭縣)"라고 했고, 백거이白居易의 시 〈주진촌朱陳村〉에는 "서주의 그 옛날 풍현 고을엔, 주진촌이라 부르는 마을이 있다(徐州古豐縣, 有村曰朱陳)"라고 하여 각각 다른 현에 소속된 것으로 말했다. 주진촌이 소현과 풍현의 접경지

대에 위치하여 시대에 따라 속하는 현이 달랐기 때문일 것으로 보인다.

(3) 嫁娶圖(가취도): 혼례 장면을 그린 그림. 혼인풍속도.

(4) 顧陸(고륙): 동진東晉 화가 고개지顧愷之와 남조 시대의 송나라 화가 육탐미陸探微를 가리킨다. ≪역대명화기歷代名畫記≫에 "장회관이 '사람의 아름다움을 그리는 데 있어서 고씨는 그 사람의 정신을 잘 포착하고 육씨는 그 사람의 골격을 잘 그렸다'라고 했다(張懷瓘云: '像人之美, 顧得其神, 陸得其骨.')"라는 말이 있다. 〈주진촌가취도〉에 혼인 당사자의 모습이 강조되어 비교적 세밀하게 잘 묘사되어 있었기 때문에 이 그림을 그린 화가를 고개지와 육탐미에 빗댄 것으로 보인다.

(5) 丹靑手(단청수): 화가.

(6) 兩姓(양성): 주씨와 진씨를 가리킨다.

(7) 將(장): ~을 가지고. ~로써.

(8) 門戶(문호): 최씨 집안과 노씨 집안의 훌륭함을 가리킨다.

(9) 崔盧(최로): 남조 양梁나라·진陳나라 때의 명망 높던 가문인데, 여기서는 보통의 명망 높은 가문을 가리킨다. 이 구절은 자신들의 사회적 지위를 격상시키기 위해 최씨나 노씨 같은 명문과 인척관계를 맺으려고 애쓰지 않는다는 말이다.

(10) 使君(사군): 태수. 소식은 희령 10년(1077)부터

원풍 2년(1079)까지 주진촌을 관할하는 서주의 지주를 지냈다.

(11) 杏花村(행화촌): ≪명승지名勝志≫에 "주진촌은 소현 관아에서 동남쪽으로 100리 되는 곳에 있다. 행화촌은 주진촌과 붙어 있다(朱陳村, 距蕭縣東南百里. 杏花村, 與朱陳村相連)"라고 했다. 소식은 행화촌에만 가 보고 주진촌에는 가 보지 않은 것 같은데 두 마을이 이웃해 있기 때문에 상황이 비슷했을 것이다.

막 황주에 도착하여

初到黃州[1]

우습게도 평생 동안 입 때문에 바쁘다가
늘그막에 일이 더욱 황당하게 되었지만
장강이 성곽을 감싸고 흐르니 고기가 맛있겠고
멋진 대가 산마다 있으니 죽순이 향긋하겠네.
쫓겨난 몸이 원외랑 된 건 문제 될 게 없겠고
시인이 수부랑 된 건 옛날에도 있었지만
나랏일엔 추호도 보탬이 안 되면서
여전히 관가의 술주머니나 축내는 것이 부끄러울
뿐이네.

自笑平生爲口忙,⁽²⁾　　　자소평생위구망

老來事業轉荒唐.　　　　로래 사업 전 황당

長江繞郭知魚美,　　　　장강 요곽 지 어 미

好竹連山覺筍香.　　　　호 죽 련 산 각 순 향

逐客不妨員外置,⁽³⁾⁽⁴⁾　축객 불방 원 외 치

詩人例作水曹郞.⁽⁵⁾　　시 인 례 작 수 조 랑

只慚無補絲毫事,　　　　지 참 무 보 사 호 사

尙費官家壓酒囊.⁽⁶⁾　　상 비 관 가 압 주 낭

원풍 3년(1080) 2월 유배지인 황주에 막 도착했을 때의 감회
를 노래한 것으로, 해학과 자조를 곁들여 황주에 대한 첫인상을
서술했다.

[주석]

(1) 黃州(황주): 지금의 호북성 황강시黃岡市 황주구.

(2) 爲口忙(위구망): 생계유지를 위하여 바쁘게 쫓아
  다녔다는 뜻이지만 구설수에 많이 올랐다는 뜻도 지
  닌 중의적 표현이다.

(3) 逐客(축객): 황주로 유배 온 소식 자신을 가리킨다.

(4) 員外(원외): 원외랑員外郎. 진晉나라 무제武帝 때
  처음 생긴 관직으로 원래 정식 관원 이외의 낭관郎
  官을 가리켰으나 시대에 따라 하는 일이 조금씩 달
  라졌다. 당시 소식의 정식 직함은 검교상서수부원외
  랑황주단련부사檢校尙書水部員外郎黃州團練副使였다.

(5) 水曹郎(수조랑): 수부水部에 속하는 낭관. ≪어정
  전당시록御定全唐詩錄·맹빈우孟賓于≫에 "왕우칭이
  일찍이 말하기를 '옛날 시인들 가운데 수부 관원이
  세 명 있었으니 하손·장적 및 맹빈우이다'라고 했다
  (王禹偁嘗云: '古詩人有三水部, 謂何遜·張籍及賓于也.')"
  라는 말이 있고, 왕십붕王十朋의 ≪백가주분류동파
  선생시百家註分類東坡先生詩≫에 "양나라 하손과 당
  나라 장적은 모두 수부랑이었는데 시로써 이름이 났다

(梁何遜・唐張籍, 皆爲水部郎, 以詩知名)"라고 했다.

(6) 壓酒囊(압주낭): 술을 거르는 데 사용하는 주머니. 송나라 때에는 봉급의 일부를 현물로 지급하는 경우가 있었으니 이것을 절지折支라고 했다. 소식의 자주自註에 "검교관은 현물로 봉급을 지급하는 관례가 있었는데 관아에서 쓰고 남은 술 거르는 주머니를 받는 경우가 많았다(檢校官例折支, 多得退酒袋)"라고 했다.

우거하는 집인 정혜원의 동쪽에 갖가지 꽃이 온 산에 가득한데 그 속에 해당화 한 그루가 있건만 본토인들이 귀한 줄을 몰라서

寓居定惠院[1]之東, 雜花滿山, 有海棠[2]一株, 土人不知貴也

강가의 성은 땅이 축축해 온갖 초목이 무성한데
이름 있는 이 꽃만은 무척이나 고독하다.
대나무 울타리에서 생긋 한 번 웃으니
산을 덮은 복숭아와 자두가 다 조잡하고 저속해진다.
나도 아나니 조물주가 깊은 뜻이 있어서
일부러 이 가인을 인적 없는 계곡에 보냈으렷다.
자연스레 부귀한 기상이 타고난 자태에서 나오니
금쟁반에 담아 호화로운 집에 바칠 필요도 없겠다.
붉은 입술이 술을 마셔 얼굴에 홍조가 생기고
푸른 소매가 살짝 걷혀 살결이 발그레해진 모습
숲이 깊고 안개 짙어 새벽이 더디 오는데다

날 따습고 바람 약해 봄잠을 깊이 잤나 보다.
빗속에 눈물 훌릴 때는 이 꽃도 역시 처량하더니
달 아래에 사람 없으니 더없이 말쑥하다.
선생은 배부르고 할 일이 없어
이리저리 산보하며 스스로 배를 문지른다.
인가든 절이든 따지지 않고
지팡이 짚고 문 두드려 키 큰 대를 구경하다
홀연히 절세미인이 노쇠한 이를 비추기에
말없이 감탄하며 병든 눈을 닦는다.
머나먼 땅 어디에서 이 꽃을 만날 수 있으리?
호사가가 서촉에서 옮겨 온 것 아니리?
한 치짜리 뿌리가 천 리에 뻗기는 쉽지 않을 터
틀림없이 홍곡이 씨앗을 물고 날아왔으리.
하늘 끝에서 떠도는 우리는 둘 다 가련한 신세
우리를 위해 술 한 잔 마시며 이 노래를 부르리.
내일 아침 술이 깬 뒤 나 혼자 다시 오면
흩날리는 눈일 텐데 차마 어찌 만지리?

江城地瘴蕃草木,⁽³⁾　　강성지장번초목

只有名花苦幽獨,　　지유명화고유독

嫣然一笑竹籬間,⁽⁴⁾　　언연일소죽리간

桃李漫山總麤俗.　　도리만산총추속

也知造物有深意,　　야지조물유심의

故遣佳人在空谷.⁽⁵⁾　　고견가인재공곡

自然富貴出天姿,　　자연부귀출천자

不待金盤薦華屋.⁽⁶⁾　　부대금반천화옥

朱脣得酒暈生臉,⁽⁷⁾　　주순득주훈생검

翠袖卷紗紅映肉.　　취수권사홍영육

林深霧暗曉光遲,　　림심무암효광지

日暖風輕春睡足.⁽⁸⁾　　일난풍경춘수족

雨中有淚亦悽愴,　　우중유루역처창

月下無人更淸淑.　　월하무인갱청숙

先生食飽無一事,[9]　　　선생식포무일사

散步逍遙自捫腹.　　　산보소요자문복

不問人家與僧舍,　　　불문인가여승사

拄杖敲門看修竹.　　　주장고문간수죽

忽逢絶艶照衰朽,[10][11]　홀봉절염조쇠후

歎息無言揩病目.　　　탄식무언개병목

陋邦何處得此花,[12]　　루방하처득차화

無乃好事移西蜀.[13][14]　무내호사이서촉

寸根千里不易致,　　　촌근천리불이치

銜子飛來定鴻鵠.　　　함자비래정홍곡

天涯流落俱可念,[15]　　천애류락구가념

爲飲一樽歌此曲.　　　위음일준가차곡

明朝酒醒還獨來,　　　명조주성환독래

雪落紛紛那忍觸.[16]　　설락분분나인촉

[해제]

황주 정혜원의 동쪽에 있는 작은 산에 해당화 한 그루가 잡목들 틈에 끼여 있었다. 소식은 해당화가 필 때마다 매번 그 아래에 가서 술을 마시곤 했다. 해당화는 본래 그의 고향인 촉 지방에서 많이 났기 때문에, 소식은 이 꽃도 자기처럼 타향에서 떠돌이 생활을 하고 있다고 여겨 원풍 3년(1080) 2월 그것에 자신의 감회를 깃들여 이 시를 지었다.

[주석]

(1) 定惠院(정혜원): 황주黃州(지금의 호북성 황강시 黃岡市 황주구) 동남쪽에 있던 절.

(2) 海棠(해당): 해당화. 우리나라의 해당화는 장미과의 관목인 매괴玫瑰가 와전된 것으로 중국의 해당화와는 다른 나무이다. 이 점에 관하여는 정약용丁若鏞이 〈우연히 개울가로 갔다가 매괴 한 그루가 홀로 곱게 피어 있는 것을 보고 소동파가 정혜원에서 해당화를 읊은 일을 기억하며 마침내 그것에 차운하여 (偶至溪上, 見玫瑰一樹嫣然獨開, 因憶東坡於定惠院賦海棠花, 遂次其韻)〉라는 시에서 명확하게 밝혀 놓았다. 이 시에서 그는 "잘 모르고 매괴 꽃을 해당화라 부르니, 질경이가 무단히 오족이 된 셈이로다(錯把玫瑰呼海棠, 陵舄無端爲烏足)"라고 읊은 후 스스로 주를 달아 "우리나라 사람들은 매괴를 해당화라고 여긴다(東俗以玫瑰爲海棠)"라고 했다.

(3) 瘴(장): 축축하고 더운 땅에서 생기는 독기, 즉 장기瘴氣가 일어나다.

(4) 嫣然(언연): 아리땁게 웃는 모양.

(5) 佳人(가인): 해당화를 가리킨다.

(6) 不待(부대): 필요 없다. 이 연은 해당화는 내재적 인 아름다움이 빼어나기 때문에 외재적인 장식이나 환경을 필요로 하지 않는다는 말이다.

(7) 暈(훈): 술기운으로 인하여 얼굴에 생기는 홍조를 가리킨다.

(8) 春睡足(춘수족): ≪명황잡록明皇雜錄≫에 "상황이 한번은 침향정에 올라가서 양귀비를 불렀는데 그때 새벽 술이 아직 덜 깼으므로 고력사가 시녀들에게 부축하게 해서 데리고 왔다. 상황이 웃으면서 '어찌 귀비가 취한 것이겠는가? 해당화가 잠이 부족한 모 습일 뿐이다'라고 했다(上皇嘗登沈香亭, 召妃子, 時卯 酒未醒, 高力士從侍兒扶掖而至. 上皇笑曰: '豈是妃子 醉耶? 海棠睡未足耳.')"라는 일화가 소개되어 있다.

(9) 先生(선생): 소식 자신을 가리키는 해학적인 표현 이다.

(10) 絶艷(절염): 비할 데 없이 아름다운 사람. 해당화 를 가리킨다.

(11) 衰朽(쇠후): 쇠락한 사람. 소식 자신을 가리킨다.

(12) 陋邦(누방): 중앙에서 멀리 떨어진 고장. 황주를 가리킨다.

(13) 無乃(무내): 바로 ~이 아닐까. 아마도 바로 ~일

것이다.

(14) 西蜀(서촉): 지금의 사천성을 가리킨다. 소식의 고향인 사천 지방에는 잔가지가 많고 가지에 가시가 없으며 키가 꽤 큰 교목인 특수한 품종의 해당화가 있었는데 이것을 서부해당西府海棠이라고 했다.

(15) 可念(가념): 가련하다.

(16) 雪落(설락): 해당화의 꽃잎이 눈처럼 어지러이 떨어지는 것을 가리킨다.

비가 갠 뒤에 사망정 밑의 물고기 기르
는 연못까지 걸어갔다가 마침내 건명사
앞의 동쪽 언덕 위에서 돌아와

雨晴後, 步至四望亭[1]下魚池上, 遂自乾明寺[2]前
東岡上歸, 二首

제1수

봄비가 지난 뒤라 부평이 엉겨 있고
개구리 울음소리 사방에 가득하다.
해당화는 참으로 한바탕의 꿈이 되고
매실은 새 맛을 보여 주려고 한다.
지팡이 짚고 다니며 한가로이 나물을 캐니
그네에는 사람이 아무도 안 보이고
은근한 정을 품은 목작약만이
혼자서 남은 봄의 대미를 장식한다.

其一

雨過浮萍合,	우과부평합
蛙聲滿四鄰.	와성만사린
海棠眞一夢,[3][4]	해당진일몽
梅子欲嘗新.	매자욕상신
拄杖閑挑菜,	주장한도채
鞦韆不見人.	추천불견인
殷勤木芍藥,[5]	은근목작약
獨自殿餘春.[6][7]	독자전여춘

제2수

높은 정자는 황폐해진 지 이미 오래되었는데
그 아래에 고기 기르는 연못이 있다.
땅거미가 사방의 뭇 산으로 들어가고
봄바람이 온갖 풀의 향내를 실어 온다.
시가지의 다리에는 인적이 적적하고
오래된 절에는 대나무가 울창하다.
황새와 학은 어디서 날아왔는지
석양 비친 하늘에 울음소리 가득하다.

其二

高亭廢已久,[(8)]　　고정폐이구

下有種魚塘.[(9)]　　하유종어당

暮色千山入,　　모색천산입

春風百草香.　　춘풍백초향

市橋人寂寂,[(10)]　　시교인적적

古寺竹蒼蒼.[(11)]　　고사죽창창

鸛鶴來何處,　　관학래하처

號鳴滿夕陽.　　호명만석양

[해제]

원풍 3년(1080) 3월 황주에 있는 사망정이라는 정자와 건명사라는 절에 가서 노닐다가 느낀 감회를 노래한 것이다.

[주석]

(1) 四望亭(사망정): 남송南宋 사람 왕상지王象之의 ≪여지기승輿地紀勝·황주黃州≫에 "사망정은 설당 남쪽의 높은 언덕 위에 있다. 당나라 태화(827-835) 연간에 자사 유사지가 세운 것으로 이신이 기문을 지었다(四望亭在雪堂南高阜之上, 唐太和中刺史劉嗣之所立, 李紳作記)"라고 했으므로 이를 통하여 사마정의 위치를 가늠해 볼 수 있다. 그러나 설당은 소식이 동파東坡라는 농장을 개간한 뒤 원풍 5년(1082) 2월에 동파의 높은 곳에다 지은 건물로 이때는 아직까지 지어지지 않았다.

(2) 乾明寺(건명사): 구체적인 위치가 알려져 있지 않다.

(3) 海棠(해당): 해당화. 우리나라의 해당화는 장미과의 관목인 매괴玫瑰가 와전된 것으로 중국의 해당화와는 다른 나무이다. 〈우거하는 집인 정혜원의 동쪽에 갖가지 꽃이 온 산에 가득한데 그 속에 해당화 한 그루가 있건만 본토인들이 귀한 줄을 몰라서(寓居定惠院之東, 雜花滿山, 有海棠一株, 土人不知貴也)〉 주 (2) 참조.

(4) 一夢(일몽): 한바탕의 꿈이었던 것처럼 해당화가

59

자취를 감추어 버렸다는 말이다.

(5) 木芍藥(목작약): 모란을 가리킨다. ≪개원천보유
    사開元天寶遺事≫에 "궁중에서는 목작약을 모란이라
    고 불렀다(禁中呼木芍藥爲牡丹)"라고 했다.

(6) 殿(전): 뒤에서 두각을 드러내다.

(7) 餘春(여춘): 남은 봄. 늦은 봄.

(8) 高亭(고정): 사망정을 가리킨다.

(9) 種魚塘(종어당): 물고기를 기르는 연못. 양어장.

(10) 市橋(시교): 시가지에 있는 다리.

(11) 古寺(고사): 건명사를 가리킨다.

정월 스무날에 기정으로 가려고 하니 고
을 사람인 반씨·고씨·곽씨 등 세 사람
이 나를 여왕성 동쪽의 선장원까지 배웅
하기에

正月二十日, 往岐亭[1], 郡人潘古郭[2] 三人送余於
女王城[3] 東禪莊院[4]

열흘에 걸친 봄추위로 문밖출입 안 했더니

어느 사이 냇버들이 온 마을을 뒤흔드네.

얼음 풀린 계곡에서 물소리가 졸졸 나고

온 들판이 파릇파릇 들불 흔적 사라졌네.

황폐한 동산 몇 이랑이 나의 발을 붙잡고

탁주 반병이 그대들이 데워 주기를 기다렸네.

지난해의 오늘은 관문 앞의 산길에

가랑비 속의 매화가 애간장을 끊었었네.

十日春寒不出門,　　　　십일춘한불출문

不知江柳已搖村.　　　　부지강류이요촌

稍聞決決流冰谷,(5)(6)(7)　　초문결결류빙곡

盡放靑靑沒燒痕.(8)(9)　　진방청청몰소흔

數畝荒園留我住,　　　　수묘황원류아주

半瓶濁酒待君溫.(10)　　반병탁주대군온

去年今日關山路,(11)(12)　거년금일관산로

細雨梅花正斷魂.　　　　세우매화정단혼

[해제]

원풍 4년(1081) 1월 20일 소식이 옛날 친구 진조를 방문하기 위하여 기정으로 갈 때 반병·고경도·곽구 등 황주 친구 세 사람이 여왕성 동쪽의 선장원까지 따라와서 송별연을 벌여 주었다. 이 시는 유배되어 오던 도중인 작년 이맘때 본 그곳의 풍경을 생각하면서 이제는 상당히 담담해진 심경으로 만물이 소생하는 이른 봄의 정경을 그린 것이다.

[주석]

(1) 岐亭(기정): 지금의 호북성 마성시麻城市 기정진 岐亭鎭. 당시 그의 친구 진조陳慥가 은거하던 곳이다.

(2) 潘古郭(반고곽): 황주黃州(지금의 호북성 황강시 黃岡市 황주구)에 있을 때 친하게 지낸 현지인 친구 반병潘丙·고경도古耕道·곽구郭遘를 가리킨다.

(3) 女王城(여왕성): ≪수서隋書·지리지地理志≫에 "황주는 옛날의 영안군이다(黃州, 古永安郡)"라고 했고, ≪명승지名勝志≫에 "황주에서 10리 떨어진 곳에 영안성이 있는데 사람들이 여왕성이라고 부른다. 옛날에 춘신군이 초나라의 재상을 지내고 회하 이북의 열두 현을 봉지로 하사받았는바 지금의 여왕성은 초왕성의 와전일 것이다. 당나라 때는 선장원이 되었다(去黃州十里有永安城, 俗謂之女王城. 初, 春申君相楚, 受淮北十二縣之封, 今之女王城, 蓋楚王城之訛耳. 在唐爲禪莊院)"라고 했다.

(4) 禪莊院(선장원): 황주 부근에 있던 절. 주 (3) 참조.

(5) 稍聞(초문): 희미하게 들리다.

(6) 決決(결결): 물이 흐르는 소리.

(7) 流冰(유빙): 얼음 조각이 물 위에 떠다니다.

(8) 盡放(진방): 있는 대로 다 방출하다.

(9) 燒痕(소흔): 병충의 알을 태워 없애기 위해 농작물의 수확이 끝난 늦가을에 논두렁이나 밭두렁에 있는 풀을 다 불태우는 이른바 들불의 흔적. 이 구절은 봄이 되어 새까맣게 타 버린 잿더미 속에서 새 풀이 돋아나는 모습을 묘사한 것이다.

(10) 待君溫(대군온): 현지 친구 세 사람이 데워서 함께 마셔 주기를 기다렸다는 말이다.

(11) 去年今日(거년금일): 작년 오늘. 원풍 3년(1080) 1월에 소식은 이 길을 지나서 황주로 갔다.

(12) 關山路(관산로): 황주와 채주蔡州(지금의 하남성 여남汝南) 사이에 있는 험난한 산길을 가리킨다.

동파를 읊은 여덟 수(제1·2·5·8수)

東坡[1] 八首(其一 · 二 · 五 · 八)

내가 황주에 도착한 이듬해에 날마다 살기가 어려워지자 친구 마정경이 내가 밥도 제대로 못 먹는 것을 슬퍼하여 나를 위해 군청에 부탁하여 옛날 군사 주둔지 수십 묘를 얻어 주어 그 안에서 몸소 농사지을 수 있게 해 주었다. 그 땅은 오랫동안 버려져 있어서 가시덤불에 덮인 자갈땅이 된데다 큰 가뭄까지 들어 개간하느라 근력이 거의 다 소진되고 말았다. 이에 쟁기를 놓고 탄식하며 이 시를 지어 스스로 자신의 수고를 위로하고 내년의 수입을 기대함으로써 노고를 잊으려 한다.

余至黃州二年, 日以困匱. 故人馬正卿[2]哀余乏食, 爲於郡中請故營地數十畝, 使得躬耕其中. 地旣久荒爲茨棘瓦礫之場, 而歲又大旱, 墾闢之勞, 筋力殆盡. 釋耒而歎, 乃作是詩, 自愍其勤, 庶幾來歲之入以忘其勞焉.

제1수

거들떠보는 이 없는 황폐해진 보루터
쑥대가 가득 돋은 무너진 담장
그 누구라 쓸데없이 근력만 소모하고
세밑에 일한 보람 거두려고 아니할까?
오로지 외로운 나그네만이
천운이 다하여 도망갈 곳 없으매
마침내 와서 기와 조각과 자갈을 치우는데
날씨가 가물어서 흙마저 메마르네.
가시덤불 풀숲에서 갖은 고생 다하는 건
난쟁이 곡식이나마 거두려는 것이네.
후유 하며 쟁기 놓고 탄식하나니
내 창고는 언제나 그득히 찰까?

其一

廢壘無人顧,[3]	폐루무인고
頹垣滿蓬蒿.	퇴원만봉호
誰能捐筋力,	수능연근력
歲晚不償勞.	세만불상로
獨有孤旅人,	독유고려인
天窮無所逃.	천궁무소도
端來拾瓦礫,	단래습와력
歲旱土不膏.[4]	세한토불고
崎嶇草棘中,[5]	기구초극중
欲刮一寸毛.[6]	욕괄일촌모
喟然釋耒歎,[7]	위연석뢰탄
我廩何時高.	아름하시고

제2수

황폐한 밭 울퉁불퉁 제멋대로 생겼지만
높은 곳과 낮은 곳이 나름대로 쓰일 테니
낮고 습한 곳에는 볍씨를 심고
동쪽 둔덕엔 밤 대추를 모종하리라.
장강의 남쪽에 촉에서 온 사람 있어
뽕나무의 씨앗을 주기로 했고
멋진 대를 심는 것도 어려울 게 없지만
대 뿌리가 아무 데나 뻗어 갈까 두렵네.
그리고 또 좋은 자리 골라잡아서
아담한 집도 한 채 지어야 되겠는데
아이놈이 마른 풀을 불태우다가
우물이 나왔다고 달려와서 얘기하니
배불리 먹는 것은 기약할 수 없어도
물 하나는 마음껏 마시게 됐네.

其二

荒田雖浪莽,⁽⁸⁾　　황전수랑망

高庳各有適.⁽⁹⁾　　고비각유적

下隰種秔稌,⁽¹⁰⁾　　하습종갱도

東原蒔棗栗.　　동원시조률

江南有蜀士,⁽¹¹⁾⁽¹²⁾　　강남유촉사

桑果已許乞.⁽¹³⁾　　상과이허걸

好竹不難栽,　　호죽불난재

但恐鞭橫逸.　　단공편횡일

仍須卜佳處,　　잉수복가처

規以安我室.　　규이안아실

家僮燒枯草,　　가동소고초

走報暗井出.⁽¹⁴⁾　　주보암정출

一飽未敢期,　　일포미감기

瓢飲已可必.⁽¹⁵⁾　　표음이가필

제5수

훌륭한 농부는 지력을 귀하게 여기는 법
요 십 년을 묵힌 것을 다행이라 여기네.
뽕나무는 아직까지 다 자라지 않았지만
보리 하나는 다행히 가망이 있네.
씨앗을 뿌린 지 한 달이 안 됐는데
흙덩이를 뒤덮고 이미 파릇파릇하네.
농부가 나에게 일러 주기를
"싹과 잎이 웃자라게 하지 마셔요.
떡과 경단 풍부하게 하고 싶으면
소와 양을 풀어 놔야 합니다" 하네.
재배하고 이 고언에 감사하나니
배불리 먹게 되면 잊지 못할 것이네.

其五

良農惜地力,[16]　　　랑농석지력

幸此十年荒.　　　행차십년황

桑柘未及成,[17]　　　상자미급성

一麥庶可望.[18]　　　일맥서가망

投種未逾月,　　　투종미유월

覆塊已蒼蒼.　　　복괴이창창

農父告我言,　　　농부고아언

勿使苗葉昌.　　　물사묘엽창

君欲富餅餌,[19]　　　군욕부병이

要須縱牛羊.　　　요수종우양

再拜謝苦言,[20][21]　　　재배사고언

得飽不敢忘.[22]　　　득포불감망

제8수

마생은 본래부터 가난한 선비인데
스무 해 동안이나 나를 따라다니며
밤낮으로 내가 꼭 귀하게 되어
자신에게 산 살 돈을 나눠 주길 바랐네.
그런데 나는 지금 되려 누를 끼쳐서
버려둔 이 땅을 빌려 농사짓나니
거북이의 등에서 털을 깎는 셈
언제나 담요를 짤 수 있으리?
가련케도 마생은 어리석어서
지금토록 아직 내가 똑똑하다 자랑하며
사람들이 웃어도 끝내 후회 않으니
하나를 뿌려 천 개를 얻어야 하리.

其八

馬生本窮士,[23]	마생본궁사
從我二十年.[24]	종아이십년
日夜望我貴,	일야망아귀
求分買山錢.[25]	구분매산전
我今反累君,	아금반루군
借耕輟茲田.	차경철자전
刮毛龜背上,[26][27]	괄모귀배상
何時得成氈.[28]	하시득성전
可憐馬生癡,	가련마생치
至今夸我賢.	지금과아현
衆笑終不悔,	중소종불회
施一當獲千.[29]	시일당획천

소식은 〈진태허에게 보내는 답장(答秦太虛)〉에서 "처음 황주에
왔을 때 봉급은 끊어지고 식구는 적지 않아 속으로 매우 걱정
이 컸다오. 통렬하게 결심하여 아끼고 또 아껴서 하루에 쓰는
돈이 150전을 넘지 못하도록 하고 매월 초하룻날에 4,500전
을 서른 뭉치로 나누어 천장에 매달아 놓고 아침에 끝이 갈라
진 장대로 한 뭉치씩 집어 내리고는 곧 장대를 숨겨 버린다오
(初到黃, 廩入旣絶, 人口不少, 私深憂之. 但痛自節儉, 日用不得
過百五十, 每月朔便取四千五百錢, 斷爲三十塊, 掛屋梁上, 平旦
用畫叉挑取一塊, 卽藏去叉)"라고 하여 당시의 생활이 얼마나 곤
궁했는지를 여실히 묘사했거니와, 이처럼 곤궁한 그를 위해 친
구 마몽득이 황주 관아에 부탁하여 황무지를 좀 얻어 주었다.
이 시는 원풍 4년(1081) 2월경에 이 황무지를 개간하여 농사
를 지으면서 느낀 감회를 노래한 것이다. 제목을 보면 여덟 수
를 한꺼번에 지은 것 같지만 내용을 보면 상당한 기간에 걸쳐
몇 차례로 나누어서 지은 것으로 보인다.

[주석]

(1) 東坡(동파): 소식이 원풍 4년(1081) 2월에 황주
성黃州城 동쪽에 있는 황무지를 개간하여 만든 농
장. 이듬해에 그는 자신의 호를 동파거사東坡居士라
고 했다.

(2) 正卿(정경): 마몽득馬夢得의 자字. 그는 황주黃州
(지금의 호북성 황강시黃岡市 황주구) 관아에 부탁
하여 황주성 동쪽에 묵혀져 있던 옛날 군사 주둔지

를 얻어서 소식이 개간할 수 있도록 주선해 주었다.

(3) 廢壘(폐루): 묵혀져 있는 보루堡壘. 옛날 군영을 가리킨다.

(4) 不膏(불고): 기름지지 않다. 메마르다.

(5) 崎嶇(기구): 길이 험난하다. 고생스럽다.

(6) 刮一寸毛(괄일촌모): 한 치쯤 되는 털을 깎다. 키가 아주 작은 곡식을 수확한다는 말이다.

(7) 喟然(위연): 탄식하는 모양.

(8) 浪莽(낭망): 제멋대로 생긴 모양.

(9) 有適(유적): 적소適所가 있다.

(10) 秔稻(갱도): 메벼와 찰벼. 벼를 가리킨다.

(11) 江南(강남): 장강長江의 남쪽인 무창武昌(지금의 호북성 악주鄂州)을 가리킨다.

(12) 蜀士(촉사): 왕문보王文甫를 가리킨다. 그는 가주嘉州 건위犍爲(지금의 사천성 건위) 사람으로 당시 무창에 살고 있었다.

(13) 桑果(상과): 뽕나무 씨앗.

(14) 暗井(암정): 풀숲이나 바위에 가려져 있어서 잘 안 보이는 샘.

(15) 瓢飮(표음): 한 바가지의 물. ≪논어論語·옹야雍也≫에 "한 그릇의 밥과 한 바가지의 물로 가난한 마을에서 살게 되면 다른 사람들은 그 근심을 견디지 못하는데 안회는 그렇게 살면서도 자신의 즐거움을 바꾸지 않으니 훌륭하도다 안회는(一簞食, 一瓢飮, 在陋巷, 人不堪其憂, 回也不改其樂, 賢哉回也)"이라는

말이 있다. 이 연은 우연히 샘을 발견한 사실을 단서로 안회顔回의 고사를 연상하고 다시 해학적인 필치로 안빈낙도의 의지를 밝힌 것이다.

(16) 地力(지력): 농작물을 길러 내는 땅의 힘. 거르지 않고 해마다 농사를 지으면 지력이 약해진다. 이 연은 자신이 개간한 땅이 오랫동안 묵혀 둔 황무지이기 때문에 오히려 지력이 더 좋을 것이라는 해학적인 표현이다.

(17) 未及成(미급성): 제2수에서 말한, 강남의 촉사蜀士에게 씨앗을 얻어서 심은 뽕나무가 아직까지 별로 자라지 못했다는 말이다.

(18) 庶(서): 다행히.

(19) 餠餌(병이): 떡과 경단. 곡식으로 만든 음식을 가리킨다. 이 구절은 풍성한 수확을 올린다는 말이다.

(20) 再拜(재배): 두 번 절하다. 지극한 공경심이나 감사의 뜻을 표시하던 옛날 예절의 하나이다.

(21) 苦言(고언): 쓴소리. 듣기에는 거슬리나 도움이 되는 말.

(22) 得(득): ~할 수 있다.

(23) 馬生(마생): 마몽득을 가리킨다. 주 (2) 참조. 소식의 ≪동파지림東坡志林·명분命分≫에 "마몽득은 나와 같은 해 같은 달에 태어났는데 나보다 8일 늦다. 이해에 태어난 사람 중에는 부귀한 사람이 없는데 그중에서도 나와 몽득이 가장 가난하다. 그리고 우리 두 사람을 볼 것 같으면 몽득을 으뜸으로 쳐야

할 것이다(馬夢得與僕同歲月生，少僕八日．是歲生者無富貴人，而僕與夢得爲窮之冠，卽吾二人而觀之，當推夢得爲首)"라고 했다.

(24) 二十年(이십년): 왕문고王文誥의 ≪소식시집蘇軾詩集≫에 "가우 연간의 신축년(1061)에 공이 봉상부 첨판으로 부임할 때부터 마몽득은 이미 공을 따라다녔으므로 지금까지 20년인 것이다(嘉祐辛丑，公簽判鳳翔，馬夢得已從公游，故至是二十年也)"라고 했다.

(25) 買山錢(매산전): 은거하는 데 필요한 산을 매입할 돈.

(26) 刮毛(괄모): 키가 아주 작은 곡식을 수확하는 것을 가리킨다. 주 (6) 참조.

(27) 龜背(귀배): 날이 가물어서 거북이 등처럼 갈라진 토지를 가리킨다.

(28) 成氈(성전): 완성된 담요. 왕십붕王十朋의 ≪백가주분류동파선생시百家註分類東坡先生詩≫에 "거북이 등에서 담요 짤 털을 깎아 낸다는 말은 바로 속담이다(龜背刮氈毛，乃諺語也)"라고 했다. 왕문고의 ≪소식시집≫에 "이 열 자는 공이 지극히 좋아한 나머지 발췌하여 왕정국에게 보내며 '이 구절은 만 리 안에 있는 사람의 웃음을 자아낼 만합니다'라고 말했다(十字，公極自賞，嘗摘寄王定國云: '此句可以發萬里一笑也.')"라고 했다. 이 연은 속담을 이용한 중의적 표현으로 농지가 척박함을 익살스럽게 묘사한 것이다.

(29) 獲千(획천): 천 배의 수확을 얻는다는 뜻이다. 마

지막 네 구절은 자신의 능력을 믿고 황주 관아에 황
무지를 빌려주도록 주선해 준 마몽득의 호의에 보답
하기 위해 힘껏 농사지어 많은 수확을 올리겠다는
결의를 밝힌 것이다.

정월 스무날에 반생·곽생 두 사람과 교외로 나가 봄놀이를 하자니 문득 작년 이날 함께 여왕성에 가서 시를 지은 일이 기억나 이전의 시에 화운한다

正月二十日與潘郭[1]二生出郊尋春, 忽記去年是日同至女王城[2]作詩, 乃和前韻

동풍이 아직 동문으로 들어오려 아니할 때
말을 타고 지난해의 그 마을을 또 찾았네.
사람은 가을 기러기마냥 어김없이 오건만
우리 일은 봄꿈인 양 흔적이 전혀 없네.
강가 성의 진한 백주 석 잔을 먹고
시골 노인의 파리한 얼굴에 온화한 웃음이 피네.
해마다 이런 모임 가지기로 했으니
친구여 〈초혼〉일랑 지을 필요 없다네.

東風未肯入東門,　　　　동풍미긍입동문

走馬還尋去歲村.　　　　주마환심거세촌

人似秋鴻來有信,⁽³⁾　　인사추홍래유신

事如春夢了無痕.⁽⁴⁾　　사여춘몽료무흔

江城白酒三杯釀,　　　　강성백주삼배엄

野老蒼顏一笑溫.⁽⁵⁾　　야로창안일소온

已約年年爲此會,　　　　이약년년위차회

故人不用賦招魂.⁽⁶⁾　　고인불용부초혼

황주성 안에는 아직까지 봄이 채 오지 않은 원풍 5년(1082) 1
월 20일 현지 친구 반병·곽구와 함께 봄 경치를 찾아 황주성
의 동쪽 교외에 있는 여왕성으로 갔다가 문득 작년 이날 그들
이 기정岐亭으로 가는 자신을 여왕성 동쪽의 선장원禪莊院까지
따라와서 전송해 주던 일이 생각나 그때 지은 시에 차운하여
지은 것이다.

[주석]

(1) 潘郭(반곽): 황주黃州(지금의 호북성 황강시黃岡
    市 황주구)에 있을 때 친하게 지낸 현지인 친구 반
    병潘丙과 곽구郭遘를 가리킨다. 〈정월 스무날에 기
    정으로 가려니 고을 사람인 반씨·고씨·곽씨 등 세
    사람이 나를 여왕성 동쪽의 선장원까지 배웅하기에
    (正月二十日, 往岐亭, 郡人潘古郭三人送余於女王城東
    禪莊院)〉주 (2) 참조.

(2) 女王城(여왕성): 황주 교외에 있던 성. 〈정월 스
    무날에 기정으로 가려니 고을 사람인 반씨·고씨·곽
    씨 등 세 사람이 나를 여왕성 동쪽의 선장원까지 배
    웅하기에(正月二十日, 往岐亭, 郡人潘古郭三人送余於
    女王城東禪莊院)〉주 (3) 참조.

(3) 來有信(내유신): 오는 데에 신의가 있다. 소식은
    원풍 3년(1080) 1월 20일 황주로 유배되어 가는
    도중에 이곳을 지났고, 1년 뒤인 원풍 4년(1081)

같은 날 역시 이곳에서 반병·고경도古耕道·곽구의 송별연을 받았으며, 금년에 또다시 찾아왔으니 매년 같은 날 어김없이 찾아온 셈이다.

(4) 事(사): 자신들이 그곳에 시를 써 둔 일 등을 가리킨다.

(5) 野老(야로): 소식 자신을 가리킨다.

(6) 招魂(초혼): 굴원屈原이 조정에서 쫓겨난 것을 슬퍼하여 송옥宋玉이 지은 초사楚辭 작품. 이 구절은 친구들이 자신을 안쓰럽게 생각하며 위로해 줄 필요가 없을 정도로 황주 생활에 만족하고 있다는 말이다.

홍매 (제1수)

紅梅[1]三首(其一)

근심은 무섭고 잠은 좋아 홀로 늦게 피어서
얼음같이 찬 얼굴은 시의에 맞지 않을세라
일부러 불그레한 복숭아꽃과 살구꽃 색을 내지만
아직도 눈서리의 고고한 자태가 남았구나.
싸늘한 마음이 봄 자태를 따르려 하지는 않을 텐데
취기가 까닭 없이 옥 살갗에 올랐구나.
노시인은 매화의 품격이 있는 줄 모르고
어찌하여 푸른 잎과 가지만을 보았나?

怕愁貪睡獨開遲,[(2)]　　파수탐수독개지

自恐冰容不入時.[(3)]　　자공빙용불입시

故作小紅桃杏色,　　고작소홍도행색

尙餘孤瘦雪霜姿.[(4)]　　상여고수설상자

寒心未肯隨春態,　　한심미긍수춘태

酒暈無端上玉肌.[(5)(6)(7)]　　주훈무단상옥기

詩老不知梅格在,[(8)]　　시로부지매격재

更看綠葉與靑枝.[(9)]　　갱간록엽여청지

[해제]

매화에는 황매黃梅·백매白梅·홍매가 있는데 음력 섣달에 핀다
고 하여 납매臘梅라는 별명을 가진 황매가 가장 먼저 피고 홍
매가 가장 늦게 핀다. 이 시는 황주黃州(지금의 호북성 황강시
黃岡市 황주구)에서 유배 생활을 하고 있던 원풍 5년(1082) 1
월에 다른 매화가 다 지고 나서야 뒤늦게 피어난 홍매의 화사
하면서도 고고한 자태와 그 속에 깃든 고매한 품격을 찬미한
것이다.

[주석]

(1) 紅梅(홍매): 붉은색 매화. 꽃잎이 붉고 다른 매화
　　보다 늦게 피는 특성이 있다.

(2) 怕愁(파수): 잠이 깨면 근심이 엄습할까 봐 두려
　　워한다는 말이다. 이 구절은 홍매를 홍안 미인에 비
　　유하여 그것이 백매보다 늦게 피는 것을 해학적으로
　　묘사한 것이다.

(3) 冰容(빙용): 얼음처럼 싸늘한 용모. 이 구절은 늦
　　게 핀 주제에 백매처럼 싸늘한 느낌을 주면 무르익
　　어 가는 봄기운과 조화를 이루지 못한다는 말이다.

(4) 孤瘦(고수): 고고하고 수척하다. 이 구절은 홍매
　　화가 겉으로는 붉게 보이지만 바탕에 은은한 흰색도
　　띠고 있기 때문에 얼핏 보면 화사한 것 같으면서도
　　은연중에 고고한 품격을 지니고 있다는 말이다.

(5) 酒暈(주훈): 취기로 인해 생긴 홍조.

(6) 無端(무단): 까닭 없이.

(7) 玉肌(옥기): 옥 같은 살결. 홍매의 바탕을 이루는 백옥처럼 희고 깨끗한 기운을 가리킨다.

(8) 詩老(시로): 시 짓는 늙은이. 북송 시인 석연년石延年(994-1041)을 가리킨다. 소식의 자주에 "석만경의 시 〈홍매〉에 '복숭아꽃으로 보자니 초록색 잎이 없고, 살구꽃과 다르나니 푸른 가지가 있다네'라는 구절이 있다(石曼卿〈紅梅〉詩云: '認桃無綠葉, 辨杏有靑枝')"라고 했다. 이것은 홍매화가 복숭아꽃이나 살구꽃과 비교할 때 녹색 잎과 푸른 가지가 없거나 있는 외형상의 차이가 있음을 지적했을 뿐 홍매의 내면에 존재하는 매화 본연의 고매한 품격은 그려 내지 못한 석연년 시를 비판한 것이다.

(9) 更(갱): 어찌하여.

한식날의 비
寒食雨二首

제1수

내가 이곳 황주에 오고 난 뒤로
한식이 이미 세 번 지나갔는데
해마다 봄빛을 아끼려고 했지만
봄빛이 가 버려서 아낄 수가 없었네.
올해도 또 궂은비가 하염없이 내려서
두 달 동안 가을처럼 쌀쌀하였네.
누워서 듣자하니 해당화 꽃이
진흙에 연지빛 눈을 더럽혔다네.
어둠 속에 몰래 살짝 지고 갔으니
밤중에 참 힘 있는 자 있었나 보네.
무엇이 다르리 병든 소년이
병이 나아 일어나자 머리 이미 센 것과?

其一

自我來黃州,(1)　　자아래황주

已過三寒食.(2)　　이과삼한식

年年欲惜春,　　년년욕석춘

春去不容惜.　　춘거불용석

今年又苦雨,(3)　　금년우고우

兩月秋蕭瑟.　　량월추소슬

臥聞海棠花,(4)　　와문해당화

泥污燕脂雪.(5)　　니오연지설

暗中偷負去,　　암중투부거

夜半眞有力.(6)　　야반진유력

何殊病少年,(7)　　하수병소년

病起頭已白.　　병기두이백

제2수

봄 강은 출렁출렁 문으로 들려 하고
봄비는 추적추적 그칠 줄을 모른다.
조그만 우리 집은 고깃배인 듯
가물가물 비구름 속에 묻혔다.
휑뎅그렁한 부엌에는 봄 채소가 익고 있고
허물어진 아궁이에는 눅눅한 갈대가 타고 있다.
지금이 한식인 줄 어찌 아는가?
지전 물고 다니는 까마귀만 보인다.
임금님의 궁문은 아홉 겹으로 깊숙하고
조상님의 산소는 만 리 밖에 있도다.
막다른 골목에서 나도 울어 보려는데
꺼진 재라 불어도 불이 일지 않는다.

其二

春江欲入戶,　　　　춘강욕입호

雨勢來不已.　　　　우세래불이

小屋如漁舟,　　　　소옥여어주

濛濛水雲裏.(8)(9)　　몽몽수운리

空庖煮寒菜,(10)　　　공포자한채

破竈燒濕葦.　　　　파조소습위

那知是寒食,　　　　나지시한식

但見烏銜紙.(11)　　　단견오함지

君門深九重,　　　　군문심구중

墳墓在萬里.　　　　분묘재만리

也擬哭途窮,(12)　　　야의곡도궁

死灰吹不起.(13)　　　사회취불기

90

[해제]

유배지 황주에서 세 번째로 맞이한 원풍 5년(1082)의 한식 때 을씨년스럽게 내리는 봄비를 보면서 자신의 신세와 결부시켜 지은 시이다. 조정으로 돌아가기도 힘들고 고향으로 돌아가지도 못하는 채 객지에 몸이 묶여 있어야 하는 자신의 처지를 한탄하면서도 어느 정도는 세속적인 생각에서 자유로워진 초탈한 심경을 드러내고 있다.

[주석]

(1) 黃州(황주): 지금의 호북성 황강시黃岡市 황주구.

(2) 三寒食(삼한식): 소식은 원풍 3년(1080) 2월 1일에 황주에 도착했기 때문에 도착한 첫해를 포함하여 올해(1082)로 세 번째 한식을 맞았다.

(3) 苦雨(고우): 오랫동안 계속해서 내리는 비. 궂은비.

(4) 海棠花(해당화): 우리나라의 해당화는 장미과의 관목인 매괴玫瑰가 와전된 것으로 중국의 해당화와는 다른 나무이다. 〈우거하는 집인 정혜원의 동쪽에 갖가지 꽃이 온 산에 가득한데 그 속에 해당화 한 그루가 있건만 본토인들이 귀한 줄을 몰라서(寓居定惠院之東, 雜花滿山, 有海棠一株, 土人不知貴也)〉 주 (2) 참조.

(5) 燕脂雪(연지설): 떨어지는 해당화 꽃잎을 붉은색 눈에 비유한 것이다. 이 구절은 해당화가 떨어져서 진흙에 묻혀 버렸다는 말이다.

(6) 有力(유력): 힘 있는 사람. 대자연처럼 변화를 주관하는 존재를 가리킨다. ≪장자莊子·대종사大宗師≫에 "계곡에 배를 숨겨 놓고 못에 어망을 숨겨 놓으면 든든하다고 할 것이다. 그러나 밤중에 힘 있는 자가 둘러메고 달아나도 어리석은 자들은 알지 못한다(夫藏舟於壑, 藏山於澤, 謂之固矣. 然而夜半有力者負之而走, 昧者不知也)"라는 말이 있다.

(7) 殊(수): 다르다. 이 연은 세월이 몹시 빨리 흐른다는 말이다.

(8) 濛濛(몽몽): 가랑비나 안개 따위가 자욱한 모양.

(9) 水雲(수운): 비를 뿌릴 것 같은 구름.

(10) 寒菜(한채): 겨울을 지난 채소.

(11) 紙(지): 지전紙錢, 즉 종이로 만든 가짜 돈을 가리킨다. 옛날에는 중국에 제사를 지낼 때나 한식날 성묘할 때 돌아가신 조상이 쓰시라는 의미에서 지전을 태우는 풍속이 있었다. ≪봉씨문견기封氏聞見記≫에 "지전을 태우는 일은 위진시대 이후에 생겼다(紙錢, 魏晉以來, 始有其事)"라고 했다.

(12) 哭途窮(곡도궁): 진나라 사람으로 죽림칠현竹林七賢의 한 사람이었던 완적阮籍은 정쟁이 극심한 당시의 시대상황에서 해를 당하지 않기 위해 미치광이 노릇을 하곤 했는데 그는 길을 가다가 막다른 골목에 다다르면 통곡하면서 돌아갔다고 한다.(≪진서·완적전≫ 참조) 이 구절은 일시적이나마 자신의 인생이 막다른 골목에 다다랐다는 절망감을 느꼈다는

말이다.

(13) 死灰(사회): 자신의 초탈하고 차분한 심경을 식은
    재에 비유한 것이다. 소식의 시〈금산사에 걸려 있
    는 내 초상화에 쓴 시(自題金山畫像)〉에 "마음은 이
    미 재가 된 나무같이 식었고, 육신은 매이지 않은
    배처럼 자유롭네(心似已灰之木, 身如不繫之舟)"라는
    구절이 있다.

어부

魚蠻子(1)

장강 회수 일대에선 강물이 곧 논밭이요
작은 배가 다름 아닌 사람 사는 집이네.
고기와 새우를 양식으로 삼는지라
밭을 갈지 않아도 절로 여유가 있네.
기이하다 어부는 본래 옷깃을
왼쪽으로 여미는 사람이 아니건만
뗏목 엮어 장강 안에 들어가서 사나니
대나무 기와로 지붕을 인 석 자 높이의 오두막이네.
여기서 자식과 손자를 키워
모두가 꼽추요 난쟁이지만
물을 갈라 방어와 잉어를 잡는데
길에서 줍듯이 손쉽게 잡네.
깨진 솥에 소금도 치지 않은 채
백설 비늘의 물고기와 푸성귀를 섞어 삶아

배부르게 먹고는 곧 단잠을 자니
수달이나 원숭이와 다를 것이 무엇이랴?
속세에선 살 길이 너무 험난해
땅 밟으면 세금을 내야만 하니
차라리 어부가 파도를 타며
허공에 떠 있는 것만 못하네.
허공을 어떻게 할 줄은 모르지만
틀림없이 배와 수레엔 세금을 부과할 터
어부가 머리 조아리고 흐느끼나니
상대부에게는 말하지 말 일이네.

江淮水爲田,⁽²⁾　　강회수위전

舟楫爲室居.　　주즙위실거

魚蝦以爲糧,　　어하이위량

不耕自有餘.　　불경자유여

異哉魚蠻子,　　이재어만자

本非左袵徒.⁽³⁾　　본비좌임도

連排入江住,⁽⁴⁾　　련배입강주

竹瓦三尺廬.⁽⁵⁾　　죽와삼척려

於焉長子孫,⁽⁶⁾　　어언장자손

戚施且侏儒.⁽⁷⁾⁽⁸⁾　　척시차주유

擘水取魴鯉,　　벽수취방리

易如拾諸途.　　이여습저도

破釜不著鹽,　　파부불착염

雪鱗芼青蔬.　　설린모청소

一飽便甘寢,　　일포변감침

何異獺與狙.　　하이달여저

人間行路難,[9]　인간행로난

踏地出賦租.[10]　답지출부조

不如魚蠻子,　　불여어만자

駕浪浮空虛.　　가랑부공허

空虛未可知,[11]　공허미가지

會當算舟車.[12][13]　회당산주거

蠻子叩頭泣,[14]　만자고두읍

勿語桑大夫.[15]　물어상대부

[해제]

육유陸游의 ≪노학암필기老學菴筆記≫에 "장운수가 〈어부漁父〉
라는 시를 지어 '우리 집은 뇌강 가에 살고 있어서, 대문 앞에
푸른 물이 넘실거리네. 작은 배는 말보다 더 훌륭하고, 큰 그물
은 논밭에 해당된다네. 보갑에는 원래 적을 두지 않았고, 청묘
전은 가까이하지도 않네. 무릉의 도원은 어디에 있나? 이곳에
신선이 살고 있다네'라고 했는데 아마도 원풍(1078-1085) 연
간에 동정호와 상강 일대에 폄적되어 있을 때의 작품인 듯하다.
소동파가 이 시의 내용을 취하여 〈어부(魚蠻子)〉를 지었다(張
芸叟作〈漁父〉詩曰: '家住耒江邊, 門前碧水連. 小舟勝養馬, 大罟
當耕田. 保甲元無籍, 靑苗不著錢. 桃源在何處, 此地有神仙.' 蓋
元豐中謫官湖湘時所作. 東坡取其意爲〈魚蠻子〉云)"라고 하고, 왕
문고王文誥의 ≪소식시집蘇軾詩集≫에 "당시 장운수가 황주에
가자 공이 그를 위해 이 시를 지었다(時張芸叟至黃州, 公爲作此
詞)"라고 한 바와 같이, 장순민張舜民이 황주로 소식을 찾아갔
을 때인 원풍 5년(1082) 6월에 장순민의 시 〈어부〉를 바탕으
로 새로운 시를 지어서 어부의 삶을 노래한 것이다. 그러나 가
난하지만 마음 편했던 옛날과 달리 지금은 어부도 세금에 시달
리는 고달픈 삶을 살고 있음을 지적함으로써 넌지시 신법의 문
제점을 풍자했다.

[주석]

(1) 魚蠻子(어만자): 어부. '만자蠻子'는 원래 융만戎蠻
    부락의 수령을 지칭하던 말인데 이로써 널리 남방인
    을 가리키기도 한다.

(2) 江淮(강회) : 장강과 회수 일대.

(3) 左衽(좌임) : 옷깃을 왼쪽으로 여미다. 옷을 입을
때 오른쪽 섶이 왼쪽 섶의 위로 가게 여미는 것을
가리키는바, 이는 오랑캐의 옷 입는 방식이다. ≪논
어論語·헌문憲問≫에 "관중이 없었다면 나는 아마
오랑캐가 되어 머리를 풀어서 늘어뜨리고 옷자락을
왼쪽으로 여미게 되었을 것이다(微管仲, 吾其被髮左
衽矣)"라고 했다.

(4) 連排(연배) : 나무나 대나무를 엮어서 만든 뗏목.
왕십붕王十朋의 ≪백가주분류동파선생시百家註分類東
坡先生詩≫에 "강남 지방에서는 대개 대나무와 나무
로 뗏목을 만들어 물 위에 띄우고 뗏목 위에 갈대와
대나무기와로 집을 짓는다(江南多以竹木爲排, 浮水
中, 排上以葦竹瓦爲屋)"라고 했다.

(5) 竹瓦(죽와) : 대나무를 쪼개어서 만든 기와. ≪황
주죽루기黃州竹樓記≫에 "황강 땅에는 큰 대나무가
많아서 죽공들이 마디를 잘라 내어 기와 대신 사용
한다(黃岡之地多大竹, 竹工剖去其節, 用代陶瓦)"라고
했다.

(6) 於焉(어언) : 여기에서.

(7) 戚施(척시) : 꼽추.

(8) 侏儒(주유) : 난쟁이. 이 연은 지붕이 너무 낮아서
자손들이 꼽추처럼 등을 구부리거나 난쟁이처럼 키
를 낮추어서 드나든다는 말이다.

(9) 人間(인간) : 속세. 보통 사람들이 사는 세상을 가

리킨다.

(10) 踏地(답지): 땅을 밟는다는 뜻으로 보통 사람의 일상적인 삶을 가리킨다.

(11) 空虛(공허): 배를 타고 다니는 수면을 가리킨다. 이 구절은 수면에 세금을 부과하는 법은 아직 모른 다는 말이다.

(12) 會當(회당): 응당. 틀림없이.

(13) 算舟車(산주거): 배와 수레의 대수를 계산하여 세 금을 부과하는 것을 가리킨다.

(14) 叩頭(고두): 머리를 조아리다. 옛날 사람들이 무 릎을 꿇고 엎드려서 머리가 땅에 닿도록 절을 하던 가장 정중한 예절이었다.

(15) 桑大夫(상대부): 한나라 때 어사대부를 지낸 상홍 양桑弘羊을 가리킨다. 상인의 아들인 그는 재물을 늘 리는 데 탁월한 능력이 있어, 전국적으로 물가를 평 준화함으로써 상인들이 부당하게 많은 이득을 취하 지 못하게 하기도 하고, 소금과 철을 국가가 전매하 게 함으로써 국가의 재정수입을 크게 확충하기도 했 다.(≪사기史記·평준서平準書≫ 참조) 사서史書에서 명확한 기록을 찾기는 어렵지만 이 시의 마지막 부 분을 보면 상홍양이 주거세舟車稅도 징수했음을 짐 작할 수 있다.

남당(제5수)

南堂[1] 五首(其五)

땅을 쓸고 향 피우고 문을 닫고 잤더니
대자리 무늬는 물결 같고 휘장은 안개 같다.
손님이 와서 꿈이 깨니 여기가 어디인가?
서쪽 창을 걸어 놓으니 파도가 하늘에 닿는다.

掃地焚香閉閣眠,　　　　소지분향폐각면

簟紋如水帳如烟.[2]　　　　점문여수장여연

客來夢覺知何處,　　　　객래몽교지하처

挂起西窗浪接天.　　　　괘기서창랑접천

[해제]

원풍 6년(1083) 5월에 과거급제 동기인 채승희가 소식을 위해 장강 가에 지어 준 남당에서 지내는 여러 가지 즐거움을 노래한 것이다.

[주석]

(1) 南堂(남당): 황주黃州에 있던 건물. ≪동파도東坡圖≫에 "남당은 황주 관아에서 남쪽으로 1리 되는 곳에 있어 장강을 굽어본다(南堂在州治南一里, 俯臨大江)"라고 했다. 시원지施元之의 ≪시주소시施注蘇詩≫에 ≪제안습유齊安拾遺≫를 인용하여 "하오구 옆은 본래 수역으로 임고정이라는 정자가 있었다. 고을 사람들이 역의 높은 고개에 남당을 지어 선생이 휴식을 취할 수 있게 했다(夏澳口之側, 本水驛, 有亭曰臨皐. 郡人以驛之高陂上築南堂, 爲先生游息)"라고 했는데, 왕문고王文誥의 ≪소식시집蘇軾詩集≫에는 "남당은 바로 공의 과거급제 동기로 전운사인 채승희가 지은 것이다. 시원지의 주석은 잘못되었다(南堂, 乃公同年轉運蔡承禧所建. 施註誤)"라고 했다. 소식이 채승희에게 보낸 편지 〈채경번에게(與蔡景繁)〉 제9수에 "임고정 남쪽에 마침내 집을 세 칸 증축했는데 매우 넓고 툭 트여서 여름을 나기에 편하니 혜택을 적지 않게 입었습니다(臨皐南畔, 竟添却屋三間, 極虛敞, 便夏, 蒙賜不淺)"라고 하고, 제11수에 "근래에 작은

102

집을 하나 지어 어울리지 않게도 남당이라고 부르는
데 여름철 지내기가 좀 편안하니 매우 두터운 은덕
을 입었습니다. 짤막한 절구 다섯 수는 다른 사람에
게 보여 주지 마시기 바랍니다(近葺小屋, 强名南堂,
暑月少舒, 蒙德殊厚. 小詩五絶, 乞不示人)"라고 했는
데, 이에 대하여 왕문고는 "'마침내 집을 세 칸 증축
했다'는 말은 바로 채경번(채승희)이 담당관에게 증축
하게 했다는 확증이다. 그렇기 때문에 '혜택을 적지
않게 입었습니다'라고 한 것이다('竟添却屋三間'之語,
乃景繁使有司增葺之確證. 故云'蒙賜不淺')"라고 했다.
(2) 簟紋(점문): 대자리의 무늬. 이상은李商隱의 시 〈어
쩌다가(偶題)〉에 "물결무늬 대자리에 놓여 있는 호박
베개(水紋簟上琥珀枕)"라는 구절이 있다.

심군의 거문고에 부쳐

題沈君[1]琴

무창주부인 군채 오량이 자기 친구 심군의 열두 거문고 이야기와 고재 선생 공동자의 문장인 <태평지송>을 가지고 와서 나에게 보여 주었다. 나는 심군을 모르지만 그의 글을 읽고 그의 취지를 알고 나니 마치 그 사람을 보는 것 같고 그의 열두 거문고 소리를 듣는 것 같았다. 나는 옛날에 고재 선생을 따라다니며 놀다가 일찍이 그가 거문고 하나를 보배롭게 여기는 것을 본 적이 있는데 아무런 글자도 새겨져 있지 않아서 그것이 어느 시대 물건인지 알 수 없었다. 나는 이 사실을 두 분에게 말하고 그들로 하여금 고재 선생에게 그것을 보여 달라고 부탁하게 했다. 이 열두 거문고는 그의 거문고를 만난 뒤라야 조화를 이룰 수 있다. 원풍 6년(1083) 윤6월.

武昌[2]主簿[3]吳亮君采[4], 攜其友人沈君十二琴[5]之說, 與高齋[6]先生空同子[7]之文<太平之頌>以示予. 予不識沈君, 而讀其書, 乃得其義趣, 如見其人, 如聞其十二琴之聲. 予昔從高齋先生遊, 嘗見其寶一琴, 無銘無識, 不知其何代物也. 請以告二子[8], 使從先生[9]求觀之. 此十二琴者, 待其琴而後和. 元豐六年閏六月.

만약에 거문고 소리가 거문고에서 난다면
통에 넣어 두었을 땐 어찌하여 안 울릴까?
만약에 거문고 소리가 손가락에서 난다면
어찌하여 손가락에 귀를 대지 아니할까?

若言琴上有琴聲,　　　　약언금상유금성

放在匣中何不鳴.　　　　방재갑중하불명

若言聲在指頭上,[10]　　　약언성재지두상

何不於君指上聽.　　　　하불어군지상청

[해제]

원풍 6년(1083) 윤6월에 황주에서 지은 이 시는 지극히 평이
하고 간단하지만 그 속에는 실로 오묘한 이치가 담겨 있다. 시
인은 거문고에서 아름다운 소리가 나는 현상을 통하여 각각의
독립된 존재들이 서로 조화롭게 결합하면 엄청난 힘을 발휘할
수 있다는 이치를 발견한 것이다. 지극히 평범하고 일상적인 현
상에서 심오한 철리哲理를 발견해 낼 수 있는 시인의 안목이
사람을 놀라게 한다.

[주석]

(1) 沈君(심군): 구체적인 행적이 알려져 있지 않다.

(2) 武昌(무창): 장강長江을 사이에 두고 황주黃州(지
    금의 호북성 황강시黃岡市 황주구)와 마주 보고 있
    던 현縣. 지금의 호북성 악주鄂州.

(3) 主簿(주부): 문서를 관리하던 관직.

(4) 君采(군채): 오량吳亮의 자.

(5) 十二琴(십이금): 열두 개의 거문고. 소식의 〈십이
    금명十二琴銘〉에 〈진릉고동震陵孤桐〉·〈향림팔절香林
    八節〉·〈호종號鍾〉·〈옥경玉磬〉·〈송풍松風〉·〈고왜
    황古娲黃〉·〈남풍南風〉·〈귀학歸鶴〉·〈추풍秋風〉·
    〈어랑漁根〉·〈구주황九州璜〉·〈천구天球〉라는 소제목
    으로 12수가 수록되어 있는데, 이 중의 〈진릉고동震
    陵孤桐〉에 "두 성군(철종 황제와 섭정인 태황태후)이
    다스리는 원우 2년 정묘년에, 장익로가 이 멋진 이

106

름을 붙여 줬네(二聖元祐歲丁卯, 器巧名之張益老)"라
고 한 것을 보면 이것들이 열두 거문고의 이름임을
알 수 있다. 다만, 황정견黃庭堅의 〈장익로십이금명
張益老十二琴銘〉에는 소제목이 〈간천澗泉〉·〈향림팔
절香林八節〉·〈호종號鍾〉·〈옥경玉磬〉·〈송풍松風〉·
〈왜황媧簧〉·〈남풍南風〉·〈무태선舞胎仙〉·〈추사秋
思〉·〈어랑漁桹〉·〈구정황九井璜〉·〈천구天球〉로 소식
과 약간의 차이가 있는 것을 보면 경우에 따라 약간
다르게 불렀음을 알 수 있다.

(6) 高齋(고재): 조변趙抃의 서재. ≪냉재야화冷齋夜話≫
에 "조열도(조변)는 관직에서 물러나 삼구(지금의 절
강성 구현衢縣)로 돌아가 만년을 보냈거니와 고재를
지어 놓고 거기서 지냈는데 종산의 불혜선사와 속세
를 벗어난 교유를 했다(趙閱道休官, 歸老三衢, 作高齋
而居之, 與鍾山佛慧禪師爲方外交)"라고 했다.

(7) 空同子(공동자): 조변의 별호였던 것으로 보인다.

(8) 二子(이자): 오량과 그의 친구 심군을 가리킨다.

(9) 先生(선생): 고재 선생 즉 조변을 가리킨다.

(10) 指頭(지두): 손가락. 손가락 끝. 연주하는 사람의
손을 가리킨다. ≪능엄경楞嚴經≫에 "비유하자면 거
문고·공후·비파가 비록 절묘한 소리를 지니고 있다
고 할지라도 만약 절묘한 손가락이 없다면 끝내 소
리를 내지 못하는 것과 같다(譬如琴瑟·箜篌·琵琶,
雖有妙音, 若無妙指, 終不能發)"라는 말이 있다.

세아회 날 장난삼아

洗兒[1]戲作

남들은 다 자식이 총명하길 바라지만
이 몸은 총명으로 일생을 망쳤으니
오로지 아이가 어리석고 미련하여
무난하게 고관대작에 오르기만 바란다.

人皆養子望聰明,　　인개양자망총명

我被聰明誤一生.　　아피총명오일생

惟願孩兒愚且魯,　　유원해아우차로

無災無難到公卿.　　무재무난도공경

[해제]

원풍 6년(1083) 9월 27일에 시첩侍妾 조운朝雲이 소식의 넷째 아들 소둔蘇遯을 낳았다. 이 시는 소둔의 세아회洗兒會 때 지은 것으로 자식의 행복을 최고의 가치로 생각하는 부모의 심리가 가식 없이 잘 그려져 있다.

[주석]

(1) 洗兒(세아): 세아회洗兒會. 아이가 태어난 지 사흘째 되는 날 또는 한 달째 되는 날 아이의 몸을 씻어주고 잔치를 벌여 축복해 주던 일.

동파

東坡[1]

비가 동파를 씻어 주니 달빛이 해맑은데
도시인들 다 간 뒤에 시골 사람 지나간다.
울퉁불퉁 돌이 많은 비탈길을 싫어 마라.
딸그락딸그락 지팡이 끄는 그 소리가 좋단다.

雨洗東坡月色清,　　　　　우세동파월색청

市人行盡野人行.[2][3]　　　시인행진야인행

莫嫌犖确坡頭路,[4]　　　　막혐락각파두로

自愛鏗然曳杖聲.[5]　　　　자애갱연예장성

110

[해제]

사람들이 모두 집으로 돌아가 적막하기 짝이 없는 원풍 6년 (1083)의 어느 달밤에 비가 내려 온갖 초목이 다 산뜻하게 빛나는 동파를 혼자 지팡이 끌고 지나가는 한적한 정취를 노래한 것이다.

[주석]

(1) 東坡(동파): 소식이 원풍 4년(1081) 2월에 황주성黃州城 동쪽에 있는 황무지를 개간하여 만든 농장.

(2) 市人(시인): 황주성 안에 사는 사람들을 가리킨다.

(3) 野人(야인): 시골 사람. 은자. 소식 자신을 가리킨다.

(4) 犖确(낙각): 돌이 많은 모양.

(5) 鏗然(갱연): 소리가 낭랑하다.

매화를 읊은 진태허의 시에 화답하여

和秦太虛[1]梅花

뼈가 다 말랐을 서호의 처사
오로지 이 시가 있어 그대가 그분을 압도하네.
동파 선생은 마음이 이미 재가 됐는데
그대 시가 좋아서 꽃 때문에 고뇌하네.
정이 많아 말 세우고 황혼 들길 기다리면
잔설은 더디 녹고 달은 일찍 떠올랐네.
강어귀의 천 그루는 봄볕에 어둑해지려 하고
대숲 밖의 한 가지는 기울어져 더 좋았네.
고산 아래 술에 취해 잠들던 곳에
치마허리를 점철한 채 분분해도 안 쓸었네.
만 리에 펼쳐진 봄빛은 쫓겨난 이를 따라오고
십 년 동안 이 꽃은 가인에게 늙음을 줬네.
작년에 꽃 피었을 땐 내가 이미 병들었더니
금년에 꽃을 볼 땐 마음 아직 뒤숭숭했네.
풍우가 봄빛을 말아서 돌아가며
여향을 걷어 하늘에 돌려준 줄 몰랐네.

西湖處士骨應槁,⁽²⁾	서호처사골응고
只有此詩君壓倒.	지유차시군압도
東坡先生心已灰,⁽³⁾	동파선생심이회
爲愛君詩被花惱.	위애군시피화뇌
多情立馬待黃昏,⁽⁴⁾	다정립마대황혼
殘雪消遲月出早.	잔설소지월출조
江頭千樹春欲闇,	강두천수춘욕암
竹外一枝斜更好.	죽외일지사갱호
孤山山下醉眠處,⁽⁵⁾	고산산하취면처
點綴裙腰紛不掃.⁽⁶⁾⁽⁷⁾	점철군요분불소
萬里春隨逐客來,⁽⁸⁾	만리춘수축객래
十年花送佳人老.⁽⁹⁾⁽¹⁰⁾	십년화송가인로
去年花開我已病,	거년화개아이병
今年對花還草草.⁽¹¹⁾	금년대화환초초
不知風雨捲春歸,	부지풍우권춘귀
收拾餘香還畀昊.⁽¹²⁾⁽¹³⁾	수습여향환비호

西湖處士骨應槁,[2]	서호처사골응고
只有此詩君壓倒.	지유차시군압도
東坡先生心已灰,[3]	동파선생심이회
爲愛君詩被花惱.	위애군시피화뇌
多情立馬待黃昏,[4]	다정립마대황혼
殘雪消遲月出早.	잔설소지월출조
江頭千樹春欲闇,	강두천수춘욕암
竹外一枝斜更好.	죽외일지사갱호
孤山山下醉眠處,[5]	고산산하취면처
點綴裙腰紛不掃.[6][7]	점철군요분불소
萬里春隨逐客來,[8]	만리춘수축객래
十年花送佳人老.[9][10]	십년화송가인로
去年花開我已病,	거년화개아이병
今年對花還草草.[11]	금년대화환초초
不知風雨捲春歸,	부지풍우권춘귀
收拾餘香還畀昊.[12][13]	수습여향환비호

[해제]

황주黃州(지금의 호북성 황강시黃岡市 황주구)에서 유배 생활을 하고 있던 원풍 7년(1084) 1월에 매화를 읊은 진관의 시 〈건계의 매화를 추억한 황법조의 시에 화답하여(和黃法曹憶建溪梅花)〉에 화답한 것이다.

[주석]

(1) 太虛(태허): 소문사학사蘇門四學士의 한 사람인 북송 문인 진관秦觀의 자字.

(2) 西湖處士(서호처사): 항주杭州(지금의 절강성 항주)의 서호에서 은거한 북송 초기의 시인 임포林逋를 가리킨다. 매화를 노래한 〈산속 동산의 작은 매화(山園小梅)〉라는 시가 널리 알려져 있다. 이 연은 임포가 죽은 지 오래되었지만 매화를 읊은 시 중에서 그의 시를 능가하는 것이 없었는데 진관의 이 시만이 그의 시를 능가한다는 말이다.

(3) 東坡先生(동파선생): 소식 자신을 가리키는 해학적인 표현이다.

(4) 黃昏(황혼): 임포의 〈산속 동산의 작은 매화〉에 "성긴 가지 기운 곳에 얕은 물이 맑은데, 은은한 향기 번져 올 제 달빛이 침침하다(疏影橫斜水清淺, 暗香浮動月黃昏)"라는 구절이 있다.

(5) 孤山(고산): 항주 서호 안에 있는 섬. 임포가 은거한 곳이다.

114

(6) 點綴(점철): 점철하다. 매화의 꽃잎이 무수히 많은 점을 찍은 것처럼 죽 이어져 있는 것을 가리킨다.

(7) 裙腰(군요): 치마 상단의 허리에 졸라매는 부분. 흔히 좁고 긴 길을 가리키는바, 여기서는 고산 기슭의 오솔길을 가리킨다.

(8) 逐客(축객): 황주에 유배 와 있는 소식 자신을 가리킨다.

(9) 十年(십년): 소식이 조정을 떠나 항주통판杭州通判으로 나간 희령 4년(1071)부터 이 시를 지을 때까지의 10여 년을 가리킨다.

(10) 佳人(가인): 소식 자신의 부인을 가리키는 것으로 보인다.

(11) 草草(초초): 뒤숭숭하고 불안한 모양.

(12) 餘香(여향): 남아 있는 꽃의 향기.

(13) 畀昊(비호): 하늘에게 주다.

해당화

海棠[1]

동풍이 한들한들 숭고한 빛을 띄우는데
향긋한 안개 자욱한 밤에 달이 낭하를 돌아간다.
밤 깊으면 꽃이 잠들까 그것만이 걱정되어
일부러 긴 촛불 들고 단장한 미인을 비춘다.

東風嫋嫋泛崇光,[2]　　　동풍뇨뇨범숭광

香霧空濛月轉廊.[3]　　　향무공몽월전랑

只恐夜深花睡去,[4]　　　지공야심화수거

故燒高燭照紅妝.[5]　　　고소고촉조홍장

소식은 처음 황주(지금의 호북성 황강시黃岡市 황주구)에 갔을 때 자신이 기거하는 정혜원定惠院 동쪽의 잡목 틈에 해당화 한 그루가 있는 것을 보고 그것이 마치 자신의 모습 같아 자주 그 곳을 찾았다. 이 시는 원풍 7년(1084) 어느 봄날 밤늦도록 해당화를 구경한 감회를 노래한 것이다. 해당화에 대한 시인의 진한 애정이 해학적인 필치로 그려져 있다.

[주석]

(1) 海棠(해당): 해당화. 우리나라의 해당화는 장미과의 관목인 매괴玫瑰가 와전된 것으로 중국의 해당화와는 다른 나무이다. 〈우거하는 집인 정혜원의 동쪽에 갖가지 꽃이 온 산에 가득한데 그 속에 해당화 한 그루가 있건만 본토인들이 귀한 줄을 몰라서(寓居定惠院之東, 雜花滿山, 有海棠一株, 土人不知貴也)〉주 (2) 참조.

(2) 嫋嫋(요뇨): 날렵하고 날씬한 모양. 해당화의 자태를 가리킨다.

(3) 空濛(공몽): 안개가 끼어 흐릿한 모양.

(4) 花睡去(화수거): 당나라 현종이 침향정沈香亭에 올라가서 양귀비를 데려오라고 하므로 술에 취해 잠을 자고 있던 양귀비를 깨워서 데리고 갔더니 술이 덜 깨 몸을 가누지 못하는 양귀비의 자태를 보고 현종이 "이게 어찌 왕비가 취한 것이랴! 이건 바로 졸고

있는 해당화로다!"라고 했다.(≪양태진외전楊太眞外傳≫ 참조) 이 연은 해당화를 양귀비에 비유하여 둘이 함께 밤을 지내기 위해 꽃이 잠들지 못하도록 짓궂은 짓을 한다고 함으로써 꽃에 대한 사랑이 얼마나 깊은지를 해학적으로 표현했다.

(5) 紅妝(홍장): 곱게 화장한 미인. 양귀비에 비유된 해당화를 가리킨다.

황주와 작별하며

別黃州[1]

병들고 늙은 말이 굴레를 견디지 못하면서
그래도 임금님께 해진 휘장을 받았네.
뽕나무 밑에서 사흘 묵은 정이 어찌 없으랴만
술동이 앞에서 잠시 혼자 돌아가는 걸 허락하길.
창자 지탱할 장요미를 여전히 실어 놨고
혹을 덮을 깃이 넓은 옷을 먼저 지어 놨네.
강호에서 늙을 생각 끝내 버리지 않을 테니
다시 올 때 친구들이 잘못되게 하지 말길.

病瘡老馬不任羈,⁽²⁾　　병창로마블임기

猶向君王得敝幃.⁽³⁾　　유향군왕득폐위

桑下豈無三宿戀,⁽⁴⁾　　상하기무삼슉련

樽前聊與一身歸.⁽⁵⁾　　준전료여일신귀

長腰尚載撑腸米,⁽⁶⁾　　상요상재뎅상미

闊領先裁蓋癭衣.⁽⁷⁾　　활령선재개영의

投老江湖終不失,⁽⁸⁾　　투로강호종블실

來時莫遣故人非.⁽⁹⁾　　래시막견고인비

120

[해제]

원풍 7년(1084) 4월 유배지를 황주에서 여주로 옮기게 되어 황주를 떠나는 감회를 노래한 것으로 나중에 기회가 오면 다시 황주로 돌아오겠다는 의지를 표명했다.

[주석]

(1) 黃州(황주): 지금의 호북성 황강시黃岡市 황주구.

(2) 病瘡(병창): 상처를 입어서 병이 나다.

(3) 敝幃(폐위): 해진 휘장. ≪예기禮記·단궁하檀弓下≫ 에 "해진 휘장을 버리지 않나니 말을 묻을 때 사용하고, 해진 거적을 버리지 않나니 개를 묻을 때 사용한다(敝帷不棄, 爲埋馬也; 敝蓋不棄, 爲埋狗也)"는 말이 있다. 이 구절은 황제의 은총을 입어 유배지를 황주에서 여주汝州(지금의 하남성 여주)로 옮기게 되었다는 말이다.

(4) 三宿戀(삼숙련): 3일 동안 묵음으로 인하여 생기는 애정. ≪후한서後漢書·양해전襄楷傳≫에 "부처님은 같은 뽕나무 밑에서 3일 동안 묵지 않았고 오래 머물러서 애정이 생기기를 바라지 않았으니 정성이 지극했습니다(浮屠不三宿桑下, 不欲久生恩愛, 精之至也)"라는 말이 있다. 이 구절은 황주에 오래 머물러서 이미 정이 들었다는 말이다.

(5) 與(여): 허여許與하다. 이 연은 나중에 다시 황주로 돌아오겠다는 의지를 표명한 것이다.

(6) 長腰(장요): 쌀의 품종 이름. 낟알이 길쭉하고 곱
   다. 여주에 가서도 황주에 있을 때 먹던 쌀을 계속
   먹겠다는 말이다.

(7) 癭(영): 목에 나는 혹. ≪운어양추韻語陽秋≫에 "여
   주 사람 중에는 혹으로 고통받는 사람이 많다(汝人
   多苦癭)"라고 했다. 소식이 유배지를 여주로 옮기게
   되었기 때문에 한 말이다.

(8) 投老(투로): 노년을 맞이하다. 늙다.

(9) 非(비): 존재하지 않다. 이 구절은 자기가 돌아올
   때까지 친구들이 건강하게 살아 있기를 바란 것이다.

이공택의 백석산방에 쓴 시

書李公擇[1] 白石山房[2]

어쩌다가 물을 찾아 높은 산에 오르니
다섯 노인이 웃으면서 창백한 얼굴을 활짝 펴고
"적선을 만나거든 말씀 전해 주시오
광산이 백발이 다 됐으니 일찍 돌아오라고" 하네.

偶尋流水上崔嵬,[3]　　　우심류수상최외

五老蒼顔一笑開.[4]　　　오로창안일소개

若見謫仙煩寄語,[5]　　　약견적선번기어

匡山頭白早歸來.[6]　　　광산두백조귀래

유배지를 여주汝州(지금의 하남성 여주)로 옮겨 가는 도중이던
원풍 7년(1084) 5월 친구 이상이 젊은 시절에 공부하던 백석
산방 부근의 여산에 올라가 오로봉을 바라보고 느낀 감회를 노
래한 것이다.

[주석]

(1) 公擇(공택): 소식의 친구 이상李常의 자字.

(2) 白石山房(백석산방): 여산廬山의 함파구含鄱口 서
쪽에 있던 이상의 공부방. 소식의 〈이씨산방장서기
李氏山房藏書記〉에 "내 친구 이공택은 젊은 시절에
여산의 오로봉 밑에 있는 백석암의 승려 거처에서
공부했다. 그 뒤 이공택은 이미 그곳을 떠났지만 산
속 사람들이 그를 그리워하여 그가 거처하던 곳을
가리켜 이씨산방이라고 했으니 장서가 총 9천여 권
이나 되었다(余友李公擇, 少時讀書於廬山五老峰下白石
庵之僧舍. 公擇旣去而山中之人思之, 指其所居爲李氏山
房, 藏書凡九千餘卷)"라고 했고, ≪여산기사廬山紀事≫
에 "함파구 서쪽은 보타암인데 그곳에 능가원이라는
절이 있고 절 안에 백석암이 있으니 거기가 바로 이
공택이 공부하던 곳이다(含鄱口西爲寶陀巖, 有僧舍曰
楞伽院, 院內有白石菴, 卽李公擇讀書處也)"라고 했다.

(3) 崔嵬(최외): 높고 험한 돌산.

(4) 五老(오로): 오로봉을 의인화한 것이다. 오로봉은

여산에 있는 산봉우리로 다섯 개가 나란히 붙어 있는 것이 다섯 명의 노인과 같다고 하여 붙여진 이름이다. ≪태평환우기太平寰宇記≫에 "오로봉은 여산의 동쪽에 있는데 높다란 낭떠러지가 우뚝 솟아 있는 것이 마치 다섯 사람이 늘어서 있는 것 같은 형상이다(五老峰在廬山東, 懸崖突出, 如五人羅列之狀)"라고 했다.

(5) 謫仙(적선): 천상에서 지상으로 폄적 온 신선. 원래 이백李白을 가리키는 말인데 여기서는 이백과 성이 같고 이백과 마찬가지로 여산에서 공부한 적이 있는 이상을 가리킨다. 두보杜甫의 〈못 만남(不見)〉이라는 시는 자주自註에서 "근래에 이백의 소식이 없다(近無李白消息)"라고 한 바와 같이 야랑夜郎으로 유배 간 이백을 그린 것인데 이 시의 미련尾聯에 "그대가 책을 읽던 광산의 공부방은, 머리가 하얄 때 돌아오기 좋다오(匡山讀書處, 頭白好歸來)"라는 구절이 있다.

(6) 匡山(광산): 여산의 다른 이름. 광속匡俗이 은거한 산이기 때문에 붙여진 이름이다. ≪여산기사≫에 "옛날에는 광려산이라고 불렀는데 송나라 태종의 이름을 피하여 강산으로 고쳤다(舊名匡廬山, 避宋太祖諱, 改康山)"라고 했다.

서림사의 벽에 쓴 시

題西林[1]壁

가로로 보면 산줄기 옆으로 보면 봉우리
멀리서 가까이서 높은 데서 낮은 데서
보는 곳에 따라서 각기 다른 그 모습.
여산의 진면목을 알 수 없는 건
이 몸이 이 산속에 있는 탓이리.

橫看成嶺側成峰,　　　횡간성령측성봉

遠近高低總不同.　　　원근고저총부동

不識廬山眞面目,[2]　　불식려산진면목

只緣身在此山中.　　　지연신재차산중

[해제]

원풍 7년(1084) 5월 여산을 두루 돌아본 뒤에 그 소감을 읊어 서림사의 벽에 써 놓은 것이다. 여산 안에서 보면 보는 각도에 따라 각각 다르게 보이기 때문에 여산의 진면목을 알 수 없다는 개인적 경험을 통하여 하나의 보편적 이치를 추출해 낸 대표적인 철리시이다. '여산진면목廬山眞面目'이라는 성어는 바로 이 시에서 비롯되었다.

[주석]

(1) 西林(서림): 여산의 서쪽 기슭에 있는 절. 동림사의 맞은편에 있다. ≪여산기사廬山紀事≫에 "원공탑 서북쪽에 향곡이 있고 그 남쪽 기슭에 서림사가 있는바 이곳은 옛날 승려 축담현의 선실이었다. 축담현이 죽은 뒤 그의 제자 혜영이 태항산에서 심양으로 옮겨 와 이곳에서 지내자 도범이 그를 위해 절을 세워 서림사라고 불렀다(遠公塔西北爲香谷, 南下爲西林寺, 故沙門竺曇現之禪室也. 竺死, 其徒惠永自太行山至潯陽就居之, 陶範爲立寺, 曰西林)"라고 했고, ≪여산기廬山記≫에 "건명사는 옛날에 서림사라고 했는데 태평흥국(976-984) 연간에 지금의 편액을 하사했다(乾明寺, 舊名西林, 興國中賜今額)"라고 했다.

(2) 廬山(여산): 강서성 구강九江 남쪽에 있는 산.

127

곽상정의 집에서 술에 취해 벽에다 대나무와 바위를 그렸더니 곽씨가 시를 지어서 감사하고 또 옛날 동검을 두 자루 주어서

郭祥正[1]家, 醉畵竹石壁上, 郭作詩爲謝, 且遺二古銅劍

빈창자에 술 들어가자 까끄라기가 나오고
간과 허파에 삐죽삐죽 대와 돌이 생기더니
불쑥 그리고 싶어져서 되돌릴 수 없기에
백설 같은 그대 벽에 토해 놨지요.
평소에 시를 좋아하고 그림도 좋아하여
담장에 쓰고 벽을 더럽혀 항상 욕을 먹는데
성내지 않고 욕하지 않고 오히려 기쁨이 넘치니
이 세상에 누가 또 그대와 같으리오?
구리로 만든 검 한 쌍이 가을 물빛을 발하는데
새로 지은 시 두 수가 칼날과 서슬을 다투니
침대맡에 있는 검과 손에 든 시 가운데
어느 것이 교룡 소리를 낼지 모르겠네요.

空腸得酒芒角出,[2]

肝肺槎牙生竹石.[3]

森然欲作不可回,[4][5]

吐向君家雪色壁.[6]

平生好詩仍好畫,

書牆涴壁長遭罵.

不瞋不罵喜有餘,

世間誰復如君者.[7]

一雙銅劍秋水光,

兩首新詩爭劍鋩.[8]

劍在牀頭詩在手,

不知誰作蛟龍吼.[9]

공장득주망각출

간폐사아생죽석

삼연욕작불가회

토향군가설색벽

평생호시잉호화

서장완벽장조매

부진불매희유여

세간수부여군자

일쌍동검추수광

량수신시쟁검망

검재상두시재수

부지수작교룡후

[해제]

여주汝州(지금의 하남성 여주)로 유배지를 옮겨 가는 도중이던 원풍 7년(1084) 6월 당도當塗(지금의 안휘성 당도)에 이르러 곽상정 집의 벽에 그림을 그려 놓았더니 곽상정이 보고 사의를 표하고 또 동검도 두 자루 주는지라 그것에 대한 보답으로 지은 것이다.

[주석]

(1) 郭祥正(곽상정) : ≪동도사략東都事略·문예전文藝傳≫에 "곽상정은 자가 공보인데 그의 어머니가 꿈에 이태백을 보고 낳았다. 벼슬에 나아가기를 좋아하지 않고 스스로 사공산인이라 불렸으며, 매성유는 그를 적선의 후예라고 불렀다. 고안군 태수를 지내다 노령으로 사직하고 고향으로 돌아갔는데 거처에 취음 암이 있는지라 소동파가 들러서 벽에다 시를 쓰고 대나무와 바위를 그렸다. 시문 30권이 있으니 ≪청산집≫이라고 한다. 옛날 집이 당도성 안의 수준방에 있다(郭祥正, 字功甫, 其母夢太白而生. 不樂仕進, 自號謝公山人, 梅聖兪呼爲謫僊後. 知高安郡, 請老歸, 所居有醉吟菴, 東坡過而題詩畫竹石於壁. 有詩文三十卷名≪靑山集≫. 故宅在當塗城內壽俊坊)"라고 했다.

(2) 芒角(망각) : 까끄라기. 이 구절은 죽석竹石을 그리고 싶은 마음이 생기기 시작했다는 말이다.

(3) 槎牙(사아) : 가지런하지 않은 모양. 이 구절은 그

리고자 하는 마음속의 죽석이 제법 커졌다는 말이다.

(4) 森然(삼연): 왕성한 모양.

(5) 回(회): 회수하다. 거두어들이다. 이 구절은 죽석
을 그리고 싶은 욕심을 억제할 수 없었다는 말이다.

(6) 吐(토): 죽석 그리고 싶은 마음을 토한다는 뜻으
로 그림을 그린다는 말이다. 이상의 네 구절은 자신
이 곽상정의 벽에 죽석을 그리게 된 경위를 설명한
것이다.

(7) 者(자): 문장 끝에 붙어서 의문의 어기를 표시하
는 조사.

(8) 劍鋩(검망): 칼날. 이 연은 곽상정의 시도 동검만
큼이나 예리하다는 말이다.

(9) 蛟龍吼(교룡후): 교룡의 울부짖음. 이 연은 곽상
정의 시와 동검이 모두 사람을 압도하는 힘을 지니
고 있다는 말이다.

작년 9월 27일에 황주에서 아들 둔이를 낳아 아명을 간아라고 했거니와 헌걸차고 영특했는데 금년 7월 28일에 금릉에서 병사했기에 시를 두 수 지어서 통곡한다

去歲九月二十七日, 在黃州[1], 生子遯[2], 小名幹兒, 頎然穎異. 至今年七月二十八日, 病亡於金陵[3], 作二詩哭之

제1수

내 나이 올해로 마흔아홉 살

여기저기 떠돌다가 막둥이를 잃었네.

막둥이는 참으로 내 아들이라

눈썹 끝이 날 때부터 이미 나를 닮았네.

첫돌 전에 이 아이가 좋아하는 걸 보았더니

뒤뚱뒤뚱 서책을 쫓아다녔네.

머리를 내저으며 배와 밤을 물리쳤으니

분에 넘치는 짓은 수치인 줄 안 듯하네.

나는 늙어 언제나 기쁜 일이 적었는데

이 덕분에 한 번 웃고 기뻐하였네.
그런데 홀연 이 아이를 빼앗기고 말았으니
악업으로 내가 네게 누를 끼쳤네.
섶에 싸서 묻었으니 풍속에서 못 벗어난 것
순식간에 변화하여 사라지고 말 것이네.
돌아오니 가슴이 텅 비었는데
늙은이의 눈물이 물을 쏟은 듯하네.

其一

吾年四十九,	오년사십구
羈旅失幼子.	기려실유자
幼子眞吾兒,	유자진오아
眉角生已似.	미각생이사
未期觀所好,	미기관소호
蹁躚逐書史.(4)(5)	편선축서사
搖頭却梨栗,(6)	요두각리률
似識非分恥.	사식비분치
吾老常鮮歡,	오로상선환
賴此一笑喜.	뢰차일소희
忽然遭奪去,	홀연조탈거
惡業我累爾.	악업아루이
衣薪那免俗,(7)(8)	의신나면속
變滅須臾耳.	변멸수유이
歸來懷抱空,	귀래회포공
老淚如瀉水.	로루여사수

134

제2수

내 눈물은 그래도 닦을 수 있고
시일이 멀어지면 날마다 조금씩 잊힐 텐데
어미의 통곡 소리 들어 낼 수 없나니
차라리 너와 함께 죽어 버리려 하네.
옛날 옷이 아직도 횃대에 걸려 있고
불은 젖이 어느새 침대에 떨어지자
이에 비감이 일어 살고 싶지 않은 듯
한 번 드러눕더니 종일 쓰러져 있네.
중년에 외람되이 불도를 깨우쳐서
몽환에 대해 이미 상세하게 말했고
약을 쌓아 놓은 것이 산더미와 같은데
병이 나자 또다시 처방을 찾아봤네.
자꾸만 사랑의 칼을 가지고
쇠약하고 늙은 이 애간장을 끊으니
길을 잘못 든 줄 알고 자신을 돌아보며
통곡 한 번 하고 나서 남은 아픔 떨치려네.

其二

我淚猶可拭,　　아 루 유 가 식

日遠當日忘.　　일 원 당 일 망

母哭不可聞,　　모 곡 불 가 문

欲與汝俱亡.　　욕 여 여 구 망

故衣尙懸架,　　고 의 상 현 가

漲乳已流牀.　　창 유 이 류 상

感此欲忘生,　　감 차 욕 망 생

一臥終日僵.　　일 와 종 일 강

中年忝聞道,[9]　　중 년 첨 문 도

夢幻講已詳.　　몽 환 강 이 상

儲藥如丘山,　　저 약 여 구 산

臨病更求方.　　림 병 갱 구 방

仍將恩愛刃,[10]　　잉 장 은 애 인

割此衰老腸.　　할 차 쇠 로 장

知迷欲自反,　　지 미 욕 자 반

一慟送餘傷.　　일 통 송 여 상

황주에서 유배 생활 중이던 원풍 6년(1083) 9월 27일 시첩 조운이 막내아들 소둔을 낳았는데 이듬해에 유배지를 여주汝州 (지금의 하남성 여주)로 옮겨 가느라 서너 달 동안 쉬지 않고 무더운 배 안에서 지낸 탓에 병마가 엄습하여 원풍 7년(1084) 7월 28일에 끝내 세상을 떠나고 말았다. 이 시는 이때의 비통한 심정을 노래한 것이다.

[주석]

(1) 黃州(황주): 지금의 호북성 황강시黃岡市 황주구.

(2) 遯(둔): 시첩侍妾 조운朝雲이 낳은 소식의 막내아들로 아명을 간아幹兒라고 했다.

(3) 金陵(금릉): 지금의 강소성 남경南京.

(4) 蹁躚(편선): 걸음걸이가 바르지 않은 모양.

(5) 書史(서사): 경서經書·사서史書 따위의 책.

(6) 却梨栗(각이율): 자기가 먹지 못할 것을 먹으려고 하지 않았다는 말이다. 한나라 사람 공융孔融은 네 살 때 형제들과 함께 배를 먹으면 늘 작은 것을 먹었다. 그 까닭을 묻자 자기가 가장 어리기 때문에 작은 것을 먹는 것이 당연하다고 대답했다.(장은張隱, ≪문사전文士傳·공융孔融≫ 참조) 도연명陶淵明의 시 〈아들 책망(責子)〉에 "통동通佟이는 나이가 아홉 살이 되었건만, 오로지 배와 밤만 찾을 줄 아네(通子雖九齡, 但覓梨與栗)"라는 구절이 있다.

(7) 衣薪(의신): (시체를) 섶이나 풀로 싸다.

(8) 免俗(면속): 세간의 풍속에 구애되지 않다.

(9) 忝(첨): 자신의 행위를 낮추어 일컫는 겸사.

(10) 將(장): ~으로. ~을 가지고.

고우 진직궁 처사의 기러기 그림

高郵[(1)] 陳直躬[(2)] 處士畫雁二首

제1수

들판의 기러기란 사람을 보면
날기 전에 생각이 바뀌는 법이거늘
그대는 어디에서 기러기를 보셨기에
아무도 없는 듯한 이 자태를 보셨나?
이것은 다름 아닌 마른 나무의 모습
사람과 새가 둘 다 자재롭구나.
북풍이 시든 갈대를 흔들어 대니
가랑눈이 번하게 부슬부슬 내린다.
구름 덮인 침침한 강이 어둠에 싸였는데
모래와 자갈이 반짝반짝 곱게 부서져 있다.
사냥꾼은 실의에 차 어찌 미련을 두나
일거에 강과 바다로 아득히 나는 새이거늘?

其一

野雁見人時,　　　야안견인시

未起意先改.⁽³⁾　　미기의선개

君從何處看,　　　군종하처간

得此無人態.⁽⁴⁾　　득차무인태

無乃槁木形,⁽⁵⁾⁽⁶⁾　무내고목형

人禽兩自在.⁽⁷⁾　　인금량자재

北風振枯葦,　　　북풍진고위

微雪落璀璀.⁽⁸⁾　　미설락최최

慘淡雲水昏,　　　참담운수혼

晶熒沙礫碎.　　　정형사력쇄

弋人悵何慕,⁽⁹⁾　익인창하모

一擧渺江海.　　　일거묘강해

140

제2수

새들이 다 다투기를 일삼건마는
들판의 기러기만은 한아하고 고결하여
자득한 마음으로 느긋이 걷고
절도가 있는 듯이 주억거린다.
나는 쇠약한 몸을 강호에 맡겨
늘그막에 거위 오리 안 가리고 짝하매
편지를 써 진 선생께 요구하나니
초계와 삽계의 새벽 경치를 그려 주셔요.
둥그런 모래섬에 옹기종기 모였다가
달 기우는 새벽녘에 조금씩 움직이는데
저 혼자 먼저 울며 날개를 쳐서
눈처럼 흰 갈대꽃을 막 날리는 모습을요.

其二

衆禽事紛爭,　　　　중금사분쟁

野雁獨閑潔.　　　　야안독한결

徐行意自得,　　　　서행의자득

俯仰若有節.　　　　부앙약유절

我衰寄江湖,　　　　아쇠기강호

老伴雜鵝鴨.　　　　로반잡아압

作書問陳子,[10]　　작서문진자

曉景畫苕霅.[11]　　효경화초삽

依依聚圓沙,[12][13]　의의취원사

稍稍動斜月.[14]　　초초동사월

先鳴獨鼓翅,[15]　　선명독고시

吹亂蘆花雪.　　　　취란로화설

142

[해제]

원풍 7년(1084) 11월 고우에서 진직궁이 그린 기러기 그림을 보고 지은 것이다. 제1수는 진직궁이 보여 준 그림을 묘사한 것으로 이 시를 통해 유추하건대 느긋하게 거니는 기러기와 초연한 마음으로 그것을 바라보는 은자가 그려져 있었을 것으로 추측되고, 제2수는 진직궁에게 기러기 그림을 한 폭 그려 달라고 부탁한 것이다.

[주석]

(1) 高郵(고우): 지금의 강소성 고우.

(2) 陳直躬(진직궁): 시원지施元之의 ≪시주소시施注蘇詩≫에 "진직궁은 진해의 아들이다. 집안에 본래 재물이 많았지만 진해와 그의 동생은 유독 그림 배우기를 좋아했다. 그 뒤 기량은 날로 증진되고 집안은 날로 쇠미해져 마침내 생업으로 삼았다. 사대부들이 그의 그림을 좋아할 뿐만 아니라 그의 위인도 좋아하여 왕왕 그를 칭송했는데 진직궁도 그의 학문을 계승했다. ≪고우지≫에 보인다(陳直躬, 偕之子也. 家故饒財, 而偕與其弟獨喜學畫. 其後, 伎日以進, 家日以微, 遂以爲業. 士大夫旣喜其畫, 且愛其爲人, 往往稱之, 直躬亦世其學云. 見≪高郵志≫)"라고 했다.

(3) 意先改(의선개): 느긋하던 마음이 깜짝 놀라 경계하는 마음으로 바뀌고 따라서 불안한 표정을 짓거나 눈이 휘둥그레진다는 말이다.

(4) 無人態(무인태): 주위에 지켜보는 사람이 아무도 없는 것처럼 편안하고 태연한 자태. 진직궁이 그린 그림 속의 기러기를 가리킨다.

(5) 無乃(무내): 바로 ~이 아닌가.

(6) 槁木形(고목형): 세속적인 욕심에 흔들리지 않는 초연한 모습을 가리킨다. ≪장자莊子·제물론齊物論≫에 "사람의 형체는 본래 마른 나무와 같게 할 수 있으며 마음은 본래 꺼진 재와 같게 할 수 있습니까?(形固可使如槁木, 而心固可使如死灰乎?)"라는 안성자유顔成子游의 말이 있고, ≪장자·전자방田子方≫에 "좀 전에 선생은 형체가 마치 마른 나무인 것처럼 덩그런 것이 물질세계를 벗어나고 사람들에게서 떠나 홀로 서 있는 것 같았습니다(向者先生形體掘若槁木, 似遺物離人而立於獨也)"라는 공자孔子의 말이 있다.

(7) 人禽(인금): 그림 속에 그려진 기러기와 그것을 바라보는 사람을 가리킨다.

(8) 璀璀(최최): 선명한 모양. 하얀 갈대꽃이 떨어지는 모양일 수도 있고 실제로 눈이 내리는 모양일 수도 있다.

(9) 弋人(익인): 주살을 쏘아서 새를 잡는 사냥꾼. ≪양자법언揚子法言·문명問明≫에 "기러기가 아스라이 날아가거늘, 사냥꾼은 어찌하여 미련을 두나?(鴻飛冥冥, 弋人何慕焉?)"라는 말이 있다. 이 연은 양웅揚雄의 말을 빌려 기러기가 자기 천성대로 멀리멀리 날아가게 놓아두라는 말이다.

(10) 陳子(진자): 진직궁을 가리킨다.

(11) 苕霅(초삽): 초계와 삽계. 초계는 절강성 안길현 安吉縣 서남쪽에서 발원하는 서초계와 절강성 임안현臨安縣 서북쪽에서 발원하는 동초계가 있는바, 두 강은 호주湖州에서 합류하여 동북쪽으로 흘러 태호 太湖로 들어가는데 합류한 이후의 강을 삽계라고 한다.

(12) 依依(의의): 떨어지기 싫어하는 모양.

(13) 圓沙(원사): 둥근 모래섬. 두보杜甫의 시 〈초당에서(草堂卽事)〉에 "추위에 떠는 물고기는 빽빽한 수초에 의지하고, 잠든 기러기는 둥그런 모래섬에 모여 있다(寒魚依密藻, 宿雁聚圓沙)"라는 구절이 있다.

(14) 稍稍(초초): 조금씩 움직이는 모양.

(15) 先鳴(선명): 두보의 시 〈비오리(花鴨)〉에 "벼와 기장이 너에게 베풀어져 있으니, 남보다 먼저 울려는 생각을 하지 마라(稻粱霑汝在, 作意莫先鳴)"라는 구절이 있다.

임포 시 뒤에 쓴 시

書林逋[1]詩後

오인들은 호수와 산의 굽이에 나서 자라는지라
호수 빛을 호흡하고 산의 녹음을 마시나니
속세 밖의 은군자는 말할 필요도 없고
품팔이와 여상인도 모두 다 빙옥이네.
선생은 참으로 세속을 떠난 사람
정신이 맑고 기질이 차 속될 수 없네.
나는 선생을 모르지만 꿈에 본 적 있나니
반짝이는 눈동자가 주위를 비출 만했네.
작품 속에 오묘한 말이 도처에 있는지라
걸어서 서호를 돌았지만 다 보지는 못했네.
선생의 시는 동야 같되 추운 말은 아니했고
선생의 글씨는 유대 같되 살이 조금 적었네.
평생의 고절이 벌써 뒤를 잇기 어려운데
죽기 전의 은미한 말도 기록해 둘 만했네.

봉선서를 안 지었다 스스로 말했거늘
더구나 슬프게 〈백두음〉을 읊으려고 했으리?
우습게도 오인들은 일을 안 좋아하건만
대밭 옆에 사당을 짓기는 좋아했네.
그러지 않았다면 수선왕과 함께 모시고
찬 샘물 한 잔 떠 놓고 가을 국화를 바칠 뻔했네.

吳儂生長湖山曲,⁽²⁾　　　오농생장호산곡

呼吸湖光飲山綠.　　　호흡호광음산록

不論世外隱君子,⁽³⁾　　　불론세외은군자

傭兒販婦皆冰玉.⁽⁴⁾⁽⁵⁾　　　용아판부개빙옥

先生可是絶俗人,⁽⁶⁾⁽⁷⁾　　　선생가시절속인

神清骨冷無由俗.⁽⁸⁾　　　신청골랭무유속

我不識君曾夢見,　　　아불식군증몽견

瞳子瞭然光可燭.　　　동자료연광가촉

遺篇妙字處處有,⁽⁹⁾　　　유편묘자처처유

步遶西湖看不足.⁽¹⁰⁾　　　보요서호간부족

詩如東野不言寒,⁽¹¹⁾　　　시여동야불언한

書似留臺差少肉.⁽¹²⁾⁽¹³⁾　　　서사류대차소육

平生高節已難繼,　　　평생고절이난계

將死微言猶可錄.⁽¹⁴⁾　　　　장사미언유가록

自言不作封禪書,⁽¹⁵⁾　　　　자언부작봉선서

更肯悲吟白頭曲⁽¹⁶⁾　　　　갱긍비음백두곡

我笑吳人不好事,　　　　아소오인불호사

好作祠堂傍修竹.⁽¹⁷⁾⁽¹⁸⁾　　　　호작사당방수죽

不然配食水仙王,⁽¹⁹⁾⁽²⁰⁾　　　　불연배식수선왕

一盞寒泉薦秋菊.　　　　일잔한천천추국

[해제]

원풍 8년(1085) 4월 항주 서호의 고산에 은거한 북송 시인 임포의 시를 읽고 그 감회를 노래한 발문跋文 형식의 시로 그의 인품과 시를 극구 칭송했다.

[주석]

(1) 林逋(임포): 북송 초의 시인으로 결혼을 하지 않은 채 매화를 아내로 여기고 학을 자식으로 여기며 항주杭州 서호의 고산孤山에 은거했기 때문에 매처학자梅妻鶴子라는 말이 생겼다.

(2) 吳儂(오농): 오 지방 사람. 오인吳人. 임포가 은거한 항주는 오 지방에 속한다.

(3) 不論(불론): 비단 ~뿐만이 아니다. ~은 말할 것도 없다.

(4) 傭兒(용아): 품삯을 받고 남의 일을 해주는 사람. 품팔이. 삯꾼.

(5) 販婦(판부): 물건을 파는 여자. 여자 상인.

(6) 可是(가시): 참으로.

(7) 絶俗(절속): 세속과 인연을 끊다.

(8) 無由(무유): ~할 길이 없다.

(9) 遺篇(유편): 죽은 사람이 남겨 놓은 시문.

(10) 西湖(서호): 항주 서쪽에 있는 호수. 이 연은 소식이 항주통판杭州通判으로 재임할 때 임포의 시에 멋지게 묘사된 곳을 찾아다니며 두루 살펴보았지만 모두 다 찾지는 못했다는 말인 것으로 보인다.

(11) 東野(동야): 당나라 시인 맹교孟郊의 자字. 소식의
    〈유자옥 제문(祭柳子玉文)〉에 "원진元稹은 경박하고
    백거이白居易는 통속적이며, 맹교는 차갑고 가도賈島
    는 깡마르다(元輕白俗, 郊寒島瘦)"라고 했다. 이 구절
    은 임포의 시가 맹교의 시와 비슷한 시경詩境을 지니
    고 있지만 한기가 느껴질 정도는 아니라는 말이다.

(12) 留臺(유대): 송나라 서예가로서 서경유사어사대西
    京留司御史臺를 역임했기 때문에 이서대李西臺라고
    도 불린 이건중李建中을 가리킨다. 이 구절은 임포
    의 글씨가 이건중과 비슷하지만 그보다 조금 가늘다
    는 말이다.

(13) 差(차): 조금.

(14) 微言(미언): 미묘하고 심오한 말.

(15) 封禪書(봉선서): 사마상여司馬相如가 천자에게 봉
    선封禪을 권유한 문장. 제왕의 공덕을 칭송한 글을
    가리킨다. 사마상여가 병이 들어서 관직에서 물러나
    무릉茂陵에 있는 자기 집에서 지낼 때 천자가 소충
    所忠을 보내 사마상여 집에 있는 그의 글을 다 가져
    오라고 했다. 소충이 사마상여 집에 갔더니 사마상
    여는 이미 죽고 없고 그의 부인이 사마상여의 글을
    한 편 주었다. 그것은 천자에게 봉선, 즉 천지신명에
    게 제사를 지낼 것을 권하는 글이었다.(≪사기 · 사마
    상여전≫ 참조) 임포의 시 〈스스로 수당(살아 있을
    때 미리 파 놓는 무덤)을 만들었기에 절구 한 수를
    써서 이 사실을 기록한다(自作壽堂因書一絶以誌之)〉

에 "무릉으로 와서 언젠가 유고를 찾을 텐데, 오히려 봉선서가 없었던 게 기쁘네(茂陵他日求遺稿, 猶喜曾無封禪書)"라는 구절이 있다. 이 구절은 임포가 관직에 뜻을 두지 않았다는 말이다.

(16) 白頭曲(백두곡): 사마상여의 아내 탁문군卓文君이 지은 〈백두음白頭吟〉을 가리킨다. 사마상여가 무릉茂陵 여자를 첩으로 들이려고 하자 탁문군이 〈백두음〉을 지어서 결별을 선언하는지라 사마상여가 그만 포기했다.(≪서경잡기西京雜記≫ 참조) 이 구절은 임포가 결혼을 하지 않았기 때문에 질투심이 있었을 리 없다는 말이다.

(17) 祠堂(사당): 임포의 사당을 가리킨다.

(18) 修竹(수죽): 기다란 대나무.

(19) 配食(배식): 배향配享하다. 다른 사람의 사당에 함께 모셔 놓고 그 사람에게 제사 지내는 김에 함께 제사 지내는 것을 가리킨다.

(20) 水仙王(수선왕): 전당강錢塘江의 용왕. 소식은 자신의 시 〈호수에서 술을 마시는데 처음에는 날이 맑다가 나중에 비가 내려서(飮湖上初晴後雨二首)〉 중의 제2수 마지막 구절에 대한 자주에서 "호숫가에 수선왕의 사당이 있다(湖上有水仙王廟)"라고 했다. 또 ≪함순임안지咸淳臨安志≫에는 "수선왕의 사당은 서호 제3교 북쪽에 있다(水仙王廟在西湖第三橋北)"라고 했고, ≪서호유람지여西湖遊覽志餘≫에는 "고산의 남쪽 기슭에 있다(在孤山南麓)"라고 했다.

의흥으로 돌아가며 죽서사에 남긴다

歸宜興[1], 留題[2]竹西寺[3]三首

제1수

십 년 동안 귀향을 꿈꾸며 서풍에 귀를 기울였는데
이제 가면 정말로 농사꾼 되리.
촉강의 새 우물물을 실컷 퍼마셔
고향 맛을 지니고 강동으로 건너가리.

其一

十年歸夢寄西風,[4]　　십년귀몽기서풍

此去眞爲田舍翁.[5]　　차거진위전사옹

剩覓蜀岡新井水,[6]　　잉멱촉강신정수

要攜鄕味過江東.[7][8]　요휴향미과강동

제2수

스님은 계소 물을 마시라고 권하고
동자는 앵속탕을 잘도 끓인다.
등나무 침상과 돌베개를 잠시 빌려주시어
대숲을 스치는 시원한 바람을 저버리게 하지 마소서.

其二

道人勸飲雞蘇水,⁽⁹⁾⁽¹⁰⁾　　　도인권음계소수

童子能煎鶯粟湯.⁽¹¹⁾　　　동자능전앵속탕

暫借藤牀與瓦枕,⁽¹²⁾　　　잠차등상여와침

莫敎辜負竹風涼.⁽¹³⁾⁽¹⁴⁾⁽¹⁵⁾　　　막교고부죽풍량

제3수

이내 인생 아무 일도 없을 걸 이미 느꼈는데
올해도 변함없이 대풍년을 만났구나.
산사로 돌아오다 좋은 말을 들었나니
들꽃도 우는 새도 기쁨이 넘치누나.

其三

此生已覺都無事,	차생이각도무사
今歲仍逢大有年.(16)	금세잉봉대유년
山寺歸來聞好語,(17)	산사귀래문호어
野花啼鳥亦欣然.	야화제조역흔연

[해제]

황주(지금의 호북성 황강시黃岡市 황주구)에서 여주汝州(지금의 하남성 여주)로 유배지를 옮겨 가다가 상소문을 올려 상주 거주常州居住를 허락받고 자신이 땅을 사 둔 상주 의흥으로 돌아가는 도중이던 원풍 8년(1085) 5월 양주에 있는 죽서사에 들러서 지은 것이다.

[주석]

(1) 宜興(의흥): 상주常州의 속현屬縣. 지금의 강소성 의흥.

(2) 留題(유제): 글씨를 써서 남기다.

(3) 竹西寺(죽서사): 강소성 양주揚州에 있던 절.

(4) 寄西風(기서풍): 서풍에 의지하다. 자기 고향이 있는 서쪽에서 부는 바람에 귀를 기울이는 방법으로 향수를 달랬다는 말이다. 왕십붕王十朋의 ≪백가주분류동파선생시百家註分類東坡先生詩≫에 "서풍은 서천으로 돌아가고 싶다는 말이다(西風, 言欲歸西川也)"라고 했다.

(5) 田舍翁(전사옹): 시골 늙은이.

(6) 蜀岡(촉강): 양주에 있는 언덕. 지맥이 촉 지방과 통하여 거기에 있는 촉정蜀井이라는 우물의 물맛이 촉강蜀江의 물맛과 같다고 한다.

(7) 鄕味(향미): 고향의 맛. 소식이 촉 지방 출신이고 샘물 이름이 촉정이기 때문에 한 말이다.

(8) 江東(강동): 장강長江의 동부. 장강이 안휘성 무
　호蕪湖에서 강소성 남경南京 사이에서는 북북동 방
　향으로 흐르기 때문에 그 남쪽 지역을 강동이라고
　한다. 여기서는 의흥을 가리킨다.

(9) 道人(도인): 스님.

(10) 雞蘇(계소): 약초 이름.

(11) 鶯粟(앵속): 양귀비. '앵속罌粟'으로도 쓴다. 한해
　살이풀 또는 두해살이풀로 잎은 긴 타원형이고 여름
　에 붉은색·보라색 혹은 흰색의 네잎꽃이 핀다. 이
　식물의 덜 익은 열매를 쪼개면 하얀 즙이 나오는데
　이것으로 아편을 만들 수 있다.

(12) 瓦枕(와침): 도자기로 만든 베개.

(13) 莫教(막교): ~하게 하지 말라.

(14) 辜負(고부): 저버리다. 이 연은 대나무를 스치는
　시원한 바람을 맞으며 죽서사에 좀 누워 있고 싶다
　는 말이다.

(15) 竹風(죽풍): 대나무 숲을 스치는 바람.

(16) 有年(유년): 풍년.

(17) 好語(호어): 찬양하는 말. 좋은 소식. 이하李賀의
　시 〈모랫길(沙路曲)〉에 "모랫길로 돌아오다 찬사를
　들었나니, 가뭄의 불 꺼지고 하늘이 비를 내린다네
　(沙路歸來聞好語, 旱火不光天下雨)"라는 구절이 있
　다. 소식은 죽서사로 돌아오는 도중에 백성들이 길
　가에서 철종 황제가 새로 즉위한 사실을 알고 기뻐
　하며 찬양하는 모습을 보고 흐뭇한 마음으로 이 구

절을 읊었다고 한다. 그러나 그의 정적들은 나중에 신법을 강행한 신종의 서거를 좋은 소식이라고 했다며 그를 모함했으니, 그로부터 6년 뒤인 원우 6년(1091) 8월 한창 소식의 흠을 찾느라 혈안이 되어 있던 가이賈易·조군석趙君錫 등이 이 구절을 문제 삼아 소식을 모함함으로써 그로 하여금 맡은 지 반 년도 채 안 된 한림학사승지지제고겸시독翰林學士承旨知制誥兼侍讀을 그만두고 다시 영주지주潁州知州로 나가게 만들었다.(소식, 〈시를 쓴 일에 대하여 해명하는 상소문(辨題詩箚子)〉 및 ≪자치통감후편資治通鑑後編·원우6년8월元祐六年八月≫ 참조)

양걸을 전송하며

送楊傑[1]

무위자는 일찍이 사명을 받들고 태산 꼭대기에 올라갔다가 닭이 울자마자 일출을 본 적이 있었고, 또 일로 인하여 화산을 지나가다가 중양절에 연화봉 위에서 술을 마신 적도 있었으며, 이제 어명을 받들어 고려 승통과 함께 전당을 유람하게 되었다. 모두 나랏일로 인하여 방외의 즐거움을 좇는 것이니 좋도다! 이는 일찍이 없었던 일이다. 이에 이 시를 지어서 그를 전송한다.

無爲子[2]嘗奉使登太山[3]絶頂, 雞一鳴, 見日出; 又嘗以事過華山[4], 重九日[5]飲酒蓮華峰[6]上; 今乃奉詔與高麗[7]僧統[8]游錢塘[9]. 皆以王事, 而從方外[10]之樂, 善哉! 未曾有也. 作是詩以送之.

천문에 밤에 올라 뜨는 해를 맞이하니
만 리의 붉은 물결로 하늘의 반이 붉었네.
돌아와 평지에서 도환을 보니
한 조각의 황금으로 가을 귤을 빚어 냈네.

태화산 꼭대기에서 중양절을 쇠노라니
하늘에서 바람 불어 국화주가 출렁였네.
큰 소리로 노래하며 요대정에 내려가
벼랑에서 취해 춤추며 손을 한 번 휘둘렀네.
마음이 팔극에서 노니 온갖 인연이 허망한데
모기 소리 같은 우레가 도랑을 울리는 걸 내려다봤네.
대천세계를 순식간에 여든 번 왕복하고
고래 타고 동해를 웃으면서 건넜네.
삼한 왕자가 서쪽으로 불법을 찾아왔으니
습착치와 석도안 두 강적이 만나겠네.
강을 건널 때 바람이 급해 파도가 산과 같을 터
사공이여 손님을 잘 돌봐 주기 바라네.

天門夜上賓出日,[11][12]　　　천문야상빈출일

萬里紅波半天赤.　　　만리홍파반천적

歸來平地看跳丸,[13]　　　귀래평지간도환

一點黃金鑄秋橘.　　　일점황금주추귤

太華峰頭作重九,[14]　　　태화봉두작중구

天風吹灩黃花酒.[15][16]　　　천풍취염황화주

浩歌馳下腰帶鞓,[17][18]　　　호가치하요대정

醉舞崩崖一揮手.[19]　　　취무붕애일휘수

神遊八極萬緣虛,[20][21][22]　　　신유팔극만연허

下視蚊雷隱汚渠.[23][24]　　　하시문뢰은오거

大千一息八十返,[25][26]　　　대천일식팔십반

笑屬東海騎鯨魚.[27]　　　소려동해기경어

三韓王子西求法,[28][29]　　　삼한왕자서구법

鑿齒彌天兩勍敵.[30][31][32]　　　착치미천량경적

過江風急浪如山,[33]　　　과강풍급랑여산

寄語舟人好看客.[34][35]　　　기어주인호간객

161

[해제]

원풍 8년(1085) 9월 나랏일로 인하여 태산과 화산을 유람한 적이 있는 양걸이 또 고려 승통 의천을 모시기 위해 항주로 가는 것을 전송하여 지은 것이다. 첫 네 구절은 양걸이 태산에서 일출을 구경한 일을 묘사한 것이고, 그 다음 여덟 구절은 그가 화산에서 중양절을 쇤 일을 묘사한 것이며, 마지막 네 구절은 그가 의천을 만나러 항주로 가게 된 일을 묘사한 것이다.

[주석]

(1) 楊傑(양걸): 무위無爲(지금의 안휘성 무위) 사람으로 자字가 차공次公이고 자호自號가 무위자無爲子이다. 원우(1086-1093) 연간에 예부원외랑禮部員外郞이 되었으며 윤주지주潤州知州와 양절제점형옥兩浙提點刑獄을 역임했다.(≪송사宋史·양걸전楊傑傳≫ 참조)

(2) 無爲子(무위자): 양걸의 자호.

(3) 太山(태산): 태산泰山. 산동성에 있는 높은 산으로 오악五嶽 중의 동악이다.

(4) 華山(화산): 섬서성에 있는 산으로 오악 중의 서악이다.

(5) 重九日(중구일): 음력 9월 9일. 중양절.

(6) 蓮華峰(연화봉): 화산의 주봉 다섯 개 가운데 경치가 가장 아름다운 봉우리로 서봉西峰이라고도 한다.

(7) 高麗(고려): 918년에 왕건王建이 세운 나라.

(8) 僧統(승통): 고려 시대 교종의 법계法階 가운데 가장 높은 등급으로, 왕사王師의 아래이고 수좌首座의 위였다. 여기서는 고려의 대각국사大覺國師(1055-1101)를 가리킨다. 그는 고려 문종의 넷째 아들로 이름이 왕후王煦이고 자字가 의천義天인데 송나라에서 유학하고 돌아와 우리나라에 처음으로 천태종을 열었으며, 흥왕사에 교장도감을 세우고 ≪속장경續藏經≫ 4,000여 권을 간행했다. 왕십붕王十朋의 ≪백가주분류동파선생시百家註分類東坡先生詩≫에 "원우 2년(1087)에 고려 승려 의천이 배를 타고 바다를 건너 샛길로 명주(지금의 절강성 영파寧波)에 왔다. 전하는 말에 의하면 의천은 왕위를 버리고 출가했다고 하는데, 상소문을 올려 총림을 두루 돌아다니며 불법에 대해서 묻고 불도를 전수받게 해 달라고 청했다. 이에 조봉랑인 차공 양걸을 접반사로 삼으라는 어명이 내려졌다. 의천이 찾아간 오 지방의 여러 사찰에서 모두 신하가 왕을 대하는 예로써 그를 맞이하고 전송했는데, 금산에 이르자 승려 요원이 자리에 앉아서 그의 문후를 받았다. 차공이 깜짝 놀라 그렇게 하는 까닭을 묻자 요원이 '의천도 역시 다른 나라의 승려일 뿐입니다. 총림의 법도가 이와 같으니 바꿀 수가 없습니다'라고 했다. 조정에서 이 소문을 듣고 요원이 근본적인 강령을 안다고 여겼다(元祐二年, 高麗僧義天航海, 間道至明州. 傳云: 義天棄王位出家, 上疏乞遍歷叢林問法受道. 有

163

詔朝奉郎楊傑次公館伴. 所至吳中諸刹, 皆迎餞如王臣禮, 至金山, 僧了元乃牀坐, 受其大展. 次公驚問其故, 了元曰:'義天亦異國僧耳. 叢林規繩如是, 不可易.'朝廷聞之, 以了元知大體)"라는 일화가 소개되어 있다. 송나라 사람 석혜홍釋惠洪의 ≪승보전僧寶傳 · 운거불인원선사雲居佛印元禪師≫와 원나라 사람 석염상釋念常의 ≪불조역대통재佛祖歷代通載 · 송宋≫에도 같은 일화가 수록되어 있다.

(9) 錢塘(전당): 지금의 절강성 항주杭州.

(10) 方外(방외): 속세의 바깥.

(11) 天門(천문): 태산의 정상 부근에 있는 문. 왕십붕의 ≪백가주분류동파선생시≫에 "≪태산기≫에 '태산은 뱅뱅 도는 산길이 이리저리 꺾이며 올라가는바 모두 50여 굽이나 된다. 소천문과 대천문을 지나가는데 천문을 올려다보면 마치 구멍으로 천창을 보는 것 같다. 밑에서부터 옛날에 봉선하던 곳까지 총 40리이다. 산꼭대기의 서쪽 바위는 신선들의 돌 누각이고, 동쪽 바위는 작은 산이며, 동남쪽 바위는 일관봉이라고 하는데 닭이 한 번 울 때 해가 막 떠오르려고 하는 것이 보인다'라는 말이 있다(≪太山記≫云:'太山盤道屈曲而上, 凡五十餘盤. 經小天門 · 大天門, 仰視天門, 如穴中視天窗矣. 自下至古封禪處, 凡四十里. 山頂西崐爲仙人石閣, 東崐爲介丘, 東南崐名曰觀者, 雞一鳴時, 見日始欲出.')"라고 했다.

(12) 賓(빈): 맞이하다. ≪서경書經 · 요전堯典≫에 "경건

하게 뜨는 해를 맞이하며 동쪽에서 해가 뜨는 시각
를 관찰하게 했다(寅賓出日, 平秩東作)"라는 말이 있다.
(13) 跳丸(도환): 두 손으로 공 몇 개를 빠른 속도로
놀리는 옛날 놀이의 일종. 대개 빠른 속도로 운행하
는 해와 달을 가리키는데 여기서는 태산 위로 막 떠
오른 해를 가리킨다. 한유韓愈의 시 〈가을날의 회포
(秋懷詩)〉에 "우수로 세월을 다 보냈나니, 해와 달이
도환처럼 빨리도 뛰네(憂愁費竷景, 日月如跳丸)"라는
구절이 있다.
(14) 太華(태화): 화산.
(15) 天風(천풍): 하늘 높이 부는 바람.
(16) 黃花酒(황화주): 국화주를 가리킨다.
(17) 浩歌(호가): 큰 소리로 노래하다.
(18) 腰帶鞓(요대정): 허리띠용의 가죽끈 즉 가죽 허리
띠. 구양수歐陽修의 ≪낙양모란기洛陽牡丹記 · 꽃 이
름 풀이(花釋名)≫에 "정홍은 단엽의 심홍색 꽃인데
청주에서 나기 때문에 청주홍이라고도 한다.……그 색
깔이 가죽 허리띠와 비슷하기 때문에 정홍이라고 한다
(鞓紅者, 單葉深紅花, 出青州, 亦曰青州紅.……其色類腰
帶鞓, 故謂之鞓紅)"라고 했다. 그러나 왕십붕의 ≪백
가주분류동파선생시≫에 "요대정은 화산의 지명이다
(腰帶鞓, 華山地名)"라고 한 것을 보면 당시 화산에
요대정이라는 지명이 있었음을 알 수 있다. 육유陸
游의 시 〈꿈속에서(夢遊)〉에 "가을바람에 날린 이슬
이 세두분에 떨어지고, 만 리에 뻗은 구름이 요대정

을 뒤덮었다(九秋風露洗頭盆, 萬里雲煙腰帶輕)"라는 구
절이 있다.

(19) 揮手(휘수): 손을 내젓다. 작별을 고한다는 말이다.

(20) 神遊(신유): 마음속으로 가서 노닐다.

(21) 八極(팔극): 팔방의 끝.

(22) 萬緣(만연): 온갖 인연. 일체의 인연.

(23) 蚊雷(문뢰): 모기 소리만큼 작은 뇌성. 높은 산에
서 들으면 우렛소리가 아주 작게 들린다고 한다. 소
식의 시 〈당도사가 말하기를 천목산 위에서 뇌우를
내려다보면 우레와 번개가 크게 칠 때마다 구름 속
에서 마치 갓난애 우는 소리만 들리는 것 같고 우렛
소리는 전혀 들리지 않는다고 하여(唐道人言, 天目
山上俯視雷雨, 每大雷電, 但聞雲中如聞嬰兒聲, 殊不
聞雷震也)〉에 "산꼭대기선 오로지 갓난애 소리로 볼
뿐인데, 이 세상엔 한없이 많은 젓가락 떨어뜨릴 사
람이 있다네(山頭只作嬰兒看, 無限人間失箸人)"라는
구절이 있다.

(24) 汚渠(오거): 더러운 도랑. 오염된 도랑이라는 뜻
으로, 황하黃河·위하渭河 등 화산에서 내려다보이는
속세의 큰 강을 가리키는 것으로 보인다.

(25) 大千(대천): 대천세계. 끝없이 넓은 세계.

(26) 一息(일식): 숨을 한 번 쉬는 시간. 지극히 짧은
시간을 가리킨다.

(27) 厲(여): 강을 건너다. ≪시경詩經·패풍邶風·박에
는 마른 잎(匏有苦葉)≫에 "깊으면 옷을 입은 채로

건너고, 얕으면 옷을 걷고 건너면 된다(深則厲, 淺則
揭)"라고 한 것처럼, 원래 옷을 입고 강을 건너는 것
을 가리키지만 여기서처럼 그냥 강을 건너는 것을
가리키기도 한다. 이 연은 양걸이 화산에서 술에 취
해 일으킨 환각인 것으로 보인다.

(28) 三韓(삼한): 옛날에 우리나라 남쪽에 있던 마한·
진한·변한을 말한다. 여기서는 고려를 가리킨다.

(29) 王子(왕자): 고려 문종의 넷째 아들인 의천을 가
리킨다.

(30) 鑿齒(착치): 동진東晉 때의 저명한 학자 습착치習
鑿齒. 양걸을 가리킨다.

(31) 彌天(미천): 하늘을 메우다. 의지와 기개가 높고
원대한 승려라는 뜻에서 의천을 동진 때의 승려 석
도안釋道安에 비유한 것이다. 석도안이 형주荊州로
가서 습착치를 만나 "하늘을 메운 석도안입니다(彌天
釋道安)"라고 하자 습착치가 "사해에 가득한 습착치
입니다(四海習鑿齒)"라고 했다.(≪진서·습착치전≫ 참조)

(32) 勍敵(경적): 강적. 재주가 뛰어난 상대방을 가리
킨다.

(33) 過江(과강): 양걸이 의천을 만나기 위해 장강長江
을 건너 항주로 가는 것을 가리킨다.

(34) 寄語(기어): 말을 전하다.

(35) 好看客(호간객): 손님을 잘 돌보다. ≪당척언唐摭
言·모순矛楯≫에 "영호조공이 유양(지금의 강소성
양주揚州)을 진수鎭守할 때 처사 장호가 늘 그와 어

울려 놓았다. 영호조공이 장호를 돌아보면서 '상류로 거슬러 올라가는 배인 데다 바람도 세게 부니 돛대 아래에 있는 사람은 잘 잡고 서 있어야 할 것이오'라고 하자, 장호가 얼른 응수하여 '물을 따라 아래로 내려가는 배인 데다 배 바닥이 깨졌으니 손님을 잘 돌보고 키에 기대지 마세요'하고 대답했다(令狐趙公 鎭維揚, 處士張祜常與狎讌. 公固視祜改令曰: '上水船, 風又急, 帆下人, 須好立.'祜應聲答曰: '下水船, 船底 破, 好看客, 莫倚柂.')"라는 기록이 있다. 여기서는 사공에게 손님인 양걸을 잘 돌보라고 당부한 말이다.

원풍 7년(1084)에 경동로와 회남로에 고려관을 지으라는 어명이 내리자 밀주와 해주의 두 고을에는 소란스러운 분위기 속에 도망하는 사람이 있었거니와 이듬해(1085)에 내가 그곳을 지나가다가 그것의 장려함에 탄복하여 절구 한 수를 남긴다

元豐七年, 有詔京東[1]·淮南[2]築高麗亭館[3], 密[4]·海[5]二州, 騷然[6]有逃亡者. 明年, 軾過之, 歎其壯麗, 留一絶云

처마와 기둥이 담 밖에서 훨훨 날며 춤을 추고
도끼를 맞아 뽕나무가 듬성듬성하구나.
오랑캐에게 다 주느라 백성을 노비로 만들었으니
이들에게 보상해 줄 방도가 있으려나?

簷楹飛舞垣牆外,　　　첨영비무원장외

桑柘蕭條斤斧餘.[7][8]　　상자소조근부여

盡賜昆邪作奴婢,[9]　　진사곤야작노비

不知償得此人無.[10][11]　부지상득차인무

169

[해제]

소식은 원우 4년(1089) 11월 3일에 올린 〈고려의 진상에 대하여 논하는 상소문(論高麗進奉狀)〉에서 "제가 엎드려 살펴보건대 희령(1068-1077) 이래로 고려인이 들어와 조공을 바친바 원풍(1078-1085) 말까지 16~17년 동안 관사館舍를 주어 접대하고 선물을 하사하고 한 비용이 이루 헤아릴 수 없을 정도였습니다. 양절로·회남로·경동로 등 3로에서 성곽을 쌓고 배를 만드느라 농민과 기술자를 징발하고 상인의 재물을 착취하며 도처에서 소란을 피우니 공사를 막론하고 모두 그 문제점을 지적합니다. 조정에는 추호의 이익도 없고 오랑캐만 헤아릴 수 없을 만큼 많은 이익을 얻으며, 사신들은 가는 곳마다 산천을 그리고 서적을 구매하는데 논자들은 저들이 받은 하사품이 대부분 거란으로 들어간다고 합니다. 비록 사실 여부를 밝힐 수는 없지만 거란과 같은 강성한 나라라면 고려의 화복을 좌지우지할 것인즉 은밀하게 서로 협력하여 일을 획책하지 않았다면 고려가 어찌 감히 공공연하게 중국에 조공을 바치겠습니까? 아는 사람들은 이 점을 매우 우려스럽게 여기고 있습니다(臣伏見熙寧以來, 高麗人屢入朝貢, 至元豐之末, 十六七年間, 館待賜予之費, 不可勝數. 兩浙·淮南·京東三路築城造船, 建立亭館, 調發農工, 侵漁商賈, 所在騷然, 公私告病. 朝廷無絲毫之益, 而夷虜獲不貲之利. 使者所至, 圖畵山川, 購買書籍. 議者以爲所得賜予, 大半歸之契丹. 雖虛實不可明, 而契丹之彊, 足以禍福高麗, 若不陰相計構, 則高麗豈敢公然入朝中國? 有識之士, 以爲深憂)"라고 하는 등 무려 일곱 차례나 상소문을 올려 고려 사신의 입공入貢을 반대하고 서적 및 금박의 수매를 반대했거니와, 이 시는

170

등주지주로 부임해 가는 도중이던 원풍 8년(1085) 10월 해주에서 고려 사신을 위해 지은 고려관을 보고 못마땅한 심사를 토로한 것이다.

[주석]

(1) 京東(경동): 경동로京東路. 개봉開封의 동쪽에서 황해 사이에 위치한 북송 때의 행정구역.

(2) 淮南(회남): 회남로. 경동로 남쪽에 위치한 북송 때의 행정구역.

(3) 高麗亭館(고려정관): 고려 사신에게 휴식과 숙박을 제공하던 관사館舍. 사신행査愼行의 ≪소시보주蘇詩補註≫에 서긍徐兢의 ≪선화봉사고려도경宣和奉使高麗圖經≫을 인용하여 "희령 4년(1071)에 고려 국왕 왕휘가 또 토산물을 공물로 바치자 신종이 그 충성을 가상히 여겼다. 원풍 3년(1080)과 4년(1081)에도 연이어 사신을 보내 조현朝見했다. 원풍 6년(1083)에 왕휘가 죽자 양경략을 제전사에 임명하고 전협을 조위사에 임명했다. 원풍 7년(1084) 7월에 밀주의 판교에서 배를 타고 바다를 건너갔다(熙寧四年, 高麗國王王徽, 復修方貢, 神宗嘉其忠藎. 元豐三年 · 四年, 連使來朝. 六年, 徽卒, 命楊景略爲祭奠使, 錢勰爲弔慰使. 七年七月, 自密之板橋, 航海而往)"라고 했다.

(4) 密(밀): 밀주. 지금의 산동성 제성諸城.

(5) 海(해): 해주. 지금의 강소성 연운항連雲港.

(6) 騷然(소연) : 소란스럽다.

(7) 桑柘(상자) : 뽕나무와 산뽕나무. 고려관을 짓기 위해 베어 내고 남은 나무를 가리킨다.

(8) 蕭條(소조) : 듬성듬성하다.

(9) 昆邪(곤야) : 흉노 부족의 하나로 혼야渾邪라고도 한다. ≪한서漢書·급암전汲黯傳≫에 "흉노 혼야 왕이 항복해 왔다(匈奴渾邪王來降)"라고 했다. 여기서는 고려를 가리킨다.

(10) 得(득) : 동사 뒤에 붙어서 가능을 표시하는 조사.

(11) 無(무) : 문장 끝에 붙어서 의문을 표시하는 부사.

등주의 신기루

登州[(1)] 海市[(2)]

나는 등주의 신기루에 대해서 소문을 들은 지 오래
되었다. 노인네들이 "봄여름에 나타났었는데 지금은
이미 한 해가 다 저물어서 다시는 보이지 않을 것
입니다"라고 했다. 나는 부임한 지 5일 만에 떠나
야 하기 때문에 신기루를 못 보는 것이 안타까워서
해신인 광덕왕의 사당에서 기도를 올렸더니 이튿날
신기루가 나타났으므로 이 시를 짓는다.

予聞登州海市舊矣. 父老云: "嘗見於春夏, 今歲晚, 不
復見矣." 予到官五日而去, 以不見爲恨, 禱於海神廣
德王[(3)]之廟, 明日見焉, 乃作此詩.

공활하디공활한 동방의 운해

신선들이 출몰하는 넓고 밝은 그곳에

이 세상을 뒤흔들며 온갖 형상이 생긴다지만

어찌 조개 궁궐이 있고 진주 궁전이 숨었으리?

보이는 게 다 환영인 줄 속으로 잘 알면서

내 이목이 즐겁자고 신령님께 감히 졸랐더니

날이 추워 물이 차고 천지가 닫혔는데
나를 위해 자는 걸 깨우고 고기와 용에게 채찍질하자
추운 새벽에 높은 누각과 푸른 언덕이 나타나매
기이한 일에 백 살 노인이 놀라 자빠졌도다.
세상에서 얻는 거야 힘으로 할 수 있다지만
세상 바깥엔 아무것도 없으니 누가 능력자이리?
불쑥 간청했는데 물리치지 않으니
참으로 내가 인재를 당했지 천벌을 받은 게 아니로다.
조양태수는 남쪽으로 유배 갔다 돌아올 때
석름봉이 축융봉에 얹힌 걸 보고 기뻐하며
정직이 산신을 움직였다 스스로 말했으니
조물주가 노쇠한 걸 연민한 줄 어찌 알았으리?
미간을 펴고 한바탕 웃는 것 어찌 쉬운 일이리?
신령님의 보상은 역시 이만하면 충분하다.
만 리나 뻗은 석양 속에 외로운 새가 사라지고
갈아 놓은 청동 거울인 푸른 바다만 보이나니
새 시의 멋진 구절을 어디에 쓰리?
신기루와 함께 동풍을 따라 흔적 없이 사라지리.

174

東方雲海空復空,　　　동방운해공부공

羣仙出沒空明中.　　　군선출몰공명중

蕩搖浮世生萬象,[4]　　탕요부세생만상

豈有貝闕藏珠宮.[5][6]　기유패궐장주궁

心知所見皆幻影,　　　심지소견개환영

敢以耳目煩神工.[7]　　감이이목번신공

歲寒水冷天地閉,　　　세한수랭천지폐

爲我起蟄鞭魚龍.　　　위아기칩편어룡

重樓翠阜出霜曉,　　　중루취부출상효

異事驚倒百歲翁.　　　이사경도백세옹

人間所得容力取,　　　인간소득용력취

世外無物誰爲雄.　　　세외무물수위웅

率然有請不我拒,[8]　　솔연유청불아거

信我人厄非天窮.⁽⁹⁾⁽¹⁰⁾　　　신 아 인 액 비 천 궁

潮陽太守南遷歸,⁽¹¹⁾　　　　조 양 태 수 남 천 귀

喜見石廩堆祝融.⁽¹²⁾⁽¹³⁾　　희 견 석 름 퇴 축 융

自言正直動山鬼,⁽¹⁴⁾　　　　자 언 정 직 동 산 귀

豈知造物哀龍鍾.⁽¹⁵⁾　　　　기 지 조 물 애 룡 종

伸眉一笑豈易得,　　　　　　신 미 일 소 기 이 득

神之報汝亦已豐.　　　　　　신 지 보 여 역 이 풍

斜陽萬里孤鳥沒,　　　　　　사 양 만 리 고 조 몰

但見碧海磨靑銅.⁽¹⁶⁾　　　단 견 벽 해 마 청 동

新詩綺語亦安用,　　　　　　신 시 기 어 역 안 용

相與變滅隨東風.　　　　　　상 여 변 멸 수 동 풍

[해제]

사신행의 ≪소시보주≫에 "석각은 '해시海市' 밑에 '시詩'자가 있고, 끄트머리에 '원풍 8년(1085) 10월 그믐날 승의랑 전숙에게 써 준다'라고 쓰여 있다(石刻海市下有詩字, 末題云: '元豐八年十月晦, 書呈全叔承議.')"라고 한 바와 같이, 등주지주로 재임 중이던 원풍 8년(1085) 10월에 등주 앞바다에 나타난 신기루를 보고 그 감회를 노래한 것이다.

[주석]

(1) 登州(등주) : 지금의 산동성 봉래蓬萊.

(2) 海市(해시) : 신기루. ≪몽계필담夢溪筆談 · 이사異事≫에 "등주 앞바다에 때때로 궁실 같기도 하고, 누대 같기도 하고, 성곽 같기도 하고, 사람 같기도 하고, 거마 같기도 하고, 모자 같기도 하고, 일산 같기도 한 구름이 역력히 보이는바 이것을 신기루라고 한다. 어떤 사람은 교룡과 이무기의 기운이 만드는 것이라고 하는데 아마도 그렇지는 않은 것 같다(登州海中, 時有雲氣, 如宮室 · 臺觀 · 城堞 · 人物 · 車馬 · 冠蓋, 歷歷可見, 謂之海市. 或曰蛟蜃之氣所爲, 疑不然也)"라고 했고, ≪제승齊乘≫에 "등주의 북쪽 바다에 사문도 · 타기도 · 견우도 · 대죽도 · 소죽도 등 다섯 개의 섬이 있는데 신기루는 항상 이 다섯 개의 섬 위에 나타났다가 사라진다(登州北海中, 有沙門 · 鼉磯 · 牽牛 · 大竹 · 小竹五島, 海市現滅, 常在五島之上)"라고

177

했다.

(3) 廣德王(광덕왕): 동해를 다스리는 해신海神.

(4) 浮世(부세): 덧없는 세상.

(5) 貝闕(패궐): 조개의 일종인 자패紫貝로 장식한 궁궐.

(6) 珠宮(주궁): 진주로 장식한 궁전.

(7) 神工(신공): 신통한 능력을 지닌 존재. 신령. 광덕
　　왕을 가리킨다.

(8) 率然(솔연): 갑자기.

(9) 人厄(인액): 사람에 의한 재액災厄.

(10) 天窮(천궁): 하늘에 의한 곤궁. 이 구절은 자신이
　　황주黃州(지금의 호북성 황강시黃岡市 황주구)로 폄
　　적된 것이 결코 하늘의 뜻이 아니었다는 말이다.

(11) 潮陽(조양): 당나라 때 조주潮州(지금의 광동성
　　조주)의 속현. 조주를 가리킨다. 조주자사로 폄적된
　　적이 있는 한유韓愈는 형산衡山을 구경한 후 〈형악
　　묘에 참배하고 마침내 사당에서 묵으며 그 문루에
　　쓴다(謁衡嶽廟遂宿嶽寺題門樓)〉라는 시를 지어, "내
　　가 온 게 때마침 가을비 내리는 계절이라, 음기가
　　자욱하고 바람이 불지 않아, 일념으로 묵도하자 반
　　응이 있는 것 같았나니, 어찌 정직이 산신령을 감동
　　시킨 게 아니리? 금방 구름을 깨끗이 쓸고 뭇 봉우
　　리 나타나매, 우뚝 솟아 푸른 하늘 받치고 있는 걸
　　우러러보니, 자개봉은 죽 이어져 천주봉에 닿아 있
　　고, 석름봉은 펄쩍 뛰어 축융봉에 얹혀 있네(我來正
　　逢秋雨節, 陰氣晦昧無淸風. 潛心默禱若有應, 豈非正

178

直能感通. 須臾靜掃衆峰出, 仰見突兀撑靑空. 紫蓋連
延接天柱, 石廩騰擲堆祝融)"라고 했다.

(12) 石廩(석름): 석름봉. 형산 5봉의 하나. 주 (11) 참조.

(13) 祝融(축융): 축융봉. 형산 5봉의 하나. 주 (11) 참조.

(14) 山鬼(산귀): 형산의 산신을 가리킨다.

(15) 龍鍾(용종): 늙고 쇠약한 모양.

(16) 靑銅(청동): 청동으로 만든 거울을 가리킨다.

혜숭의 〈춘강만경도〉

惠崇[1]〈春江晚景[2]〉二首

제1수

복숭아꽃 두세 가지 대밭 너머에 피어 있고
강물이 따스한 줄은 오리가 먼저 아네.
물쑥은 지천이요 갈대 순은 뾰족뾰족
바야흐로 복어가 올라올 시절이네.

其一

竹外桃花三兩枝,　　　　죽외도화삼량지

春江水暖鴨先知.　　　　춘강수난압선지

蔞蒿滿地蘆芽短,[3]　　　루호만지로아단

正是河豚欲上時.[4]　　　정시하돈욕상시

제2수

삼삼오오 기러기떼 돌아가는데
몇 마리가 대오를 깨려고 하니
미적미적 떠나기 싫어하는 그 모습이
북쪽으로 돌아가는 사람과 같네.
북쪽의 사막에는 바람도 많이 불고
눈도 많이 내리는 줄 멀리서도 알기에
봄을 맞은 따스한 이 강남 땅에
반달 동안 더 머물고 싶어 하는 것이네.

其二

兩兩歸鴻欲破羣,(5)　　　량량귀홍욕파군

依依還似北歸人.(6)　　　의의환사북귀인

遙知朔漠多風雪,(7)(8)　　요지삭막다풍설

更待江南半月春.(9)　　　갱대강남반월춘

[해제]

조정으로 소환되어 예부낭중禮部郎中으로 재임 중이던 원풍 8
년(1085) 12월에 승려 화가인 혜숭이 이른 봄 저녁의 강촌 풍
경을 그린 그림을 보고 지은 제화시題畵詩이다. 비록 혜숭의 원
래 그림은 없어졌지만 이 시를 통하여 어렴풋이 그 면모를 짐
작할 수 있다.

[주석]

(1) 惠崇(혜숭): ≪송시기사宋詩紀事≫에 "혜숭은 회남
사람이다(惠崇, 淮南人)"라고 했고, ≪도회보감圖繪
寶鑑≫에 "건양 승려 혜숭은 거위·기러기·해오라기
를 잘 그렸는데 특히 소폭의 산수풍경화에 뛰어나
차가운 들판의 강가나 산뜻하고 광활한 풍경을 잘
그렸다. 구양공이 구승 가운데 한 사람으로 쳤다(建
陽僧惠崇, 工畵鵝·雁·鷺鷥, 尤工小景, 善爲寒汀野渚,
瀟灑虛曠之象. 歐陽公以爲九僧之一也)"라고 했다. 구
승이란 시를 잘 지은 북송 초기의 승려 아홉 명을
가리킨다.

(2) 春江晚景(춘강만경): 혜숭이 그린 그림의 제목.

(3) 蔞蒿(누호): 물쑥. 국화과의 여러해살이풀로 높이
는 120cm 정도이며 물가나 들판의 습지에서 자란
다. 이른 봄에 나는 연한 줄기와 잎은 나물로 먹는다.

(4) 河豚(하돈): 복어. 참복과의 바닷물고기로 내장에
맹독이 있어 조리를 잘못하면 중독을 일으킨다.

≪유선잡록游僊雜錄≫에 "늦봄에 버들개지가 날리면 이 고기가 살찌는데 장강·회하 일대의 사람들은 그 고기를 저며서 물쑥·갈대 순과 섞은 다음 끓여서 국을 만든다. 혹시 충분히 익히지 않으면 사람에게 해를 끼칠 수도 있다(暮春楊花飛, 此魚大肥, 江淮人 臠其肉, 雜蔞蒿·荻芽, 瀹而爲羹. 或不甚熟, 亦能害人)" 라고 했으니, 소식이 이 시의 제3구에서 물쑥과 갈대 순을 언급한 것이 결코 우연이 아님을 알 수 있다. 그리고, 남송 사람 손혁孫奕(1190 전후)의 ≪시아편示兒編·서시유설西施乳舌≫에 "소동파는 상주에 살 때 복어를 무척 좋아했는데 그 마을의 사대부 집에 이 물고기를 잘 요리하는 사람이 있어 소동파를 초청하여 음미해 보게 했다. 온 집안 아녀자들이 병풍 뒤에 숨어서 그가 먹는 모습을 엿보면서 그가 한마디 해 주기를 바라고 있는데 소동파는 젓가락으로 집어 먹으며 마치 벙어리인 양 아무 말도 하지 않았다. 엿보는 사람들이 실망하여 서로 돌아보자 소동파가 갑자기 젓가락을 내려놓고 '목숨 걸고 먹을 만하구먼' 했다. 그 말을 듣고 온 집안사람들이 크게 기뻐했다(東坡居常州, 頗嗜河豚, 而里中士大夫家, 有妙於烹是魚者, 招東坡享之. 婦子傾室, 闚於屏間, 冀一語品題, 東坡下箸大嚼, 寂如喑者. 闚者失望相顧, 東坡忽下箸云也: '直一死.' 於是合舍大悅)"라는 일화가 소개되어 있는바, 이는 복어를 먹다가 중독되어서 목숨을 잃는 한이 있더라도 한 번 먹어 볼 만하다는

뜻이니 소식이 복어를 얼마나 좋아했는지 짐작할 수 있다.

(5) 歸鴻(귀홍): 남방에서 추운 겨울을 지내고 봄을 맞아 다시 북쪽으로 돌아가는 기러기. 이 구절은 기러기 몇 마리가 대오보다 뒤처진 모습을 묘사한 것이다.

(6) 依依(의의): 떠나기 싫어하는 모양.

(7) 遙知(요지): 멀리서 짐작하여 알다.

(8) 朔漠(삭막): 북방의 사막지대.

(9) 待(대): 머무르다.

두개가 물고기를 보냈기에

杜介[1]送魚

새해에 황봉주를 이미 하사하셨는데
친구가 또 꼬리 붉은 물고기를 나눠 준다.
가난한 골목에서 문을 걸어 닫은 채
등으로 따뜻한 아침 햇살 받으며
조그만 정원에서 눈을 치우고
갓 돋아난 봄 채소를 조금 캐었다.
병든 아내 일어나 은실같이 회를 치고
어린 아들 신이 나서 비단 편지 찾고 있다.
몽롱하게 취한 눈으로 돌아갈 길 찾아보니
송강에 저녁 비가 부슬부슬 내린다.

新年已賜黃封酒,⁽²⁾　　　신년이사황봉주

舊友仍分鎮尾魚.⁽³⁾　　　구우잉분정미어

陋巷關門負朝日,⁽⁴⁾　　　루항관문부조일

小園除雪得春蔬.　　　소원제설득춘소

病妻起斫銀絲膾,⁽⁵⁾　　　병처기작은사회

稚子謹尋尺素書.⁽⁶⁾⁽⁷⁾　　　치자환심척소서

醉眼朦朧覓歸路,　　　취안몽롱멱귀로

松江烟雨晚疎疎.⁽⁸⁾⁽⁹⁾　　　송강연우만소소

186

[해제]

소식은 서주徐州에 있을 때 두개杜介의 희희당熙熙堂에 부쳐 시를 지어 준 적이 있다. 원우 2년(1087) 1월에 두개는 소식과 함께 개봉開封에서 관직생활을 하고 있었는데 새해를 맞아 그가 소식에게 물고기를 보냈다. 이 시는 이때의 일을 묘사한 것으로, 당시 집권파인 사마광司馬光(1019-1086)과의 갈등 때문에 조정을 떠나고 싶어 한 소식의 심경이 드러나 있다.

[주석]

(1) 杜介(두개): 양주揚州 사람으로 자字가 기선幾先이다.

(2) 黃封酒(황봉주): 술 이름. 송나라 때 관청에서 빚은 술로 노란색 비단이나 노란색 종이로 주둥이를 봉했다.

(3) 頳尾魚(정미어): 꼬리가 붉은 물고기. 살찐 물고기를 가리킨다. ≪시경詩經·주남周南·여하의 방죽(汝墳)≫에 "방어의 붉은 꼬리(魴魚頳尾)"라는 구절이 있는데 이에 대하여 ≪십삼경주소정자十三經注疏正字≫에 "정중은 물고기가 살찌면 꼬리가 붉어진다고 여겼다(鄭衆以爲魚肥則尾赤)"라고 했다.

(4) 陋巷(누항): 누추한 골목. 가난한 집이라는 뜻으로 자기 집을 가리킨다.

(5) 銀絲鱠(은사회): 은으로 만든 실처럼 희고 가느다란 회.

(6) 讙(환): 기뻐하다. '환歡'과 같다.

(7) 尺素書(척소서): 한 자 길이의 비단에 쓴 편지. 한나라 사람 채옹蔡邕의 시 〈음마장성굴행飮馬長城窟行〉에 "멀리서 온 손님이, 나에게 잉어를 한 쌍 주었네. 아이를 불러서 잉어를 삶았더니, 뱃속에 한 자나 되는 편지가 들어 있네(客從遠方來, 遺我雙鯉魚. 呼童烹鯉魚, 中有尺素書)"라는 구절이 있다. 이 구절은 물고기 손질하는 모습을 해학적으로 묘사한 것이다.

(8) 松江(송강): 지금의 오송강吳淞江 또는 소주하蘇州河. 태호太湖에서 흘러나와 상해上海를 거쳐 황해로 들어가는데 농어가 많은 강으로 널리 알려져 있다. 진晉나라 때 이 지역 사람인 장한張翰은 낙양洛陽에서 벼슬살이를 하다가 어느 가을날 문득 고향에서 늘 먹던 순챗국과 농어회가 그리워서 당장 벼슬을 그만두고 고향으로 돌아갔다. 이른바 순갱노회蓴羹鱸膾의 고사이다.(≪세설신어世說新語·설감說鑑≫ 및 ≪진서·장한전≫ 참조) 이 연은 아내가 쳐 준 회를 보고 나서 이 고사를 떠올리며 그런 곳에서의 조용하고 평화로운 전원생활을 머릿속으로 그려 본 것인 듯하다.

(9) 疎疎(소소): 드문드문 내리는 모양.

조보지가 소장한 문여가의 대나무 그림에 쓴 시

書晁補之[1]所藏與可[2]畫竹三首

제1수

문여가가 대나무를 그릴 때에는
대나무만 보이고 옆 사람은 안 보인다.
어떻게 옆 사람만 아니 보이리?
멍하니 자신마저 잊어버린다.
자신이 대나무와 동화되어서
한없이 청신한 경지를 내놓는다.
장주가 더 이상 이 세상에 없으니
신과 같은 이 경지를 그 누가 알리?

其一

與可畫竹時,	여가화죽시
見竹不見人.	견죽불견인
豈獨不見人,	기독불견인
嗒然遺其身.(3)	탑연유기신
其身與竹化,	기신여죽화
無窮出清新.	무궁출청신
莊周世無有,(4)	장주세무유
誰知此疑神.(5)	수지차의신

제2수

이 사람이 이제 이미 이 세상에 없거늘
이 대나무가 어떻게 다시 있으리?
이 사람이야 어찌 봄날의 지렁이 같은 붓을 들어
바람 속에 한들거리는 버드나무를 그렸으리?
그대여 보게나 깎아지른 절벽 위에
수척하고 마디진 교룡과 뱀이 달리는 걸.
언제나 하얗게 서리 맞은 이 장대가
또다시 낚시꾼의 손으로 들어갈까?

其二

若人今已無,⁽⁶⁾　　약인금이무

此竹寧復有.　　차죽녕부유

那將春蚓筆,⁽⁷⁾　　나장춘인필

畫作風中柳.⁽⁸⁾　　화작풍중류

君看斷崖上,　　군간단애상

瘦節蛟蛇走.⁽⁹⁾　　수절교사주

何時此霜竿,⁽¹⁰⁾　　하시차상간

復入江湖手.⁽¹¹⁾　　부입강호수

제3수

조 선생은 생계를 꾸리는 데 서툴러
온 가족이 죽을 먹고 지낸다 하네.
아침에 또 한 번 포복절도했나니
무덤에 아첨하여 대나무를 구했다네.
가련케도 선생의 쟁반 위에는
아침 해가 거여목을 비추고 있거니와
나의 시에 확실히 이렇게 말하였네
식사에 고기는 없어도 괜찮다고.

其三

晁子拙生事,[12][13]　　　조자졸생사

擧家聞食粥.　　　　　거가문식죽

朝來又絶倒,[14]　　　　조래우절도

諛墓得霜竹.[15][16]　　유묘득상죽

可憐先生盤,　　　　　가련선생반

朝日照苜蓿.[17]　　　　조일조목숙

吾詩固云爾,[18]　　　　오시고운이

可使食無肉.　　　　　가사식무육

[해제]

북송 때의 화가로 호주지주湖州知州를 역임한 문동은 대나무 그림을 잘 그려서 많은 화가들이 그의 화법을 배웠기 때문에 호주죽파湖州竹派를 이루었다. 문동의 사촌 동생인 소식도 그에게서 대나무 그리는 법을 배워 호주죽파의 주요 인물이 되었다. 이 시는 한림학사지제고翰林學士知制誥로 재임 중이던 원우 2년(1087) 가을에 개봉開封에서 자신의 문하생 조보지가 소장하고 있는 문동의 그림을 보면서 문동의 화품畫品과 소장자인 조보지의 인품을 아울러 평가한 제화시題畫詩이다.

[주석]

(1) 晁補之(조보지): 제주濟州 거야巨野(지금의 산동성 거야) 사람으로 자字가 무구无咎, 호가 귀래자歸來子이다. 황정견黃庭堅·진관秦觀·장뢰張耒와 더불어 소문사학사蘇門四學士로 불렸다.

(2) 與可(여가): 소식의 사촌형으로 북송 때의 유명한 화가였던 문동文同의 자字. 특히 대나무 그림을 잘 그려 소식의 화풍에 큰 영향을 미쳤다.

(3) 嗒然(탑연): 멍하다. 이상의 네 구절은 문동이 대나무를 그릴 때 고도의 집중력을 발휘한다는 말이다.

(4) 莊周(장주): 전국시대戰國時代의 사상가. ≪장자莊子≫를 지었다.

(5) 疑神(의신): 신과 같다. 신비롭고 기묘하다는 말이다. ≪장자·달생達生≫에 "공자가 제자들을 돌아

보면서 '정신이 통일되면 그것은 바로 신의 경지에 가깝다'라고 했다(孔子顧謂弟子曰: '用志不分, 乃凝於神.')"라는 말이 있는바, '응凝'이 맞는지 '의疑'가 맞는지에 대해서는 견해가 구구한데, 소식은 '의疑'가 맞다는 입장을 견지하고 있다.

(6) 若人(약인): 이 사람. 문동을 가리킨다.

(7) 春蚓筆(춘인필): 봄날의 지렁이처럼 가느다란 붓을 가리킨다.

(8) 風中柳(풍중류): 대나무를 그린다는 것이 잘못되어 가늘디가는 버들가지처럼 되고 만 것을 가리킨다.

(9) 瘦節蛟蛇(수절교사): 여위고 마디진 교룡과 뱀. 너무 가늘지 않고 힘이 있는 그림 속의 대나무를 가리킨다. 이 연은 깎아지른 절벽 위에 교룡이나 뱀이 달려가는 것처럼 힘이 넘쳐 보이는 대나무가 그려져 있는 모습을 묘사한 것이다.

(10) 霜竿(상간): 대나무 장대. 대나무는 표면에 서리처럼 하얀 가루가 묻어 있기 때문에 상간이라고 한다. 여기서는 문동이 그린 대나무를 가리킨다.

(11) 江湖手(강호수): 강이나 호수에서 낚시하는 사람을 가리킨다. 이 구절은 문동의 그림 속 대나무가 꼭 진짜 대나무와 같아서 언젠가는 낚싯대로 쓰일 것만 같다는 말이다.

(12) 晁子(조자): 조보지를 가리킨다.

(13) 生事(생사): 생계.

(14) 絶倒(절도): 넘어질 정도로 몹시 웃다. 포복절도

하다.

(15) 諛墓(유묘): 무덤에 아첨하다. 다른 사람의 묘지명墓誌銘을 써 주는 것을 가리킨다. 묘지명은 일반적으로 죽은 사람을 과장되게 칭송하기 때문에 하는 말이다.

(16) 霜竹(상죽): 대나무. 주 (10) 참조. 이 구절은 조보지가 남의 묘지명을 써 주고 받은 사례금으로 문동의 대나무 그림을 구입했다는 말이다.

(17) 苜蓿(목숙): 거여목. 개자리. 길가에 자라는 콩과의 식물로 대개 풋거름이나 사료로 쓰인다. 이 연은 조보지가 거여목을 아침밥의 반찬으로 먹는다는 말이다.

(18) 吾詩(오시): 소식의 자주自註에 "나의 옛날 시에 '식사에 고기는 없어도 되나, 집 안에 대나무가 없을 순 없지'라는 말이 있다(吾舊詩云: '可使食無肉, 不可使居無竹.')"라고 했으므로 소식의 시 〈어잠 스님의 녹균헌(於潛僧綠筠軒)〉을 가리킴을 알 수 있다. 이 연은 고기보다 대나무를 소중하게 여긴 조보지의 인품을 칭송한 것이다.

이세남이 그린 가을 풍경 그림에 쓴 시
書李世南[1]所畫秋景二首

제1수

들판의 강엔 물 빠진 자국이 들쑥날쑥 나 있고
듬성한 숲엔 나무가 쓰러져 서리 맞은 뿌리가 드
러났네.
노 하나 달린 조각배는 어디로 돌아가나?
집이 강남의 낙엽에 덮인 마을에 있네.

其一

野水參差落漲痕,[2]	야수참치락창흔
疎林欹倒出霜根.[3]	소림기도출상근
扁舟一櫂歸何處,	편주일도귀하처
家在江南黃葉村.[4]	가재강남황엽촌

제2수

세상의 도끼들이 날마다 상처를 냈다면
그 누가 백 자짜리 용과 뱀의 자태를 보리?
깊숙한 산속으로 홀로 가지 않았다면
원숭이가 매달린 가지를 누가 그릴 줄 알리?

其二

人間斤斧日創夷,(5)(6)   인간근부일창이

誰見龍蛇百尺姿.(7)   수견룡사백척자

不是溪山成獨往,(8)   불시계산성독왕

何人解作挂猿枝.(9)(10)   하인해작괘원지

[해제]

한림학사지제고翰林學士知制誥로 재임 중이던 원우 2년(1087) 가을에 북송 화가 이세남이 그린 가을 풍경 그림에 쓴 제화시 題畵詩이다. 소식의 시를 통해 유추해 보건대, 제1수는 조각배 하나가 낙엽에 덮인 마을을 향해 나아가는 모습을 그린 것으로 보이고, 제2수는 원숭이가 커다란 나무에 매달려 노는 모습을 그린 것으로 보인다.

[주석]

(1) 李世南(이세남): 북송 때의 화가로 산수화에 뛰어 났다. ≪화단畵斷·진신위포搢紳韋布≫에 "이세남은 자가 당신이고 안숙(지금의 하북성 서수徐水) 사람 이다.……나는 그의 손자 이호를 본 적이 있는데 그 가 말하기를 '이 그림은 본래 차가운 숲을 그린 병풍 이었는데 쪼개어서 두 개의 두루마리로 만든 것입니 다'라고 한바, 앞의 세 폭은 다 가을 숲을 그린 것이 기 때문에 동파에게 용과 뱀의 자태라는 구절이 있 고, 뒤의 세 폭은 다 평평하고 드넓은 풍경을 그린 것이기 때문에 낙엽에 덮인 마을이라는 구절이 있 다. 사실은 하나의 풍경인데 동파가 두 개의 의미로 만든 것이다(李世南, 字唐臣, 安肅人.……予嘗見其孫 皓, 云: '此圖本寒林障, 分作兩軸.' 前三幅盡寒林, 坡 所以有龍蛇姿之句; 後三幅盡平遠, 所以有黃葉村之句. 其實一景, 而坡作兩意.')"라고 했다.

(2) 落漲痕(낙창흔): 강가의 언덕에 나 있는, 수위가 높아졌다 낮아졌다 한 흔적.

(3) 霜根(상근): 서리를 맞은 것처럼 하얀 뿌리를 가리킨다.

(4) 江南(강남): 장강長江 이남 지역.

(5) 人間(인간): 이 세상. 속세.

(6) 創夷(창이): 상처를 내다. 나무를 베는 것을 가리킨다. '창이創痍'와 같다.

(7) 龍蛇百尺姿(용사백척자): 백 자나 되는 기다란 용이나 뱀처럼 생긴 나무를 가리킨다. 이 연은 사람들이 날마다 베어 가 버렸다면 큰 나무를 보기가 어려웠을 텐데 그림 속에는 큰 나무가 많다는 말이다.

(8) 成獨往(성독왕): '증독왕曾獨往'으로 된 판본도 많은바 '성독왕成獨往'보다 자연스럽다.

(9) 解(해): ~할 줄 알다.

(10) 挂猿枝(괘원지): 원숭이가 걸려 있는 나뭇가지. 이 연은 큰 나무에 원숭이가 매달려 있는 그림을 잘 그린 것은 그에게 그것을 본 직접 경험이 있기 때문에 가능했을 것이라는 말이다.

언릉 왕 주부가 그린 절지도에 쓴 시(제1수)

書鄢陵[1]王主簿[2]所畫折枝[3]二首(其一)

겉모습의 유사성으로 그림을 논한다면
그림에 대한 식견이 아이와 같다.
시를 지음에 꼭 이런 시라야 한다고 한다면
정녕 시를 아는 사람이 아닐 것이다.
그림과 시는 본래 한가지 이치
자연미와 청신한 맛이 무엇보다 중요하다.
변란이 그린 참새는 생기를 묘사했고
조창이 그린 꽃은 영혼을 전해 온다.
그러면 왕 주부의 이 두 폭은 어떠한가?
담담함 가운데에 정교함을 머금었다.
그 누가 말했던가 붉은색 점 하나에
가없는 봄기운을 깃들일 수 있다고?

論畫以形似,[4]　　　론화이형사

見與兒童鄰.　　　견여아동린

賦詩必此詩,　　　부시필차시

定非知詩人.[5]　　　정비지시인

詩畫本一律,　　　시화본일률

天工與淸新.[6]　　　천공여청신

邊鸞雀寫生,[7][8]　　　변란작사생

趙昌花傳神.[9][10]　　　조창화전신

何如此兩幅,　　　하여차량폭

疎淡含精勻.[11][12]　　　소담함정균

誰言一點紅,[13]　　　수언일점홍

解寄無邊春.[14]　　　해기무변춘

[해제]

한림학사지제고翰林學士知制誥로 재임 중이던 원우 2년(1087)
에 언릉주부 왕씨가 그린 절지도를 보고 그 감회를 노래한 제
화시題畵詩이다. 왕씨의 그림을 칭송하는 가운데 시든 그림이든
외형을 사실적으로 그려 내는 것보다 자연스럽고 청신하게 각
자 다른 작자의 정신세계를 묘사하는 것이 좋다는 그의 예술관
을 내비치고 있다.

[주석]

(1) 鄢陵(언릉): 지금의 하남성 언릉.

(2) 主簿(주부): 문서를 관리하던 관직. 왕 주부는 구
    체적인 행적이 알려져 있지 않다.

(3) 折枝(절지): 절지도. 꽃이나 나무의 뿌리는 그리
    지 않고 가지만 그린 그림.

(4) 形似(형사): 정신세계가 유사한 신사神似와 달리
    형체가 유사한 것을 가리킨다.

(5) 定(정): 틀림없이.

(6) 天工(천공): '인공人工'과 상반된 개념으로 자연스
    럽게 이루어진 아름다움을 가리킨다.

(7) 邊鸞(변란): 당나라 때의 화가. ≪당조명화록唐朝
    名畵錄≫에 "변란은 경조 사람으로 화조와 절지에 뛰
    어났다(邊鸞, 京兆人, 長於花鳥折枝)"라고 했고, ≪역
    대명화기歷代名畵記·당조하唐朝下≫에 "변란은 화조
    를 잘 그려 지극히 정묘했다(邊鸞善畵花鳥, 精妙之

極)"라고 했다.

(8) 寫生(사생): 생동적인 모습을 묘사하다.

(9) 趙昌(조창): 북송 때의 화가. ≪사실유원事實類苑≫
에 "조창은 한주 사람으로 꽃을 잘 그렸다(趙昌, 漢
州人, 善畫花)"라고 했다.

(10) 傳神(전신): 정신을 전하다. 그림을 통해 화가의
정신을 전달한다는 말이다.

(11) 疎淡(소담): 너무 빽빽하거나 진하지 않고 담담
하다.

(12) 精勻(정균): 정교하면서도 주도周到하다. 이 구절
은 배치가 너무 빽빽하지도 않고 색깔도 담담하지만
꽃송이는 두루 정교하게 그려 놓았다는 말인 것으로
보인다.

(13) 一點紅(일점홍): 점처럼 작은 붉은색 꽃을 가리
킨다.

(14) 解(해): ~할 줄 알다. 이 연은 작은 꽃 한 송이
만 잘 그려도 한없는 봄기운을 느끼게 할 수 있다는
뜻으로 왕 주부의 그림을 보니 과연 그런 것 같다는
말이다.

고려의 소나무 부채를 노래한 장뢰의 시에 화답하여

和張耒⁽¹⁾高麗松扇⁽²⁾

가련하게도 저 우람한 열여덟 공은

늙어 죽도록 명광궁에 들어가지 못했네.

소 만 마리가 오지 않아 자신을 바치기 어려우매

마름질되어 둥글둥글한 손 안의 부채가 되었네.

몸 굽히고 때 묻힌 치욕을 그대가 다 씻어 주어

그대 집의 시집에 이름을 얹게 했으니

그래도 한나라 궁중의 슬픈 첩여가

거미 때문에 난새 탄 사람을 못 본 것보다 낫네.

可憐堂堂十八公,⁽³⁾⁽⁴⁾　　가련당당십팔공

老死不入明光宮.⁽⁵⁾　　로사불입명광궁

萬牛不來難自獻,⁽⁶⁾　　만우불래난자헌

裁作團團手中扇.⁽⁷⁾　　재작단단수중선

屈身蒙垢君一洗,⁽⁸⁾　　굴신몽구군일세

挂名君家詩集裏.　　괘명군가시집리

猶勝漢宮悲婕妤,⁽⁹⁾　　유승한궁비첩여

網蟲不見乘鸞子.⁽¹⁰⁾⁽¹¹⁾　　망충불견승란자

207

[해제]

한림학사지제고翰林學士知制誥로 재임 중이던 원우 2년(1087)에 소문사학사 가운데 한 사람인 장뢰가 전협錢勰에게서 고려의 특산품인 소나무 부채를 얻은 뒤 그것에 감사하는 마음을 노래한 시 〈전목보가 고려의 소나무 부채를 주신 것에 감사하여(謝錢穆父惠高麗松扇)〉에 화답한 것이다.

[주석]

(1) 張耒(장뢰): 소식의 문하생으로 소문사학사蘇門四學士 가운데 한 사람이다. 풍응류馮應榴의 ≪소식시집합주蘇軾詩集合注≫에 "≪속자치통감장편≫에 '원우 원년(1086) 12월에 장뢰가 비서성정자祕書省正字가 되었다.……'라고 한바, 선생이 화시를 지은 것은 바로 그가 비서성정자로 있을 때이다(≪續通鑑長編≫: '元祐元年十二月, 張耒爲正字.……'先生和詩, 正其正字時也)"라고 했다.

(2) 高麗松扇(고려송선): 소나무 가지로 만든 고려산 부채. 소나무 가지를 가늘게 쪼개고 압착하여 실처럼 만든 뒤 그것을 베처럼 짜서 선면扇面으로 삼음으로써 솔향기를 극대화한 것으로 보인다. 서긍徐兢의 ≪선화봉사고려도경宣和奉使高麗圖經 · 송선松扇≫에 "소나무 부채는 소나무의 부드러운 가지를 꺾어 가늘게 쪼갠 다음 두드리고 압착하여 실 상태로 만든 뒤에 베처럼 짜서 만든다. 위에 무늬가 있는데

208

등나무를 꿰뚫는 재주에 못지않은바, 왕실에서 사자
에게 준 것이 가장 정교하다(松扇, 取松之柔條, 細削
成縷, 搥壓成線, 而後織成. 上有花文, 不減穿藤之巧,
唯王府所遣使者最工)"라는 기록이 있고, 등춘鄧椿의
≪화계畫繼 · 잡설雜說≫에 "고려의 소나무 부채는 마
디 있는 판자 모양인데 본토인이 말하기를 '소나무가
아니고, 갯버들의 껍질입니다. 부드럽고 매끈매끈해
서 좋은데 그 무늬가 꼭 소나무나 잣나무 같기 때문
에 소나무 부채라고 하는 것입니다'라고 했다. 소동
파가 말하기를 '고려의 백송은 결이 곧고 엉성하여
쪼개어서 부채를 만드는데 촉 지방에서 종려나무 고
갱이로 짠 것과 같은바 아마 갯버들일 것이다'라고
했다(高麗松扇, 如節板狀, 其土人云: '非松也, 乃水
柳木之皮. 柔膩可愛, 其紋酷似松柏, 故謂之松扇.' 東
坡謂: '高麗白松, 理直而疎, 析以爲扇, 如蜀中織樓櫚
心, 蓋水柳也.')"라는 기록이 있다.

(3) 堂堂(당당): 웅장한 모양.

(4) 十八公(십팔공): '송松'을 파자破字한 것으로 소나
무를 가리킨다. ≪오록吳錄≫에 "정고는 꿈에 소나무
가 자기 배 위에 나는 것을 보고 다른 사람에게 "'송
松'자는 "십팔공十八公"이니 18년 뒤에 내가 공이 될
것이오'라고 했는데 마침내 꿈과 같이 되었다(丁固夢
松樹生腹上, 謂人曰: '"松"字, 十八公也, 後十八年爲公.'
遂如夢)"라고 했다.

(5) 明光宮(명광궁): 한나라 때의 궁전. 사신행査愼行

209

의 《소시보주蘇詩補註》에 "왕무의 《야객총서》에 '소동파의 시에 "늙어 죽도록 명광궁에 들어가지 못했네"라고 했는데 조씨의 주에 "무제 태초 4년(기원전 101)에 세운 것으로 바로 성도후 상이 빌려서 피서하던 곳이다"라고 했다. 일찍이 살펴본 적이 있거니와 한나라 때에는 두 개의 명광궁이 있었던바, 《삼보황도》에 의하면 그 가운데 하나는 북궁에 속하고 하나는 감천궁에 속했는데 북궁에 속한 것이 바로 성도후 상이 피서하던 곳이고, 감천궁에 속한 것이 바로 무제가 지어서 신선이 되기를 추구한 곳이다'라고 했다. 또 《한기》를 살펴보면 태초 4년(기원전 101)에 명광궁을 세웠다고 했는데 안사고顔師古의 주에 '성도후가 피서할 때 명광궁을 빌렸다는 것은 아마 이것을 두고 하는 말일 것이다'라고 했다.……동파 선생은 제목 중의 소나무 부채로 인해 피서의 의미를 차용하여 명광궁의 일을 인용한 것 같다(王林《野客叢書》云: '東坡詩"老死不入明光宮", 趙注曰: "武帝太初四年所起, 乃成都侯商所借以避暑者也." 嘗考漢有兩明光宮, 按《三輔黃圖》, 一屬北宮, 一屬甘泉. 屬北宮者, 正成都侯商避暑之處; 屬甘泉者, 乃武帝所造以求仙者.' 又考《漢紀》, 太初四年起明光宮, 師古注曰: '成都侯避暑, 借明光宮, 蓋謂此.'……蓋先生因題中松扇借用避暑意, 故引明光事)"라고 했다.

(6) 萬牛(만우): 커다란 소나무를 끌고 갈 소들을 가리킨다. 두보杜甫의 시 〈고백행古柏行〉에 "큰 집이

기울어지면 동량지재가 필요한데, 소 만 마리가 돌아보니 산처럼 무겁구나(大廈如傾要梁棟, 萬牛回首丘山重)"라는 구절이 있다.

(7) 團團(단단): 둥근 모양. 한나라 성제成帝의 후궁으로 총애를 듬뿍 받던 반첩여班婕妤가 조비연趙飛燕 자매에게 총애를 빼앗긴 뒤에 지은 시 〈원가행怨歌行〉에 "제 땅의 흰 명주를 새로 자르니, 맑고 깨끗하기가 눈서리 같네. 마름질을 잘 해서 합환선을 만드니, 둥글둥글하기가 보름달 같네(新裂齊紈素, 鮮潔如霜雪. 裁爲合歡扇, 團團似明月)"라는 구절이 있다.

(8) 屈身蒙垢(굴신몽구): 몸을 굽히고 때를 묻히다. 동량지재로 쓰이지 못하고 부채로 만들어진 일을 가리킨다. 이 연은 장뢰가 소나무 부채를 시로 읊어 칭송해 줌으로써 소나무의 치욕을 씻어 주었다는 말이다.

(9) 婕妤(첩여): 한나라 때의 궁중 여관女官의 명칭. 반첩여를 가리킨다.

(10) 網蟲(망충): 유우석劉禹錫의 시 〈단선가團扇歌〉에 "둥글부채에 이어 다른 둥글부채가, 더위 씻는 궁전에서 임금님을 모셨네. 추풍이 뜨락의 나무로 불어오자, 이때부터 그 모습을 보려고 하지 않네. 그 위에 난새 탄 여인이 그려져 있는데, 덕지덕지 거미가 도처에 붙어 있네. 내년에 품과 소매에 들어가는 건, 비단을 잘라 만든 다른 부채일 것이네(團扇復團扇, 奉君淸暑殿. 秋風入庭樹, 從此不相見. 上有乘鸞女, 蒼

蒼網蟲遍. 明年入懷袖, 別是機中練)"라고 했다.

(11) 乘鸞子(승란자): 봉황의 일종인 난새를 탄 사람. 춘추시대 진秦나라 목공穆公의 딸 농옥弄玉과 소사 蕭史를 가리킨다. 농옥은 퉁소를 잘 부는 청년 소사와 결혼한 뒤 그에게 퉁소 부는 법을 배워 마침내 퉁소로 봉황을 불러 내려 그것을 타고 함께 하늘로 올라갔다는 전설이 있다.(≪열선전列仙傳≫ 참조) 강엄江淹의 시 〈반첩여의 부채 노래(班婕妤詠扇)〉에 "둥근 달과 같이 생긴 흰 비단 부채, 베틀의 새하얀 명주에서 나왔네. 진나라 임금님 딸이 난새를 타고, 구름 위로 올라가는 모습을 그려 놨네(紈扇如圓月, 出自機中素. 畫作秦王女, 乘鸞向煙霧)"라는 구절이 있다. 이 연은 고려의 소나무 부채는 그래도 반첩여의 부채보다는 낫다는 말이다.

왕정국이 소장하고 있는 〈연강첩장도〉에 쓴 시

書王定國[1] 所藏〈烟江疊嶂圖〉[2]

강가에 수심에 찬 천첩 봉우리

허공에 뜬 푸르름이 운무와 같아

산인가 구름인가 멀어 알 수 없는데

안개 걷히고 구름 흩어지자 산이 그대로 있다.

시퍼런 절벽이 계곡을 어둡게 하는 것만 보이는데

거기에 날아 내려오는 물줄기가 백 갈래 있어

숲을 감돌고 바위를 에우며 보이다 말다 하다가

계곡 어귀로 내려가서는 달리는 내가 된다.

내가 평평해지고 산이 열리며 숲이 끊어진 곳에

작은 다리와 시골 주막이 산 앞에 바짝 붙어 있고

행인은 막 교목 너머로 지나가는데

고깃배 한 조각 뜬 강은 하늘을 삼켰다.

선생은 어디에서 이 그림을 얻었는지

붓끝을 잘도 놀려 맑고 고운 게 청초하나니
이 세상 어디에 이런 곳이 있는지 모르지만
곧장 가서 이 경의 논밭을 사고 싶네.
무창 번산 기슭의 고요하고 외진 곳을 못 봤는가?
동파 선생이 다섯 해 동안 머물렀는데
봄바람이 강을 흔들면 하늘이 아득하고
저녁 구름이 비를 걷으면 산 빛이 곱고
단풍나무에서 날던 까마귀 물에서 자는 이 짝하고
낙락장송에 눈 떨어져 취해서 자는 이 깨웠나니
도화유수의 별천지는 이 세상에 있는 것
어찌 꼭 무릉도원만 신선세계에 빗대리?
강산은 맑고 깨끗한데 나는 티끌 속에 있나니
가는 길이 있다 해도 찾을 인연이 없었던 것
그대에게 이 그림을 돌려주며 세 번 탄식하나니
산속의 벗들이 틀림없이 날 부르는 시를 짓겠네.

江上愁心千疊山,⁽³⁾　　　강상수심천첩산

浮空積翠如雲烟.⁽⁴⁾⁽⁵⁾　　부공적취여운연

山耶雲耶遠莫知,⁽⁶⁾　　　산야운야원막지

烟空雲散山依然.　　　연공운산산의연

但見兩崖蒼蒼暗絶谷,⁽⁷⁾⁽⁸⁾　단견량애창창암절곡

中有百道飛來泉.⁽⁹⁾⁽¹⁰⁾　중유백도비래천

縈林絡石隱復見,　　　영림락석은부현

下赴谷口爲奔川.　　　하부곡구위분천

川平山開林麓斷,⁽¹¹⁾　천평산개림록단

小橋野店依山前.　　　소교야점의산전

行人稍度喬木外,⁽¹²⁾　행인초도교목외

漁舟一葉江呑天.　　　어주일엽강탄천

使君何從得此本,⁽¹³⁾⁽¹⁴⁾　사군하종득차본

點綴毫末分清妍.⁽¹⁵⁾⁽¹⁶⁾⁽¹⁷⁾　점철호말분청연

不知人間何處有此境,⁽¹⁸⁾   부지인간하처유차경

徑欲往買二頃田.⁽¹⁹⁾   경욕왕매이경전

君不見武昌樊口幽絶處,⁽²⁰⁾⁽²¹⁾ 군불견무창번구유절처

東坡先生留五年.⁽²²⁾⁽²³⁾   동파선생류오년

春風搖江天漠漠,⁽²⁴⁾   춘풍요강천막막

暮雲卷雨山娟娟.⁽²⁵⁾⁽²⁶⁾   모운권우산연연

丹楓翻鴉伴水宿,⁽²⁷⁾   단풍번아반수숙

長松落雪驚醉眠.⁽²⁸⁾   장송락설경취면

桃花流水在人世,⁽²⁹⁾   도화류수재인세

武陵豈必皆神仙.⁽³⁰⁾⁽³¹⁾   무릉기필개신선

江山清空我塵土,⁽³²⁾   강산청공아진토

雖有去路尋無緣.   수유거로심무연

還君此畵三歎息,   환군차화삼탄식

山中故人應有招我歸來篇.⁽³³⁾ 산중고인응유초아귀래편

[해제]

원우 3년(1088) 12월 개봉開封(지금의 하남성 개봉)에서 왕
공이 소장하고 있는 〈연강첩장도〉라는 그림을 보고 그 감회를
읊어 그림에다 쓴 것이다. 제1~12구에서는 〈연강첩장도〉를 구
체적으로 묘사했고, 제13~16구에서는 그림에 대한 감회를 총
괄했으며, 제17~24구에서는 자신이 유배 생활을 한 황주 일
대의 고요하고 평화로운 정경을 회상하여 계절별로 묘사한 후
그것을 지상의 선경이라고 여겼고, 제25~28구에서는 하루빨
리 전원으로 돌아가고 싶은 자신의 염원을 토로했다.

[주석]

(1) 定國(정국): 소식의 절친한 친구 왕공王鞏의 자字.

(2) 烟江疊嶂圖(연강첩장도): 왕선王詵이 안개에 덮인
    강과 첩첩산중의 풍경을 그린 그림. 소식의 자주自
    註에 "왕진경(왕선)이 그렸다(王晉卿畫)"라고 했다.

(3) 江上(강상): 강가. 이 구절은 산이 안개에 덮여
    침침하기 때문에 보는 사람의 마음을 근심스럽게 한
    다는 말이다.

(4) 積翠(적취): 쌓인 푸르름. 청산을 가리킨다.

(5) 雲烟(운연): 구름과 안개. 운무.

(6) 耶(야): 의문의 어기를 표시하는 조사. 이 연으로
    미루어 보건대 산의 한쪽에는 운무가 짙게 끼어 있
    고 점점 옅어져서 반대쪽에는 운무가 거의 걷혀 있
    는 모습이 그려져 있었을 것으로 짐작된다.

(7) 蒼蒼(창창): 매우 푸르다.

(8) 絶谷(절곡): 깎아지른 듯 가파르고 깊은 계곡.

(9) 道(도): 물줄기처럼 가늘고 긴 물건을 세는 단위 명사.

(10) 飛來泉(비래천): 날아서 내려오는 것처럼 아주 높은 곳에서 떨어져 내리는 물.

(11) 林麓(임록): 산림山林.

(12) 稍度(초도): 막 지나가다.

(13) 使君(사군): 임금이 부여한 사명을 받들고 외국이나 지방으로 나가서 일하는 사자使者. 상대방에 대한 존칭으로 사용하기도 했다. 여기서는 왕공을 가리킨다.

(14) 此本(차본): 이 판본. 왕선이 그린 〈연강첩장도〉를 가리킨다.

(15) 點綴(점철): 점찍다.

(16) 毫末(호말): 붓끝.

(17) 分(분): 분명하다. 청초淸楚하다.

(18) 人間(인간): 이 세상. 속세.

(19) 二頃田(이경전): 2경頃 즉 200묘畝의 농토. 은거 생활에 필요한 생계유지 수단을 가리킨다. ≪사기史記·소진전蘇秦傳≫에 "만약 나에게 낙양성 근교의 농토 2경이 있었다면 내가 어찌 육국 재상의 직인을 찰 수 있었으리오!(且使我有洛陽負郭田二頃, 吾豈能佩六國相印乎!)"라는 말이 있다. 이 연은 그림 속에 묘사되어 있는 바와 같이 아름답고 평화로운 곳을 찾아가서 은거하고 싶은 마음이 간절하다는 말이다.

(20) 武昌樊口(무창번구): 호북성 악주鄂州 서북쪽의 무창에 있는 번산의 기슭. 여기서는 자신이 유배 생활을 한 황주黃州(지금의 호북성 황강시黃岡市 황주구)를 가리킨다.

(21) 幽絶(유절): 고요하고 외지다.

(22) 東坡先生(동파선생): 소식 자신을 가리키는 해학적인 표현이다.

(23) 五年(오년): 소식이 황주에서 유배 생활을 한 원풍 3년(1080)부터 원풍 7년(1084)까지를 가리킨다.

(24) 漠漠(막막): 드넓은 모양.

(25) 卷雨(권우): 비를 거두어들이다. 비를 그치게 하다.

(26) 娟娟(연연): 산뜻하고 아름다운 모양.

(27) 水宿(수숙): 물가 또는 물 위의 배에서 자는 사람. 두보杜甫의 시 〈나른한 밤(倦夜)〉에 "어둠 속에 나는 반딧불이는 스스로를 비추고, 물가에서 자는 새는 서로를 불러 댄다(暗飛螢自照, 水宿鳥相呼)"라는 구절이 있고, 두보의 시 〈물 위에서 마음을 달래며 여러 공들께(水宿遣興, 奉呈群公)〉에 "바람이 울부짖으니 호랑이와 표범 소리가 들리는데, 물 위에서 자며 물오리와 갈매기를 짝합니다(風號聞虎豹, 水宿伴鳧鷗)"라는 구절이 있다. 이 구절은 까마귀가 낮에는 단풍나무 주위를 빙빙 돌며 날아다니다가 밤에는 배 위에서 지내는 자기 주위에서 잤다는 말이다.

(28) 長松(장송): 키가 큰 소나무.

(29) 桃花流水(도화유수): 복숭아꽃이 뜬 흘러가는 강
물. 별천지를 가리킨다. 이백李白의 시 〈산속에서의
문답(山中問答)〉에 "복숭아꽃 뜬 강물이 아득히 흘러
가니, 여기가 바로 별천지지 속세가 아니라네(桃花
流水杳然去, 別有天地非人間)"라는 구절이 있다.

(30) 武陵(무릉): 도연명陶淵明의 〈도화원기桃花源記〉
에 묘사되어 있는 선경仙境인 무릉도원을 가리킨다.

(31) 皆(개): 빗대다. 비유하다.

(32) 淸空(청공): 맑고 깨끗하다.

(33) 招我歸來篇(초아귀래편): 나를 돌아오라고 부르는
시. 회남소산淮南小山의 초사楚辭 〈은사여 돌아오소
서(招隱士)〉에 "왕손이여 돌아오셔요, 산속에는 오랫
동안 머물 수가 없어요(王孫兮歸來, 山中兮不可以久
留)"라고 했고, 도연명의 〈귀거래사歸去來辭〉에 "돌
아가자꾸나, 전원이 황폐해지려는데 어찌 아니 돌아
가리?(歸去來兮, 田園將蕪胡不歸?)"라고 했다.

왕진경이 자신이 우거하던 은퇴한 태부 장씨의 저택에 심었던 꽃모종을 보내 주면서 지은 시에 차운하여

次韻王晉卿[1]惠[2]花栽[3], 栽所寓張退傅[4]第[5]中

본래 순식간에 앞사람이 사라지는 법
다들 허공에 던져 놓은 한 알의 먼지라네.
이 꽃에게 "누가 너의 주인이냐?" 묻는다면
"하늘이 한객에게 봄을 맡게 했지요" 하겠네.

坐來念念失前人,[6][7]	좌래념념실전인
共向空中寓一塵.	공향공중우일진
若問此花誰是主,	약문차화수시주
天教閑客管靑春.[8][9][10]	천교한객관청춘

[해제]

한림학사지제고翰林學士知制誥로 재임 중이던 원우 4년(1089) 1월에 지은 것이다. 옛날에 장사손이 자기 집에 꽃을 심어 놓고 감상했는데 그가 죽고 없는 최근에는 거기에 우거하고 있는 왕선이 그것을 향유했고, 왕선이 그 모종을 소식에게 보내 줌으로써 이제는 또 자신이 그것을 향유하게 된 일에 대한 미묘한 감회를 노래했다.

[주석]

(1) 晉卿(진경): 왕선王詵의 자字.

(2) 惠(혜): 은혜를 베풀다. 하사하다.

(3) 花栽(화재): 꽃의 모종.

(4) 退傅(퇴부): 태부太傅를 지내고 은퇴한 장사손張士遜(964-1049)의 자호自號. ≪동도사략東都事略·장사손전張士遜傳≫에 "장사손은 나이가 많아 스스로 편안하다고 여기지 않았기 때문에 일곱 번이나 상소문을 올려 은퇴를 주청했으나 조정에서 그를 우대하여 태부에 제수하고 등국공에 봉했다(士遜年老不自安, 乃七上章請老, 優拜太傅, 進封鄧國公)"라고 했다.

(5) 第(제): 큰 저택.

(6) 坐來(좌래): 본래.

(7) 念念(염념): 불교에서 지극히 짧은 시간을 가리키는 말. 찰나.

(8) 敎(교): ~로 하여금 ~하게 하다.

(9) 閑客(한객): 한가한 사람. 백거이白居易의 시 〈봄
  이 다 간 날 천진교에서 술을 마시고 읊어서 이윤
  시랑께 드리는 시(春盡日天津橋醉吟, 偶呈李尹侍郎)〉
  에 "낙양洛陽은 공연히 주인이 있는 게지요, 풍경이
  란 한가한 사람이 주인인데요(三川徒有主, 風景屬閑
  人)"라는 구절이 있다.
(10) 靑春(청춘): 초목이 파란 봄.

과거 급제 동기 막씨와 빗속에 호수에서 술 마시며

與莫同年[1]雨中飲湖[2]上

여기저기 다니다가 만남은 우연

꿈속에서 마주 보니 둘 다 백발이구나.

다시 와서 비 내리는 서호에서 취하나니

구슬이 뛰는 것 못 본 지가 십오 년이 되었구나.

到處相逢是偶然,　　　　도처상봉시우연

夢中相對各華顚.[3]　　　몽중상대각화전

還來一醉西湖雨,[4]　　　환래일취서호우

不見跳珠十五年.[5][6]　　불견도주십오년

[해제]

항주지주杭州知州로 재임 중이던 원우 4년(1089) 8월에 당시 양절제형兩浙提刑으로 재임 중이던 과거 급제 동기 막군진과 함께 항주 서호에서 술을 마신 감회를 노래한 것이다. 우연히 만나서 친구의 늙은 모습을 보는 서글픈 심경과 15년 만에 다시 서호에서 술 마시는 황홀한 기분이 동시에 드러나 있다.

[주석]

(1) 莫同年(막동년): 과거 급제 동기인 막씨. 가우 2년(1057)에 소식과 함께 진사시험에 급제한 막군진莫君陳을 가리킨다.

(2) 湖(호): 항주杭州(지금의 절강성 항주) 서호西湖를 가리킨다.

(3) 華顚(화전): 흰머리. 백발.

(4) 一醉(일취): 한번 취하다. 술에 취하는 것을 가리키기도 하지만 비 내리는 서호의 아름다움에 취하는 것을 가리키기도 한다. 항주 서호는 맑을 경우, 비가 올 경우, 달이 떴을 경우, 눈이 왔을 경우 등 경우에 따라 각기 다른 아름다움을 보여 주는데 이에 대하여는 두문란杜文瀾의 《게원사화憩園詞話》에 "맑을 때의 호수는 비 올 때의 호수만 못하고, 비 올 때의 호수는 달 뜬 때의 호수만 못하고, 달 뜬 때의 호수는 눈 내린 때의 호수만 못하다(晴湖不如雨湖, 雨湖不如月湖, 月湖不如雪湖)"라는 항주 지방 속담이 인

용되어 있다.

(5) 跳珠(도주): 소식의 시 〈6월 27일 날 망호루에서 술에 취해 쓴 절구 다섯 수(六月二十七日望湖樓醉書五絶)〉 제1수에 "먹 쏟은 듯 검은 구름이 산을 채 덮기 전에, 하얀 비가 진주 되어 배로 뛰어들더니(黑雲翻墨未遮山, 白雨跳珠亂入船)"라는 구절이 있다.

(6) 十五年(십오년): 소식이 항주통판杭州通判의 임기를 마치고 항주를 떠난 희령 7년(1074)부터 항주지주가 되어 다시 항주로 간 원우 4년(1089)까지를 가리킨다.

사신이 되어 거란으로 가는 자유를 전송하며
送子由[1] 使契丹[2]

운해 너머로 바라보는 곳에 이 몸을 맡겼거늘
어찌 멀리 간다고 더 이상 손수건 적시리?
역말이 풍설 헤치는 것 마다하지 않고 가니
하늘의 잘난 아들에게 봉황과 기린을 알게 해야 하리.
사막에서 고개 돌려 송나라 궁중의 달을 보고
호수와 산에서 무림의 봄을 꿈속에 보리.
선우가 그대의 집안에 대해 묻거든
중원에서 으뜸이라 말하지 말아야 하리.

雲海相望寄此身,⁽³⁾⁽⁴⁾　　　　운해상망기차신

那因遠適更沾巾.⁽⁵⁾　　　　　　나인원적갱첨건

不辭馹騎淩風雪,⁽⁶⁾　　　　　　불사일기릉풍설

要使天驕識鳳麟.⁽⁷⁾⁽⁸⁾　　　　요사천교식봉린

沙漠回看清禁月,⁽⁹⁾　　　　　　사막회간청금월

湖山應夢武林春.⁽¹⁰⁾　　　　　호산응몽무림춘

單于若問君家世,⁽¹¹⁾⁽¹²⁾　　　선우약문군가세

莫道中朝第一人.⁽¹³⁾⁽¹⁴⁾⁽¹⁵⁾　막도중조제일인

[해제]

항주지주杭州知州로 재임 중이던 원우 4년(1089) 9월, 한림학
사翰林學士로 재임 중인 동생 소철蘇轍이 요나라 황제의 탄신
을 축하하는 사절로 선발되어 요나라로 들어가게 되자 동생을
멀리 다른 나라로 떠나보내는 안타까움과 동생이 무사히 다녀
오기를 바라는 마음을 노래한 것이다.

[주석]

(1) 子由(자유): 소식의 동생 소철蘇轍의 자字.

(2) 契丹(거란): 북송의 북쪽에 있던, 거란족이 세운
   요遼나라를 가리킨다.

(3) 雲海(운해): 구름바다. 바다처럼 넓게 깔린 구름
   을 가리킨다.

(4) 相望(상망): 소식과 소철이 멀리서 서로 바라보는
   것을 가리킨다.

(5) 遠適(원적): 멀리 가다. 소철이 요나라로 가는 것
   을 가리킨다. 이 연은 평소에도 운해를 사이에 두고
   그 너머로 바라볼 만큼 멀리 떨어져 있기 때문에 동
   생이 요나라로 간다고 해서 특별히 더 슬퍼할 것도
   없다는 말이다.

(6) 馹騎(일기): 역마驛馬. 역말. 각 역참에 갖추어 두
   고 공문을 전달하는 사람이나 그 일대에 출장 나온
   관리들에게 제공하던 말. 소철이 요나라로 갈 때 타
   고 가는 말을 가리킨다.

(7) 天驕(천교): '천지교자天之驕子'의 약칭으로 한나
라 때 흉노족이 자신들을 가리키는 말이었는데 나중
에는 강성한 오랑캐라는 뜻으로 쓰이게 되었다. 여
기서는 거란족을 가리킨다. ≪한서漢書·흉노전匈奴
傳≫에 "그 이듬해에 선우가 사신을 보내 한나라에
편지를 전하여 말하기를 '남쪽에는 거대한 한나라가
있고 북쪽에는 강성한 호족이 있습니다. 호족은 하
느님의 자랑스러운 아들입니다'라고 했다(其明年, 單
于遣使遺漢書云: '南有大漢, 北有强胡. 胡者, 天之驕
子也.')"라는 기록이 있다.

(8) 鳳麟(봉린): 봉황과 기린. 각각 날짐승과 길짐승
중에서 으뜸가는 존재로, 보기 드물게 걸출한 인재
를 가리킨다. 이 구절은 교만한 거란족에게 송나라
에는 소철처럼 뛰어난 인재가 많다는 생각을 갖게
만들기 바란다는 말이다.

(9) 淸禁(청금): 청정한 금중禁中. 송나라의 황궁을
가리킨다. 이 구절은 황량한 요나라의 사막 위에 뜬
달을 보며 송나라 황궁에 뜬 달을 그려 볼 것이라는
말이다.

(10) 武林(무림): 당시 소식이 지주知州로 있던 항주杭
州의 다른 이름. 이 구절은 소철이 황량한 요나라의
호수와 산을 보며 형이 있는 항주의 봄을 그려 볼
것이라는 말이다.

(11) 單于(선우): 한나라 때 흉노족의 우두머리를 지칭
하던 말. 여기서는 요나라 임금을 가리킨다.

(12) 家世(가세): 대대로 전해 내려오는 한 집안의 사회적 지위와 내력.

(13) 莫道(막도): 말하지 말라.

(14) 中朝(중조): 중원. 중원의 왕조.

(15) 第一人(제일인): 당나라 사람 이규李揆는 풍채가 준수하고 황제의 물음에 대답도 잘해 숙종 황제가 "경은 집안의 지체, 인물 됨됨이, 문학적 재능이 모두 당대當代의 으뜸이니 참으로 우리 조정의 보배로운 귀감이구려"라고 했다. 덕종 때 이규가 입번회맹사入蕃會盟使에 임명되어 토번吐蕃으로 갔더니 토번 추장이 "듣자하니 이규라는 사람이 당나라의 제일인자라고 하던데 그대가 그 사람 아니오?" 하고 물었다. 이규가 억류될까 봐 겁이 나서 "그 이규가 어찌 오려고 했겠습니까?" 하고 둘러댔다.(≪신당서·이규전≫ 및 ≪구당서·토번전≫ 참조) 이 연은 동생이 무사히 잘 다녀오기를 바라는 마음을 해학적으로 표현한 것이다.

유경문에게

贈劉景文[1]

연잎은 말라 비 올 때 쓸 우산이 이미 없고
국화는 시들어도 오상고절의 가지가 아직 있네.
연중 가장 좋은 경치 기억해야 하나니
바로 등자가 노랗고 귤이 파란 이때라네.

荷盡已無擎雨蓋,[2]	하진이무경우개
菊殘猶有傲霜枝.[3]	국잔유유오상지
一年好景君須記,	일년호경군수기
最是橙黃橘綠時.[4][5]	최시등황귤록시

연은 진흙탕 속에서 생장하면서도 잎과 꽃이 더없이 깨끗하고,
국화는 찬 서리 속에서도 의연하게 꽃을 피울 정도로 꿋꿋하지
만, 초겨울이 되면 연은 말할 것도 없고 오상고절을 자랑하던
국화마저도 시들시들 생기를 잃고 만다. 그러나 등자와 귤은 겨
울에도 생기가 넘쳐 주렁주렁 열매를 드리우고 있으니 이들이
야말로 국화를 넘어 송백과 맞먹는 꿋꿋한 기상의 소유자라고
할 수 있다. 왕문고王文誥의 ≪소식시집蘇軾詩集≫에 "이것은
명편으로 유경문이 아니고는 이것에 해당하기에 충분하지 않다.
유경문은 충신의 후예로 형이 여섯 명 있었는데 다 죽었기 때
문에 이 시를 지어 준 것이다(此是名篇, 非景文不足以當之. 景
文忠臣之後, 有兄六人皆亡, 故贈此詩)"라고 한 바와 같이, 이
시는 항주지주杭州知州로 재임 중이던 원우 5년(1090) 10월
에 평소 매우 존중하며 친하게 지내던 친구 유계손에게 지어
준 것으로, 유계손을 등자와 귤에 비유하여 그의 꿋꿋한 절개와
지조를 극구 칭송한 송시訟詩이다. 그러나 초겨울 정경을 감칠
맛 나게 그려 낸 한 폭의 풍경화라고 할 수도 있을 만큼 멋진
서경시敍景詩이기도 하다.

[주석]

(1) 景文(경문): 유계손劉季孫(1033-1092)의 자字. 그
는 당시 양절병마도감兩浙兵馬都監을 맡아 항주杭州
에 주재하고 있었다.

(2) 擎雨蓋(경우개): 비 올 때 받치는 우산. 연잎을 가
리킨다.

(3) 傲霜枝(오상지): 서리 앞에서도 굴하지 않고 꿋꿋
한 기상을 자랑하는 국화의 가지를 가리킨다.
(4) 最是(최시): 바로 ~이다.
(5) 橙(등): 등자橙子. 오렌지.

영하에 배 띄우고

泛潁[1]

물가에 나가기를 좋아하는 나의 천성
영주를 얻어서 정말로 기분 좋아
관아에 도착한 뒤 열흘 동안에
아흐레는 강가에 나가 있었네.
아전도 주민도 웃으면서 하는 말
"태수께선 늘그막에 천치가 되셨군요."
사실은 태수가 천치가 된 게 아니라
흐르는 강물이 고와서라네.
고을을 감싸 안고 십여 리를 흐르는데
너무 빠르지도 않고 너무 느리지도 않고
상류는 강줄기가 곧고 맑으며
하류는 굽이지고 물결이 이네.
배 위에서 맑은 거울 내려다보며
"그대는 누구시오?" 웃으면서 묻노라니

홀연히 수면에 비늘이 생겨
내 수염과 눈썹을 헝클어 놓네.
흩어져서 백 명의 소동파로 변했다가
어느 사이 또 다시 이곳으로 와 있나니
이게 어찌 강물이 까부는 것이리오?
나와 함께 즐겁게 노는 것이네.
풍악과 미인과 향기로운 음식은
아이들을 현혹하여 눈이 뒤집히게 하나
똑같이 아이들이 갖고 노는 것이라도
물에서는 닳거나 검어질 일이 적다네.
조씨 진씨 그리고 두 명의 구양씨는
다 같이 천인사께 참배 드리는지라
현묘한 것을 보고 각자 터득한 게 있어
영하에 배 띄운 시를 다 함께 읊네.

我性喜臨水,　　　아 성 희 림 수

得潁意甚奇.(2)　　득 영 의 심 기

到官十日來,　　　도 관 십 일 래

九日河之湄.　　　구 일 하 지 미

吏民笑相語,(3)　　리 민 소 상 어

使君老而癡.(4)　　사 군 로 이 치

使君實不癡,　　　사 군 실 불 치

流水有令姿.(5)　　류 수 유 령 자

遠郡十餘里,　　　요 군 십 여 리

不駛亦不遲.(6)　　불 사 역 부 지

上流直而清,　　　상 류 직 이 청

下流曲而漪.　　　하 류 곡 이 의

畫船俯明鏡,(7)(8)　화 선 부 명 경

笑問汝爲誰.　　　소 문 여 위 수

237

忽然生鱗甲,[9]	홀연생린갑
亂我鬚與眉.	란아수여미
散爲百東坡,[10]	산위백동파
頃刻復在玆.[11]	경각부재자
此豈水薄相,[12]	차기수박상
與我相娛嬉.[13]	여아상오희
聲色與臭味,[14][15]	성색여취미
顚倒眩小兒.[16][17]	전도현소아
等是兒戲物,[18]	등시아희물
水中少磷緇.[19]	수중소린치
趙陳兩歐陽,[20]	조진량구양
同參天人師.[21]	동참천인사
觀妙各有得,[22]	관묘각유득
共賦泛潁詩.	공부범영시

238

[해제]

영주지주로 부임한 직후인 원우 6년(1091) 9월 그 고을을 지나가는 영하에 나가 정쟁이 없는 편안한 상태에서 뱃놀이를 하는 담담한 즐거움을 노래한 것이다.

[주석]

(1) 穎(영) : 영주穎州를 지나가는 영하穎河를 가리킨다.

(2) 得穎(득영) : 영주지주穎州知州가 된 것을 가리킨다.

(3) 吏民(이민) : 하급 관리와 일반 백성.

(4) 使君(사군) : 지방 장관에 대한 존칭. 영주지주인 소식 자신을 가리키는 해학적인 표현이다.

(5) 令姿(영자) : 아름다운 자태.

(6) 駛(사) : 빠른 속도로 달리다.

(7) 畫船(화선) : 화려하게 장식한 유람선.

(8) 明鏡(명경) : 거울처럼 맑은 수면을 가리킨다.

(9) 鱗甲(인갑) : 물고기의 비늘과 악어·거북 따위의 비늘처럼 생긴 껍데기. 비늘 모양의 물결을 가리킨다.

(10) 東坡(동파) : 수면에 비친 소식 자신의 모습을 가리킨다.

(11) 頃刻(경각) : 경각간. 눈 깜빡할 사이.

(12) 薄相(박상) : 경박하게 굴다. 까불다. 장난치다.

(13) 娛嬉(오희) : 즐겁게 놀다.

(14) 聲色(성색) : 음악과 여색女色. 풍악을 울리며 미인을 데리고 노는 것을 가리킨다.

(15) 臭味(취미) : 냄새와 맛. 맛있는 음식을 가리킨다.

(16) 顚倒(전도): 눈이 뒤집히게 하다.

(17) 小兒(소아): 수양이 깊지 않은 보통 사람을 얕잡아 부르는 말.

(18) 等是(등시): 마찬가지로 ~이다.

(19) 磷緇(인치): 외부의 영향으로 닳거나 검어지다. ≪논어論語·양화陽貨≫에 "'워낙 견고하면 갈아도 닳지 않는다'고 하지 않더냐? '워낙 희면 검은 물을 들여도 검어지지 않는다'고 하지 않더냐?(不曰: '堅乎磨而不磷'? 不曰: '白乎涅而不緇'?)"라는 공자孔子의 말이 있는바, 이 말에서 비롯되어 외부의 영향으로 변하는 것을 '인치(磷緇)'라고 한다. 왕십붕王十朋의 ≪백가주분류동파선생시百家註分類東坡先生詩≫에 "물가에 나간 일을 말하면서 물에서 노는 것이 풍악을 울리며 미인을 데리고 맛있는 음식을 먹는 것보다 낫다고 주장한 것이다(因言臨水, 乃論玩水之好, 賢於聲色臭味之好也)"라고 했다.

(20) 趙陳兩歐陽(조진양구양): 같은 시기에 지은 시 〈다시 차운하여 조경황과 진이상이 나의 시에 화답한 것에 감사하고 아울러 구양숙필 형제에게 부친다(復次韻謝趙景貺·陳履常見和, 兼簡歐陽叔弼兄弟)〉라는 시의 제목에 나타나 있는 바와 같이, 조영치趙令時와 진사도陳師道 및 구양수歐陽修의 아들인 구양숙필歐陽叔弼·구양계묵歐陽季默 형제를 가리킨다.

(21) 天人師(천인사): 천인天人 즉 하늘과 사람의 스승이라는 뜻으로 석가모니의 별칭이다. 이 구절은 네

사람이 다 불교를 믿고 있다는 말이다.

(22) 觀妙(관묘): 현묘玄妙한 것을 보다. ≪노자老子≫
에 "그러므로 항상 욕심이 없어야 현묘한 것을 본다
(故常無欲, 以觀其妙)"라는 말이 있다.

조열지의 〈고목도〉 뒤에 쓴 시
書晁說之[1]〈考牧圖〉[2]後

옛날에 내가 시골에 살고 있을 땐
오로지 양과 소만 알았거니와
냇가의 들은 평평하고 소 등은 든든하여
백 섬짜리 큰 배를 탄 것만 같았는데
사공 없는 배가 가자 둑이 절로 움직이고
등에 누워 책 읽는 줄을 소는 알지 못했네.
앞에서 걸어가는 양 백 마리가
북을 치듯 우렁찬 채찍 소리 듣고 놀랐지만
내 채찍이 함부로 가해진 건 아니고
뒤처진 놈을 골라서 채찍질을 했다네.
못가에는 초목이 잘 자라 있었지만
잘 자란 초목은 소와 양을 병들게 하고
산을 찾아 들어가 계곡을 넘나들며
펄펄 뛰어다녀야 힘이 세어진다네.

긴 숲에서 안개비 속에 도롱이 입고 삿갓 썼는데
늙어 가며 지금은 그림이나 보나니
세상일은 마이동풍 아무 관심도 없고
길이길이 소 많은 늙은이 안 된 것이 후회되네.

我昔在田間,　　　　아석재전간

但知羊與牛.　　　　단지양여우

川平牛背穩,　　　　천평우배온

如駕百斛舟.(3)　　　여가백곡주

舟行無人岸自移,　　주행무인안자이

我臥讀書牛不知.　　아와독서우부지

前有百尾羊,　　　　전유백미양

聽我鞭聲如鼓鼙.(4)　청아편성여고비

我鞭不妄發,　　　　아편불망발

視其後者而鞭之.　　시기후자이편지

澤中草木長,　　　　택중초목장

草長病牛羊.　　　　초장병우양

尋山跨坑谷,　　　　심산과갱곡

244

騰趠筋骨强.⁽⁵⁾⁽⁶⁾　　　　등탁근골강

烟簑雨笠長林下,⁽⁷⁾　　　연사우립장림하

老去而今空見畵.⁽⁸⁾⁽⁹⁾　　로거이금공견화

世間馬耳射東風,⁽¹⁰⁾　　세간마이사동풍

悔不長作多牛翁.⁽¹¹⁾　　회불장작다우옹

[해제]

조열지의 〈고목도〉는 ≪시경·소아·소가 없다고(無羊)≫를 소
재로 주周나라 때의 목축 장면을 그린 것인데, 소식은 원우 8
년(1093)에 개봉開封(지금의 하남성 개봉)에서 이 그림을 보
고 이 시를 지었다. 이 시는 조열지의 그림에 관해서는 거의 언
급하지 않고 대부분이 자신의 어린 시절에 대한 회상으로 이루
어져 있는바, 시골 아이들이 능숙한 솜씨로 소를 몰고 다니며
소에게 풀을 먹이는 전원생활의 한 단면이 잘 그려져 있다.

[주석]

(1) 晁說之(조열지): 북송 때의 화가로 자字가 이도以
   道이다.

(2) 考牧圖(고목도): 목축하는 장면을 그린 조열지의
   그림.

(3) 百斛舟(백곡주): 곡식 100섬을 실을 수 있는 큰
   배. 이 연은 커다란 소가 등에 목동을 태운 채 풀을
   뜯어 먹으면서 천천히 개울가의 풀밭을 지나가는 모
   습을 묘사한 것이다.

(4) 鼓鼙(고비): 큰북과 작은북.

(5) 騰趠(등탁): 뛰어오르다.

(6) 筋骨(근골): 근육과 뼈대. 체력을 가리킨다.

(7) 烟簑雨笠(연사우립): 안개가 끼면 도롱이를 입고
   비가 오면 삿갓을 쓴다. 도롱이를 입고 삿갓을 쓴
   채 안개비를 맞는다는 말이다.

(8) 而今(이금): 지금.

(9) 空(공): 다만. 오직.

(10) 馬耳射東風(마이사동풍): 말의 귀에 동풍이 불다. 마이동풍이라는 말이다. 이백李白의 시 〈추운 밤에 홀로 술을 마시다가 감회가 일어서 지은 왕십이의 시에 화답하여(答王十二寒夜獨酌有懷)〉에 "사람들이 이걸 듣고 다들 고개 저으니, 동풍이 말의 귀에 부는 것 같네(世人聞此皆掉頭, 有如東風射馬耳)"라는 구절이 있다.

(11) 多牛翁(다우옹): 소를 많이 가진 늙은이. 벼슬길에 나아가지 않고 시골에서 소나 기르며 은거하는 사람을 가리킨다.

동부에서 빗속에 자유와 작별하며

東府[1]雨中別子由[2]

마당에 서 있는 오동나무야
삼 년에 세 차례 너를 보았네.
재작년에 여음으로 갔을 때에는
가을비에 울고 있는 너를 보았고
작년에 가을비가 내릴 때에는
내가 막 광릉에서 돌아왔었네.
금년에 또 중산으로 떠나가나니
백발이라 돌아올 기약이 없네.
나그네로 떠난다고 탄식하지 말지니
주인인 자네 또한 나그네라네.
침상을 마주할 날 정녕 아득하련만
밤비만 공연히 소슬하게 내리네.
일어나 오동나무 가지를 꺾어
자네에게 주고는 천 리 길을 떠나나니
돌아올 때 건강할지 어떨지야 알랴만
지금의 이 심정을 잊지 말기 바라네.

庭下梧桐樹,[(3)]	정하오동수
三年三見汝.[(4)]	삼년삼견여
前年適汝陰,[(5)]	전년적여음
見汝鳴秋雨.	견여명추우
去年秋雨時,	거년추우시
我自廣陵歸.[(6)]	아자광릉귀
今年中山去,[(7)]	금년중산거
白首歸無期.	백수귀무기
客去莫歎息,	객거막탄식
主人亦是客.[(8)]	주인역시객
對牀定悠悠,[(9)(10)]	대상정유유
夜雨空蕭瑟.[(11)(12)]	야우공소슬
起折梧桐枝,	기절오동지
贈汝千里行.	증여천리행
歸來知健否,	귀래지건부
莫忘此時情.[(13)]	막망차시정

[해제]

원우 8년(1093) 9월 정주지주定州知州로 부임해 가기 위해 동생과 작별하면서 지은 것이다. 정쟁의 소용돌이를 떠난다는 사실만으로도 다행이기는 했겠지만 환갑이 다 되어 가는 나이에 고향과 반대 방향인 동북쪽 변방으로 나가는 것이 그렇게 유쾌할 수는 없었을 것이다. 따라서 그 어느 때보다 동생과의 이별이 가슴 아팠을 것이다. 이 시에는 소식의 이러한 심정이 잘 그려져 있다.

[주석]

(1) 東府(동부): 송宋나라 때의 승상부丞相府. 송나라 초기에 중서성中書省·문하성門下省·상서성尚書省 등의 삼성을 두어 추밀원樞密院과 업무를 분장하게 했는데 삼성을 동부라고 하고 추밀원을 서부라고 했다. 소철蘇轍은 당시 상서우승尚書右丞으로서 동부에서 근무했다.

(2) 子由(자유): 소식의 동생 소철의 자字.

(3) 庭下(정하): 마당. 정원. '하下'는 '도하都下(도성都城)'·'군하郡下(군청 소재지)'의 경우처럼 명사와 결합하여 일정한 장소나 범위를 나타낸다.

(4) 三年三見(삼년삼견): 영주지주穎州知州로 나간 원우 6년(1091) 8월, 양주지주揚州知州로 있다가 조정으로 들어간 원우 7년(1092) 9월, 정주지주로 나가는 원우 8년(1093) 9월에 각각 한 번씩 동생을

만나러 동부로 갔다가 거기에 있는 오동나무를 보았
다는 말이다.

(5) 汝陰(여음): 지금의 안휘성 부양阜陽. 이 연은 소
식이 영주지주로 나갔을 때의 일을 말한 것이다.

(6) 廣陵(광릉): 지금의 강소성 양주揚州. 이 연은 소
식이 양주지주로 재임 도중 병부상서兵部尙書로 임
명되어 조정으로 들어갔을 때의 일을 말한 것이다.

(7) 中山(중산): 지금의 하북성 정주定州. 이 연은 소
식이 정주지주로 나가게 된 일을 말한 것이다.

(8) 主人(주인): 동부의 주인인 소철을 가리킨다. 왕
문고王文誥의 ≪소식시집蘇軾詩集≫에 "이상의 네 구
절은 뒷일을 단정하고 한 말이지 시에서 한 말이 씨
가 된 것이 아니다. 아마도 당시 조정의 정국에 이
미 구법파가 틀림없이 패배할 형세가 형성되어 있었
을 것이다(已上四句, 斷定後事, 此非詩之讖也. 蓋其
朝局已成必敗之勢也)"라고 한바, 이는 소식이 선인태
후宣仁太后가 세상을 떠나고 철종의 친정이 시작됨
으로써 다시 득세한 신법파가 소철도 곧 지방으로
쫓아낼 것임을 예측하고 이런 말을 했다는 뜻이다.
그러나 소철이 멀리 변방으로 나가 나그네 생활을
하게 될 형의 앞날을 걱정하자, 소식이 고향으로 돌
아가 침대를 나란히 놓고 마주 누워서 밤비 소리를
들으며 정담을 나누지 못하는 이상 도성에 있는 동
생도 나그네와 다름없다며 위로한 것일 가능성이 더
크다고 생각된다.

(9) 定(정) : 틀림없이.

(10) 悠悠(유유) : 아득하게 멀다.

(11) 夜雨(야우) : 소식 형제는 개봉開封에서 제과시험
制科試驗을 준비할 때 위응물韋應物의 시 〈전진과
원상에게(示全眞元常)〉의 "나는 군수 직을 그만두고
떠났는데, 그대들은 바깥일에 끌려다니니, 어찌 알리
바람 불고 비 오는 밤에, 또 이렇게 마주 보고 잘
수 있을지?(余辭郡符去, 爾爲外事牽. 寧知風雨夜, 復
此對牀眠?)"라는 구절에 감명을 받아서 자기 형제도
일찌감치 벼슬을 그만두고 고향으로 돌아가 침상을
나란히 놓고 마주 누워서 밤비 소리를 들으며 정담
을 나누다가 잠이 들기로 약속했다. 이것이 이른바
'대상야우對牀夜雨'의 약속이다. 이 연은 밤비가 내리
는데도 형제가 마주 보고 누워서 정담을 나누는 날
이 아직도 요원함을 한탄한 것이다.

(12) 蕭瑟(소슬) : 으스스하고 쌀쌀하다.

(13) 此時情(차시정) : 하루빨리 대상야우의 꿈을 이루
고 싶은 지금의 심정을 가리킨다. 마지막 여섯 구절
은 오랫동안 못 이룬 대상야우의 꿈을 자신이 정주
에서 돌아오면 반드시 이루고 싶다는 말이다.

학을 보고 하는 탄식

鶴歎

부르면 다가오는 길이 잘 든 정원의 학
불러서 내 옆에 세워 두려고 하니
학이 난색을 지으며 나를 곁눈질하는데
어찌 올빼미처럼 가슴으로 대답해 주길 바라는가?
"참으로 고독한 더부살이 같은 저의 삶
석 자짜리 긴 다리에 여윈 몸을 얹고 살지요.
고개 숙여 조금만 쪼면 넉넉하게 살 수 있겠지만
어찌 이 몸을 그대의 노리개가 되게 하리오?"
학을 몰아 대청 위에 잠깐 동안 세워 놓고
먹이를 던져 줘도 못 본 척하고
끼루룩 길게 울곤 대청 아래로 뛰어가니
어렵게 왔다 쉽게 가는 네가 나보다 낫네.

園中有鶴馴可呼,(1)	원중유학순가호
我欲呼之立坐隅.(2)	아욕호지립좌우
鶴有難色側睨予,(3)	학유난색측예여
豈欲臆對如鵬乎.(4)	기욕억대여붕호
我生如寄良畸孤,(5)(6)(7)	아생여기량기고
三尺長脛閣瘦軀.(8)(9)	삼척장경각수구
俯啄少許便有餘,(10)(11)(12)	부탁소허변유여
何至以身爲子娛.(13)	하지이신위자오
驅之上堂立斯須,(14)	구지상당립사수
投以餅餌視若無.(15)	투이병이시약무
戛然長鳴乃下趨,(16)	알연장명내하추
難進易退我不如.(17)	난진이퇴아불여

254

[해제]

원우 8년(1093) 9월 소식을 그토록 아껴 주던 선인태후宣仁太后가 세상을 떠나고 철종哲宗의 친정체제로 들어감으로써 다시 신법파가 득세하고 구법파가 핍박을 받기 시작했다. 소식은 정치에 싫증을 느껴 여러 차례 사임을 주청했지만 철종이 끝내 그의 주청을 들어주지 않고 정주지주로 내보내므로 어쩔 수 없이 사임하기를 포기하고 정주지주로 부임했다. 이 시는 정주지주로 재임 중이던 원우 8년 겨울에, 길이 잘 든 학도 던져 주는 모이나 먹으면서 자기 옆에 붙어 있기를 거부하고 대청 아래로 달려가 버리는 것을 보고 관직에 매여 원하지 않는 곳으로 여기저기 떠돌아다니는 자신의 처지를 돌아본 것이다.

[주석]

(1) 馴可呼(순가호): 길이 잘 들어서 오라고 부를 수 있다.

(2) 坐隅(좌우): 좌석 모퉁이. 자기 옆을 가리킨다.

(3) 側睨(측예): 곁눈으로 보다.

(4) 臆對(억대): 가슴으로 대답하다. 한漢나라 문인 가의賈誼(기원전 201-169)가 장사長沙(지금의 호남성 장사)에서 유배 생활을 하고 있을 때 하루는 불길한 새로서 그 소리를 들으면 수명이 단축된다고 알려져 있는 올빼미 한 마리가 집으로 날아들어 한 구석에 서 있었다. 이에 가의가 자신이 오래 살지 못할 징조라고 여기고 〈복조부鵩鳥賦〉를 지어서 자

255

신의 불우한 신세를 한탄했는데 그 가운데에 "올빼미가 탄식하며 고개를 들고 날개를 친다. 입으로 말을 할 줄 모르는지라 가슴으로 대답하려고 하는 것이다(鵩洒歎息, 擧首奮翼. 口不能言, 請對以臆)"라는 구절이 있다. 아래의 네 구절이 가슴으로 한 학의 대답을 소식이 알아듣고 언어로 옮긴 것이라는 뜻이다.

(5) 如寄(여기): 남의 집에 잠시 얹혀사는 것과 같다.

(6) 良(양): 참으로. 정말.

(7) 畸孤(기고): 외롭다. 고독하다.

(8) 閣(각): 놓다.

(9) 瘦軀(수구): 여윈 몸. 학의 몸을 말한다.

(10) 俯啄(부탁): 구부리고 쪼다. 학이 고개를 숙이고 모이를 쪼아 먹는 것을 가리킨다.

(11) 少許(소허): 조금.

(12) 便(변): ~하면 곧.

(13) 以身爲子娛(이신위자오): 몸을 그대의 놀잇감으로 삼다. 이 연은 소식 옆에 있으면서 던져 주는 모이나 쪼아 먹고 지내면 육신이 편안하겠지만 그래도 남의 노리개로 살 수는 없다는 말이다.

(14) 斯須(사수): 잠깐.

(15) 視若無(시약무): 없는 것과 같이 보다. 무시하다.

(16) 戛然(알연): 학 울음소리의 의성어.

(17) 我不如(아불여): 내가 (학만) 못하다.

자호협에서 바람에 길이 막혀(제1·2·3·5수)
慈湖[1] 夾[2] 阻風[3] 五首(其一·二·三·五)

제1수

밧줄에 매인 돛대가 서서 허공에 휘파람 부는데
뱃사공은 물보라 속에서 단잠을 잔다.
틀림없이 새끼줄이 사람 마음 잘 알아서
연약한 닻줄이 강풍을 잘 견딜 줄 아는 것이리.

其一

捍索桅竿立嘯空,[4] [5]　　　한삭외간립소공

篙師酣寢浪花中.[6]　　　고사감침랑화중

故應菅蒯知心腹,[7] [8]　　　고응관괴지심복

弱纜能爭萬里風.[9]　　　약람능쟁만리풍

제2수

이내 인생 돌아갈 길 더욱 아득해져서
무수한 청산에 막혔는데 물이 하늘을 친다.
그래도 와서 떡을 파는 작은 배가 있어서
기쁘게도 산 앞에 부락이 있다는 말을 들었다.

其二

此生歸路愈茫然,[(10)]	차생귀로유망연
無數靑山水拍天.	무수청산수박천
猶有小船來賣餠,	유유소선래매병
喜聞墟落在山前.[(11)]	희문허락재산전

제3수

내가 가는 곳은 온통 한퇴지의 시 속이라
물이 문에 반쯤 차는 인가가 정말 있다.
천 경의 뽕과 삼이 배 밑에 다 잠겼는데
바위 머리카락만 남아 이끼 위에 걸려 있다.

其三

我行都是退之詩,[12]　　　아행도시퇴지시

眞有人家水半扉.　　　진유인가수반비

千頃桑麻在船底,[13]　　천경상마재선저

空餘石髮掛魚衣.[14][15]　공여석발괘어의

제5수

누워서 지는 달이 긴 강에 가득 비치는 걸 보곤
일어나서 청풍을 불러 돛에 반쯤 채우고
수향과 나란히 기우뚱하게 지나가지만
이 세상 어느 곳이 험준하지 않으리오?

其五

臥看落月橫千丈,⁽¹⁶⁾⁽¹⁷⁾　　　와간락월횡천장

起喚淸風得半帆.⁽¹⁸⁾　　　기환청풍득반범

且並水村敧側過,⁽¹⁹⁾　　　차병수촌기측과

人間何處不巉巖.⁽²⁰⁾⁽²¹⁾　　　인간하처불참암

[해제]

소식은 정주지주定州知州로 재임 중이던 소성 원년(1094) 윤4월 3일 단명전학사겸한림시독학사端明殿學士兼翰林侍讀學士라는 두 개의 학사직을 삭탈하고 영주지주英州知州로 보낸다는 좌천령을 받았다. 이 시는 영주지주로의 좌천령을 받고 영주를 향해 나아가는 도중이던 그해 6월 25일 당도當塗(지금의 안휘성 당도)에 있는 자호협에서 심한 폭풍우를 만난 감회를 노래한 것이다. 소식은 당도현에 이르렀을 때 다시 혜주안치惠州安置의 유배령을 받았는데 자호협은 당도현의 북쪽 초입으로 당도현 관청 소재지에서 60여 리 떨어져 있는 곳이기 때문에 이 시를 지을 때는 아직 혜주안치령을 받기 전이었을 것으로 보인다.

[주석]

(1) 慈湖(자호): 안휘성 마안산馬鞍山 동북쪽에 있는 호수. ≪원화군현지元和郡縣志·당도현當塗縣≫에 "자호는 당도현에서 북쪽으로 65리 되는 곳에 있다(慈湖在縣北六十五里)"라고 했고, 진극陳克의 ≪동남방수이편東南防守利便≫에 "자호협은 태평주의 경계 지역에 있다(慈湖夾在太平州界)"라고 했는데, 당도현은 태평주의 북쪽 끝에 있고 자호협은 당도현의 북쪽 경계 지역에 있었다.

(2) 夾(협): 물길이 갈라진 곳. 육유陸游의 시 〈장가행長歌行〉에 "아침에는 두약꽃 속의 섬에서 배 띄우고, 저녁에는 갈대꽃 속의 물길 갈라진 곳에서 묵네(朝浮杜若洲, 暮宿蘆花夾)"라는 구절이 있다.

(3) 阻風(조풍): 바람에 가로막히다.

(4) 捍索(한삭): 돛대 양쪽에 매는 밧줄.

(5) 桅竿(외간): 돛대. 이 구절은 돛대가 강풍을 만나 윙윙 소리를 낸다는 말이다.

(6) 浪花(낭화): 물결이 서로 부딪치거나 다른 물건에 부딪칠 때 생기는 작은 물방울. 물보라.

(7) 菅蒯(관괴): 골풀과 띠. 그것을 꼬아서 만든 새끼 줄, 즉 닻줄을 가리킨다.

(8) 心腹(심복): 속마음.

(9) 萬里風(만리풍): 만 리 밖에서 불어온 강풍을 가리킨다.

(10) 歸路(귀로): 고향으로 돌아가는 길을 가리킨다. 이 연은 고향과의 거리가 더욱 먼 영주英州(지금의 광동성 영덕英德)로 좌천되어 가는 쓸쓸한 감회를 토로한 것이다.

(11) 墟落(허락): 부락. 촌락.

(12) 退之(퇴지): 당唐나라 문인 한유의 자字. 한유의 시 〈증강 어귀에서 묵으며 종손자 상에게(宿曾江口 示姪孫湘)〉에 "저녁에 민가에서 하룻밤을 묵노라니, 높은 곳에 있건만 물이 문에 반쯤 찬다(暮宿投民村, 高處水半扉)"라는 구절이 있다. 이 연은 인가의 문이 반쯤 물에 잠길 정도로 수위가 높다는 말이다.

(13) 千頃(천경): 10만 묘畝에 해당하는 농지. 드넓은 들판을 가리킨다.

(14) 石髮(석발): 바위 위에 자라는 말 따위의 기다란 수초를 가리키는 것으로 보인다.

262

(15) 魚衣(어의) : 물이끼. 이 구절은 거센 풍랑으로 말 따위의 수초가 언덕까지 떠밀려 와서 이끼 낀 언덕에 걸려 있다는 말인 것으로 보인다.

(16) 橫(횡) : 충만하다. 뒤덮다.

(17) 千丈(천장) : 1만 자. 길게 뻗은 강을 가리킨다.

(18) 喚淸風(환청풍) : 왕십붕王十朋의 ≪백가주분류동파선생시百家註分類東坡先生詩≫에 "청풍을 부르는 것은 강호에 사는 뱃사공들의 일상사이다. 그곳 뱃사공들은 풍향을 잘 관측하여 배가 가면 바람을 불러서 돛이 불룩해지게 한다(喚淸風, 是江湖間舟子之常事. 彼中舟子善相風, 舟行則喚風以飽帆也)"라고 한 바, 이것은 경험 많은 뱃사공들이 곧 순풍이 불 것으로 예상될 때 바람을 부르는 시늉을 함으로써 마치 자기가 바람을 불러온 것처럼 좋아한다는 말인 것 같다.

(19) 敧側(기측) : 옆으로 기울어지다. 두보杜甫의 시 〈낭수의 노래(閬水歌)〉에 "파 지방의 아이는 노를 저어 기우뚱하게 지나가고, 비오리는 고기를 물고 날아다닌다(巴童蕩槳敧側過, 水雞銜魚來去飛)"라는 구절이 있다.

(20) 人間(인간) : 이 세상.

(21) 巉巖(참암) : 험준하다. 이 연은 배가 기울어진 채 떠가는 것이 매우 위험해 보이지만 이 세상 어디에 가나 다 험준한 상황이 있다는 초연한 생각으로 자기 마음을 위로한 것이다.

8월 7일에 막 감강으로 들어와 황공탄을 지나며

八月七日, 初入贛[1], 過惶恐灘[2]

칠천 리 바깥의 반백이 다 된 사람
십팔탄 어귀의 일엽편주에 의지한 몸
산은 희환산을 그립게 해 애써 먼 곳을 꿈꾸게 하고
땅은 황공탄이라 불러 외로운 신하를 울게 하네.
장풍은 나그네 보내려고 돛의 배를 불룩하게 하고
장맛비는 배를 띄우려고 돌비늘을 줄였네.
나는 이미 관직을 주어 사공으로 삼기에 알맞나니
내 인생이 어찌 나루터나 대강 아는 데 그치리?

七千里外二毛人,⁽³⁾⁽⁴⁾　　　칠 천 리 외 이 모 인

十八灘頭一葉身.⁽⁵⁾⁽⁶⁾　　　십 팔 탄 두 일 엽 신

山憶喜歡勞遠夢,⁽⁷⁾⁽⁸⁾　　　산 억 희 환 로 원 몽

地名惶恐泣孤臣.⁽⁹⁾⁽¹⁰⁾　　지 명 황 공 읍 고 신

長風送客添帆腹,⁽¹¹⁾　　　장 풍 송 객 첨 범 복

積雨浮舟減石鱗.⁽¹²⁾　　　적 우 부 주 감 석 린

便合與官充水手,⁽¹³⁾⁽¹⁴⁾　　변 합 여 관 충 수 수

此生何止畧知津.⁽¹⁵⁾　　　차 생 하 지 략 지 진

[해제]

혜주惠州(지금의 광동성 혜주)로 유배 가는 도중이던 소성 원년(1094) 8월 강서성 남부의 감강에 있는 열여덟 개의 험난한 여울인 이른바 감강십팔탄 가운데 황공탄을 지나가면서 느낀 감회를 노래한 것이다. 원래 이름이 '황공탄黃公灘'이었던 이 여울을 소식이 '황공탄惶恐灘'으로 바꾸었다고 하는바, '황공탄黃公灘'이라는 명칭으로부터 '두렵다'는 뜻의 '황공惶恐'이 연상되었다면 이는 당시 그의 심경이 결코 평온하지 않았음을 의미한다.

[주석]

(1) 贛(감): 감강. 강서성 남부에서 북쪽으로 흘러 파양호鄱陽湖로 들어가는 강.

(2) 惶恐灘(황공탄): 감강에 있는 열여덟 개의 험난한 여울, 즉 감강십팔탄贛江十八灘 가운데 하나로 원래 이름이 황공탄黃公灘이었는데 소식이 황공탄惶恐灘으로 바꾸었다고 한다. ≪탄재통편坦齋通編≫에 "첫 번째 여울은 만안현 앞에 있는데 황공탄黃公灘이라고 한다. 소동파가 황공탄惶恐灘으로 고쳐서 희환산과 대우를 이루었다(第一灘, 在萬安縣前, 名黃公灘. 坡乃更爲惶恐以對喜歡)"라고 했다.

(3) 七千里(칠천리): 고향으로부터의 거리를 가리킨다.

(4) 二毛人(이모인): 검은 머리와 흰머리가 섞인 사람. 소식 자신을 가리킨다.

(5) 十八灘(십팔탄): 감강에 있는 열여덟 개의 험난한 여울.

(6) 一葉身(일엽신): 일엽편주를 타고 다니는 사람.

(7) 喜歡(희환): '희환산'이라는 뜻과 '기쁘다'라는 뜻을 동시에 지닌 중의적 표현이다. 소식의 자주自註에 "촉도에 착희환포가 있으니 대산관 위에 있다(蜀道有錯喜歡鋪, 在大散關上)"라고 했다.

(8) 遠夢(원몽): 먼 곳을 그리워하여 꾸는 꿈.

(9) 惶恐(황공): '황공탄'이라는 뜻과 '황공하다'라는 뜻을 동시에 지니는 중의적 표현이다.

(10) 孤臣(고신): 임금의 총애를 받지 못하는 신하. 소식 자신을 가리킨다.

(11) 長風(장풍): 멀리서 불어오는 강한 바람.

(12) 石鱗(석린): 물이 바위 위를 지나갈 때 물의 표면에 생기는 물결의 모양을 물고기 비늘에 비유한 것이다. 이 구절은 장맛비로 물이 불어서 바위가 깊이 잠겨 있기 때문에 비늘처럼 생긴 잔물결이 적어졌다는 말이다.

(13) 便(변): 이미.

(14) 充水手(충수수): 사공으로 충당하다.

(15) 知津(지진): 나루터를 알다. 길을 안다는 뜻이다. ≪논어論語·미자微子≫에 "장저와 걸닉이 나란히 서서 밭을 가는데 공자가 그들을 지나가게 되어 자로로 하여금 나루터가 어디에 있는지 물어보게 했다. 장저가 '저 말고삐를 잡고 수레를 모는 사람이 누구

요?' 하고 물어서 자로가 '공구입니다' 하고 대답했다. 또 '노나라의 공구요?' 하고 물어서 '그렇습니다' 하고 대답했더니 '그가 나루를 알고 있을 것이오"라고 했다.(長沮·桀溺耦而耕, 孔子過之, 使子路問津焉. 長沮曰: '夫執輿者爲誰?' 子路曰: '爲孔丘.' 曰: '是魯孔丘與?' 曰: '是也.' 曰: '是知津矣.')"라는 말이 있다. 이 구절은 소식 자신이 전국 각지를 많이 돌아다녀서 길을 잘 안다는 말이다.

11월 26일 송풍정 아래에 매화가 무성하게 피어서

十一月二十六日, 松風亭[1]下, 梅花盛開

춘풍령 고개 위의 회남촌에서

그 옛날에 매화가 넋을 잃게 했는데

어찌 알았으리 남방의 비바람이 몰아칠 때

황혼을 걱정하며 다시 보게 될 줄을?

여지포의 긴 가지는 반쯤 땅에 떨어져 있고

광랑원의 누운 나무는 홀로 자태가 빼어난데

어찌 그윽한 그 빛이 밤이 오는 걸 미룰 뿐이리?

싸늘한 그 아름다움이 온기를 밀어낼까 걱정이네.

송풍정 아래의 가시덤불에

두 그루의 옥 꽃술이 아침 햇살에 환한 모습

남쪽 바다의 구름에서 미인이 섬돌에 내려와

달밤에 흰 옷 입고 문 두드리는 모습이네.

술도 깨고 꿈도 깨어 나무 주위를 맴도는데

깊은 속뜻이 있으면서 끝내 말하지 않나니
혼자서 마신다고 선생은 탄식하지 말 일
다행히 지는 달이 있어 술잔을 엿본다네.

春風嶺上淮南村,[2][3]　　　춘풍령상회남촌

昔年梅花曾斷魂.[4]　　　석년매화증단혼

豈知流落復相見,[5]　　　기지류락부상견

蠻風蜑雨愁黃昏.[6][7]　　　만풍단우수황혼

長條半落荔支浦,[8]　　　장조반락려지포

臥樹獨秀桃榔園.[9]　　　와수독수광랑원

豈惟幽光留夜色,[10]　　　기유유광류야색

直恐冷艷排冬溫.[11][12]　　　직공랭염배동온

松風亭下荊棘裏,　　　송풍정하형극리

兩株玉蕊明朝暾.　　　량주옥예명조돈

海南仙雲嬌墮砌,[13][14]　　　해남선운교타체

月下縞衣來叩門.[15]　　　월하호의래고문

酒醒夢覺起繞樹,　　　주성몽교기요수

妙意有在終無言.⁽¹⁶⁾⁽¹⁷⁾　　묘의유재종무언

先生獨飲勿歎息,⁽¹⁸⁾　　선생독음물탄식

幸有落月窺淸尊.⁽¹⁹⁾　　행유락월규청준

[해제]

혜주에서 유배 생활을 하고 있던 소성 원년(1094) 11월 26일
에 지은 것이다. 아직 음력 11월 하순밖에 안 되었는데도 혜주
에는 벌써 매화가 만개한 것을 보고 그 이색적인 정취를 묘사
하면서 아울러 자신의 쓸쓸한 심경을 노래했다.

[주석]

(1) 松風亭(송풍정): 혜주惠州(지금의 광동성 혜주)에
있는 정자. ≪여지기승輿地紀勝 · 혜주惠州≫에 "송풍
정은 미타사 뒷산의 꼭대기에 있는데 처음에는 준봉
정이라고 했다. 소나무 2천여 그루를 심었더니 청량
한 바람이 천천히 불어오므로 송풍정이라고 했다(松
風亭, 在彌陁寺後山之巔, 始名峻峰. 植松二千餘株,
淸風徐來, 因謂松風亭)"라고 했는데, 지금은 동파소
학東坡小學 구내의 평지에 있다.

(2) 春風嶺(춘풍령): 호북성 마성麻城에 있는 고개.
≪여지기승 · 황주黃州≫에 "춘풍령은 마성현에 있는
데 고개에 매화가 많다. 소동파가 신식에서 회수를
건너 이 고개를 지나갔다는 사실이 그의 시에 나타
나 있다(春風嶺, 在麻城縣, 嶺多梅花. 東坡自新息渡
淮, 由是嶺, 見於詩詠)"라고 했다.

(3) 淮南村(회남촌): 춘풍령 위에 있는 마을. 소식의
시 〈회하를 건너(過淮)〉에 "아침에 신식현을 떠나올
적에, 처음으로 푸른 강을 가로질러 건넜는데, 저녁

273

에 회남촌에서 묵을 때에는, 붉은 산 천 개를 이미
넘어왔구나(朝離新息縣, 初亂一水碧. 暮宿淮南村, 已
度千山赤)"라는 구절이 있다.

(4) 昔年(석년): 소식이 황주黃州(지금의 호북성 황강
시黃岡市 황주구)로 유배 간 원풍 3년(1080) 1월을
가리킨다. 소식의 자주自註에 "내가 옛날에 황주로
갈 때 춘풍령 위에서 매화를 보고 절구 두 수를 지
었다. 이듬해 1월에 기정으로 가는 길에 시를 지어
서 '지난해의 오늘은 관문 앞의 산길에, 가랑비 속의
매화가 애간장을 끊었었네'라고 읊었다(予昔赴黃州,
春風嶺上見梅花, 有兩絶句. 明年正月, 往岐亭道上, 賦
詩云: '去年今日關山路, 細雨梅花正斷魂.')"라고 했다.

(5) 流落(유락): 외지를 떠돌아다니다.

(6) 蠻風(만풍): 습기 찬 남방의 바람. 혜주의 바람을
가리킨다.

(7) 蜑雨(단우): 남방의 비. 혜주의 비를 가리킨다.

(8) 荔支浦(여지포): 갯벌 이름.

(9) 桄榔園(광랑원): 원림園林 이름.

(10) 幽光(유광): 매화의 은은한 빛깔을 가리킨다. 이
구절은 매화의 빛깔이 하도 밝아서 밤이 와도 어둡
다는 느낌이 별로 안 들 정도라는 말이다.

(11) 直恐(직공): 내내 두려워하다.

(12) 冷艶(냉염): 싸늘한 느낌을 주는 아름다움. 이 구
절은 혜주는 아열대지방이라 겨울에도 별로 춥지 않
은데 그 온기를 밀어낼 정도로 매화가 싸늘한 느낌

274

을 준다는 말이다.

(13) 海南(해남): 중국 남부의 해안 지방을 가리킨다.

(14) 仙雲(선운): 선경의 구름. 하얀 매화를 가리킨다.

(15) 縞衣(호의): 하얀 명주옷. 하얀 명주옷을 입은 선
녀를 가리킨다. 수隋나라 개황(581-600) 연간에 조
사웅趙師雄이라는 사람이 혜주 북쪽에 있는 나부산
羅浮山 일대로 폄적되었다. 달빛이 훤히 비치는 어
느 눈 내린 날 저녁에 얼큰하게 취한 상태에서 솔밭
속에 있는 주막집 방에서 쉬고 있자니 화장을 수수
하게 하고 하얀 옷을 입은 여자가 하나 나와서 그를
맞이했다. 조사웅이 기쁜 마음으로 그녀와 이야기를
하노라니 온몸에서 향기가 나고 말씨가 매우 청아한
지라 함께 주막집으로 가서 술을 몇 잔 마셨다. 잠
시 뒤에 초록색 옷을 입은 동자가 하나 와서 웃으며
노래하고 춤추었다. 그러다가 잠이 들어 찬바람이
옷을 파고드는 느낌을 받으며 자다가 일어났더니 자
신이 커다란 매화나무 밑에 누워 있었다.(유종원柳
宗元, ≪용성록龍城錄·술에 취해 매화나무 밑에서
쉰 조사웅(趙師雄醉憩梅花下)≫ 참조)

(16) 妙意(묘의): 심오한 속뜻. 소식을 위로해 주고자
하는 매화의 마음을 가리킨다.

(17) 有在(유재): 있다. 존재하다. ≪송서宋書·삭로전
索虜傳≫에 "천명이 있거늘 무엇을 두려워하리오(天
命有在, 亦何所懼)"라는 말이 있고, ≪진서陳書·공
환전孔奐傳≫에 "내 목숨이 붙어 있거늘 비록 싸우다

죽지는 못할지라도 어찌 흉포하고 추악한 무리에게
아첨하여 온전하기를 추구하리오?(吾性命有在, 雖未
能死, 豈可取媚凶醜, 以求全乎?)"라는 말이 있다.

(18) 先生(선생): 소식 자신을 가리키는 해학적인 표현
이다.

(19) 落月窺淸尊(낙월규청준): 지는 달이 술친구가 되
어 준다는 말이다. 이백李白의 시 〈달빛 아래에서
홀로 술 마시며(月下獨酌)〉에 "꽃 사이의 술 한 단
지, 친한 사람도 없이 홀로 마시나, 술잔을 들어서
밝은 달을 맞이하고, 그림자를 대하니 세 사람이 되
었도다(花間一壺酒, 獨酌無相親. 擧杯邀明月, 對影成
三人)"라는 구절이 있다.

4월 11일에 처음으로 여지를 먹으며

四月十一日初食荔支[1]

남촌의 양매와 북촌의 비파

하얀 꽃과 푸른 잎이 겨울에도 안 시들고

안개비 속에 노란색을 드리우고 보라색이 맺혀서

특별히 여지에게 선구자가 돼 주었다.

바다 속 산의 선녀가 입은 빨간 비단 저고리요

붉은 깁 속적삼 안의 백옥 살결인지라

양귀비의 웃음을 더 이상 기다릴 것 없나니

풍골이 본래부터 경국지색이로다.

하느님께 뜻이 있었는지 없었는지 모르지만

이 진기한 물건이 바닷가에 나게 하여

운산에서 소나무 노송나무와 짝할 수 있게 했나니

눈서리에 지쳐 풀명자와 배는 맛이 텁텁하다.

선생이 잔을 씻어 계주를 따르고

얼음 쟁반에 이 규룡의 여의주를 담았나니

살조개를 벌려 백옥 패주를 떼 놓은 것도 같고
복어를 씻어 뱃살을 삶아 놓은 것도 같다.
나는 본래 입을 위해 세상을 두루 다녔는데
벼슬길에 나서며 이미 순챗국과 농어회를 경시했나니
이 세상에 그 무엇이 몽환이 아니리오?
만 리 밖의 남쪽으로 오기를 참 잘했다.

南村諸楊北村盧,(2)(3)　　　남촌제양북촌로

白華青葉冬不枯.　　　　　백화청엽동불고

垂黃綴紫烟雨裏,(4)　　　　수황철자연우리

特與荔子爲先驅.(5)　　　　특여려자위선구

海山仙人絳羅襦,(6)(7)　　　해산선인강라유

紅紗中單白玉膚.(8)(9)　　　홍사중단백옥부

不須更待妃子笑,(10)　　　　불수갱대비자소

風骨自是傾城姝.(11)(12)　　풍골자시경성주

不知天公有意無,(13)　　　　부지천공유의무

遣此尤物生海隅.(14)　　　　견차우물생해우

雲山得伴松檜老,(15)(16)　　운산득반송회로

霜雪自困楂梨麤.　　　　　상설자곤사리추

279

先生洗盞酌桂醑, [17][18]　　　선생세잔작계서

冰盤薦此赬虬珠. [19][20][21]　　빙반천차정규주

似開江鰩斫玉柱, [22][23]　　　사개강요작옥주

更洗河豚烹腹腴. [24]　　　　갱세하돈팽복유

我生涉世本爲口, [25][26]　　　아생섭세본위구

一官久已輕蓴鱸. [27]　　　　일관구이경순로

人間何者非夢幻, [28]　　　　인간하자비몽환

南來萬里眞良圖. [29][30]　　　남래만리진량도

280

[해제]

혜주惠州(지금의 광동성 혜주)로 유배된 지 2년째인 소성 2년 (1095) 4월에 독특한 맛을 지닌 열대과일 여지荔支를 처음으로 먹어 보고 그 감회를 노래한 것이다. 시의 제목에 날짜까지 명시한 것을 보면 그 인상이 매우 깊었음을 알 수 있다.

[주석]

(1) 荔支(여지): 중국 원산의 상록교목으로 복건성과 광동성에서 많이 난다. 구형球形 또는 계란형의 자주색 과일은 겉에 혹 모양의 돌기가 있으며 수분이 많고 맛이 달다. ≪여지보荔支譜≫에 "4월에 익는 것은 영남 지방의 화산에서 나는 것이고 좋은 것은 6월이 되어야 익는다. 소동파가 말한 4월 11일 것은 오직 광남 지방의 화산에서 나는 것뿐이다(四月熟者, 生嶺南火山, 佳者六月方熟. 東坡所云四月十一日, 是特廣南火山者耳)"라고 했고, ≪태평환우기太平寰宇記≫에 "화산은 오주성과 바로 마주 보는데 그 산에 4월이면 앞당겨 익는 여지가 있다. 그곳의 땅은 열이 많이 나기 때문에 화산이라고 하는바 알이 굵고 맛이 시다(火山直對梧州城, 山上有荔支, 四月先熟. 以其地熱, 故曰火山. 核大而味酸)"라고 한 것을 보면, 소식이 4월 11일에 처음으로 먹어 보았다는 여지는 특별히 일찍 나는 것이었음을 알 수 있다.

(2) 諸楊(제양): 여러 가지 양매楊梅. 소식의 자주自註에 "양매와 노귤을 말한다(謂楊梅盧橘也)"라고 했

으므로 '제양諸楊'은 양매의 여러 가지 품종을 가리
킴을 알 수 있다. 양매는 소귀나무의 열매로 직경 1
~2cm 정도의 구형球形인데 자주색 표면에 좁쌀 같
은 것이 돋아 있어 모양이 딸기와 비슷하며 맛은 비
교적 시다.

(3) 盧(노): 검다는 뜻으로 노귤盧橘을 가리킨다. 노
   귤은 이시진李時珍의 ≪본초강목本草綱目·금귤金橘≫
   에 "이 귤은 익지 않았을 때는 청흑색靑黑色이고 노
   랗게 익으면 황금과 같기 때문에 금귤·노귤 등의
   이름이 있다(此橘, 生時靑盧色, 黃熟則如金, 故有金
   橘·盧橘之名)"라고 한 바와 같이, 원래 금귤의 별칭
   이다. 그러나, 송宋나라 사람 주익朱翌의 ≪의각료잡
   기猗覺寮雜記≫에 "영남 지방에서는 비파를 노귤자라
   고 하기 때문에 소동파가 '신선한 비파와 양매가 차
   례대로 나오네'라고도 하고 또 '남촌의 양매와 북촌
   의 비파'라고도 한 것이다(嶺外以枇杷爲盧橘子, 故東
   坡云: '盧橘楊梅次第新.' 又'南村諸楊北村盧')"라고 한 바
   와 같이, 영남 지방에서는 비파를 노귤이라고 했다.
   비파는 모양·색깔·크기가 모두 살구와 비슷하고,
   맛도 단맛·신맛·떫은맛이 조화를 이루고 있어 살
   구, 특히 개살구와 비슷하다.

(4) 垂黃綴紫(수황철자): 노란 비파 열매가 주렁주렁
   드리워져 있고 보라색 양매 열매가 가지에 맺혀 있
   는 모양을 묘사한 것이다.

(5) 荔子(여자): 여지나무의 열매. 여지荔支. 이 연은

양매와 비파가 먼저 익고 그 뒤에 그보다 더 맛있는 여지가 익는다는 말이다.

(6) 海山仙人(해산선인): 바다 속의 산 즉 선경仙境에 사는 신선.

(7) 絳羅襦(강라유): 붉은색의 얇은 비단으로 지은 저고리. 여지의 껍질을 가리킨다.

(8) 中單(중단): 속에 입는 단삼單衫. 속적삼.

(9) 白玉膚(백옥부): 백옥 같은 피부. 여지의 과육을 가리킨다.

(10) 妃子(비자): 왕비. 당나라 현종玄宗의 왕비인 양귀비楊貴妃를 가리킨다. 양귀비는 여지를 매우 좋아했는데 북방에서는 여지가 나지 않기 때문에 남방에서 여지가 생산되면 말을 타고 수천 리 길을 단숨에 달려 맛이 변하지 않은 싱싱한 상태의 여지를 바쳐야 했던바, 그 과정에서 많은 사람들이 다치거나 죽었다. 역대의 많은 시인들이 이 사실을 비판하는 시를 지었는데 그 중에서도 "먼지 속에 말이 달려가면 왕비가 씩 웃는데, 여지가 온 것인 줄 아무도 몰랐다네(一騎紅塵妃子笑, 無人知是荔支來)" 하고 읊은 당나라 시인 두목杜牧의 〈화청궁을 지나며 지은 절구(過華淸宮絶句)〉가 특히 인구에 회자했다.

(11) 自是(자시): 본래 ~이다.

(12) 傾城姝(경성주): 경성지색傾城之色. 이 연은 여지가 양귀비의 애호를 받아서 유명해진 것이 아니라 그 자체의 아름다움만으로도 유명해질 만하다는 말

이다.

(13) 有意無(유의무): 생각이 있었는지 혹은 없었는지.

(14) 尤物(우물): 진기한 사물. 여지를 가리킨다.

(15) 雲山(운산): 구름에 덮인 높은 산.

(16) 得(득): ~할 수 있다. 송宋나라 사람 비곤費袞의 《양계만지梁谿漫志·여지를 노래한 소동파의 시(東坡荔支詩)》에 "소동파가 여지를 먹은 감회를 읊은 시에 '운산에서 소나무 노송나무와 짝할 수 있게 했나니, 눈서리에 지쳐 풀명자와 배는 맛이 팁팁하다'라고 한바, 늘 윗 구절이 밋밋한 것 같은데 이 노인네가 그럴 리가 없다고 의아하게 생각했다. 나중에 복건 지방과 광동 지방에 대해서 잘 아는 사람을 만났더니 '복주 고전현 해구진에서 해남까지는 대개 무덤 주위에 심는 나무로 소나무와 노송나무 이외에 다들 여지나무를 섞어 심어서 그 가지와 잎이 그늘을 이루어 사방에 빠진 데 없이 가득히 뒤덮이게 합니다'라고 했다. 이것이 소나무 노송나무와 짝한다는 말이 있는 까닭이다(東坡食荔支詩有云: '雲山得伴松檜老, 霜雪自困樝梨麤.' 常疑上句似汎, 此老不應爾. 後見習閩廣者, 云: '自福州古田縣海口鎭至于海南, 凡宰上木, 松檜之外, 悉雜植荔子, 取其枝葉蔭覆, 彌望不絶.' 此所以有伴松檜之語也)"라고 했다. 이 연은 여지나무가 소나무나 노송나무 덕분에 눈서리를 직접 맞지 않기 때문에 과일이 맛있다는 뜻인 것 같다.

(17) 先生(선생): 소식 자신을 가리키는 해학적인 표현이다.

(18) 桂醑(계서): 계화주桂花酒. 계주. 계수나무 꽃을 넣고 빚은 술. 소식은 혜주惠州에 있을 때 계주 만드는 법을 배워 손수 빚었으며, 〈계주를 새로 빚고(新釀桂酒)〉라는 시도 짓고 〈계주송桂酒頌〉이라는 문장도 지었다.

(19) 冰盤(빙반): 얼음처럼 희고 깨끗한 쟁반을 가리킨다.

(20) 薦(천): 바치다. 올리다.

(21) 頳虯珠(정규주): 붉은색 규룡虯龍이 물고 있는 여의주. 여지를 가리킨다.

(22) 江鰩(강요): 강요주江瑤珠. 살조개. '강요江珧'·'강요江瑤'라고도 한다. ≪동파지림東坡志林≫에 "내가 일찍이 '여지는 무엇과 비슷하오?' 하고 물은 적이 있는데 어떤 사람이 '여지는 용안과 비슷합니다'라고 했다. 좌중에 있던 사람들이 다들 그의 말이 같잖다고 웃었다. 그들이 생각하기에 여지는 사실 비슷한 것이 없었던 것이다. 내가 '여지는 살조개와 비슷하오'라고 하자 응수했던 사람들이 다들 깜짝 놀라 얼떨떨했다(僕嘗問: '荔枝何所似?' 或曰: '荔枝似龍眼.' 坐客皆笑其陋. 荔枝實無所似也. 僕云: '荔枝似江瑤柱.' 應者皆憮然)"라는 말이 있다.

(23) 玉柱(옥주): 백옥처럼 매끈한 패주貝柱 즉 조개관자를 가리킨다.

(24) 腹腴(복유): 살지고 보드라운 물고기의 뱃살. ≪본초강목本草綱目·하돈河豚≫에 "그 사람들(오월吳越 지방 사람들)은 봄이면 그것을 매우 진귀하게

285

여기는데 특히 그것의 뱃살을 귀중하게 여겨 서시유
라고 부른다(彼人春月甚珍貴之, 尤重其腹腴, 呼爲西施
乳)"라는 말이 있다.

(25) 涉世(섭세): 세상을 두루 섭렵하다.

(26) 爲口(위구): 입을 위하다. '먹고 살기 위해서'라는
    뜻과 '맛있는 음식으로 입을 즐겁게 하기 위해서'라
    는 뜻을 동시에 지닌 중의적 표현이다. 자신이 벼슬
    을 따라 각지로 돌아다닌 것이 먹고 사는 데에 필요
    한 일이기는 하지만 맛있는 고향 음식을 멀리한 것
    이기 때문에 맛있는 음식으로 입을 즐겁게 하는 것
    과는 상반된 짓이 된다.

(27) 蓴鱸(순로): 순챗국과 농어회. 자기 고향에서 먹
    던 맛있는 음식을 가리킨다. 진晉나라 때 오군吳郡
    사람 장한張翰은 당시 실권자이던 제왕齊王 사마경
    司馬冏의 대사마동조연大司馬東曹掾을 지내고 있었
    다. 그러다가 어느 날 가을바람이 살랑살랑 불자 불
    현듯 고향에서 먹던 순챗국과 농어회가 그리워져서
    "사람이 살아감에 있어서는 마음에 맞는 일 하는 것
    을 귀하게 여기는 법이거늘 어찌 명성과 벼슬을 좇
    아 수천 리 밖에 매여 있을 수 있으리오?"라고 하고
    는 즉시 고향으로 돌아가 버렸다.(≪진서·장한전≫
    참조)

(28) 人間(인간): 이 세상.

(29) 南來萬里(남래만리): 혜주로 유배 온 것을 가리킨다.

(30) 良圖(양도): 훌륭한 도모圖謀. 훌륭한 계책.

여지를 보고 하는 탄식

荔支[(1)]歎

십 리마다 하나씩 있는 역참에서 먼지 날고
오 리마다 하나씩 있는 돈대에서 전쟁 났네.
구덩이와 골짜기에 쓰러진 시체가
서로 베고 눕거나 깔고 앉아 있는 걸 보면
여지와 용안이 온 것인 줄 알았네.
송골매가 바다를 가로지르듯
비거가 산을 넘어 날아간 덕에
바람 맞은 가지와 이슬 맺힌 이파리가
이제 방금 나무에서 따 온 것만 같았네.
궁중 미인 파안대소하게 하기 위하여
먼지 속에 뿌린 피가 천년 동안 흘렀네.
영원 시절 여지는 교주에서 들어왔고
천보 연간 세공은 부주에서 가져왔네.
백성은 지금도 이임보를 잡아먹고 싶건만

조정에는 술잔 들어 당강에게 바칠 사람이 없네.
하느님이 어린 백성 어여삐 여기시어
진기한 물건을 내어 상처 주지 말길 바라네.
비바람이 순조로워 온갖 곡식 풍년 들어
백성이 등 따습고 배부르면 그게 최고라네.
그대는 보지 못했는가
무이산 계곡 가의 속립아 차를
정씨가 먼저 채씨가 뒤에 서로 바구니에 담아 가는 걸?
다투어 참신한 방법으로 총애 얻길 꾀하는데
금년엔 품평회 출품 차를 관용 차에 충당했네.
우리 임금님께 필요한 게 어찌 이런 물건이랴?
입과 배나 돌본다면 얼마나 비루하랴?
낙양의 재상은 충효의 집안인데
가련하게 그도 역시 황모란을 바쳤네.

十里一置飛塵灰,(2)   십 리 일 치 비 진 회

　五里一堠兵火催.(3)(4)   오 리 일 후 병 화 최

顚阮仆谷相枕藉,(5)(6)   전 갱 부 곡 상 침 자

知是荔支龍眼來.(7)   지 시 려 지 룡 안 래

飛車跨山鶻橫海,(8)   비 거 과 산 골 횡 해

風枝露葉如新採.   풍 지 로 엽 여 신 채

宮中美人一破顏,(9)   궁 중 미 인 일 파 안

驚塵濺血流千載.(10)   경 진 천 혈 류 천 재

永元荔支來交州,(11)(12)   영 원 려 지 래 교 주

天寶歲貢取之涪.(13)(14)(15) 천 보 세 공 취 지 부

至今欲食林甫肉,(16)   지 금 욕 식 림 보 육

無人擧觴酹伯游.(17)(18)   무 인 거 상 뢰 백 유

我願天公憐赤子,(19)   아 원 천 공 련 적 자

莫生尤物爲瘡痏.(20)(21)　　　막생우물위창유

雨順風調百穀登,(22)　　　우순풍조백곡등

民不飢寒爲上瑞.(23)　　　민불기한위상서

君不見　　　군불견

武夷溪邊粟粒芽,(24)(25)　　　무이계변속립아

前丁後蔡相籠加.(26)　　　전정후채상롱가

爭新買寵各出意,(27)　　　쟁신매총각출의

今年鬪品充官茶.(28)(29)　　　금년투품충관다

吾君所乏豈此物,　　　오군소핍기차물

致養口體何陋耶.(30)　　　치양구체하루야

洛陽相君忠孝家,(31)　　　락양상군충효가

可憐亦進姚黃花.(32)　　　가련역진요황화

[해제]

혜주惠州에서 유배 생활을 하고 있던 소성 2년(1095) 여름에 지은 것이다. 한나라와 당나라 때 관리들이 임금의 은총을 사기 위해 다투어 여지를 바치는 바람에 백성들의 고통이 극도로 심했던 역사적 사실을 지적하고 뒤이어 나라와 백성을 위해 일할 생각을 하지 않고 차·모란·여지와 같은 진기한 물건이나 진상하여 임금의 은총을 사기에 여념이 없는 당시 관리들의 작태를 비판했다.

[주석]

(1) 荔支(여지): 중국 원산의 상록교목으로 복건성과 광동성에서 많이 난다. 구형 또는 계란형의 자주색 과일은 겉에 혹 모양의 돌기가 있으며 수분이 많고 맛이 달다. 〈4월 11일에 처음으로 여지를 먹으며(四月十一日初食荔支)〉 주 (1) 참조.

(2) 置(치): 역참驛站. 공문서를 전달하는 사람, 물자를 수송하는 사람, 그 지역을 왕래하는 관리들에게 휴게 시설이나 숙박 시설을 제공하기 위해 지어 놓은 건물로 몇 리마다 하나씩 역참을 설치했는지는 시대에 따라 다르다. ≪후한서後漢書·화제기和帝紀≫에 "옛날에 남해군南海郡에서 용안과 여지를 바쳤거니와 10리마다 하나씩의 역참을 두고 5리마다 하나씩의 돈대를 두어 험난한 길을 내달려 죽은 사람이 길가에 즐비했다(舊南海獻龍眼·荔支, 十里一置, 五里

一候, 奔騰阻險, 死者繼路)"라는 기록이 있다.

(3) 堠(후): 돈대墩臺. 이정里程을 표시하거나 적정敵
情을 살피기 위하여 흙을 쌓아올려서 만든 조금 높
고 평평한 땅. 당나라 때는 5리마다 하나씩 홑돈대
를 쌓고 10리마다 하나씩 쌍돈대를 쌓아 이정을 표
시했다.

(4) 兵火(병화): 전쟁의 불길. 전쟁을 가리킨다. 이 연
은 여지와 용안龍眼을 싱싱한 상태로 수송하기 위하
여 말이 마치 전쟁이 난 것처럼 먼지를 일으키며 빠
른 속도로 달려갔다는 말이다.

(5) 顚阮仆谷(전갱부곡): 구덩이에 넘어지고 계곡에
꼬꾸라지다.

(6) 枕藉(침자): 베고 눕거나 깔고 앉다. 이 구절은
여지를 운송하는 도중에 넘어져 죽은 사람들이 뒤죽
박죽으로 얽혀 있었다는 말이다.

(7) 龍眼(용안): 중국 남부 지방 원산의 열대과일로
복건성과 광동성에서 많이 나며 모양과 맛이 모두
여지와 상당히 비슷하나 여지보다 조금 작고 껍질이
얇다. 반투명의 과육이 마치 눈동자 같기 때문에 '용
안龍眼'이라고 부른다.

(8) 飛車(비거): 바람을 타고 날아다녔다는 전설상의
수레.

(9) 宮中美人(궁중미인): 양귀비楊貴妃를 가리킨다. ≪신
당서・양귀비전≫에 "양귀비는 여지를 좋아하여 반드
시 생생한 상태로 보내기를 바라므로 말을 몰아 번

갈아 가며 전송했는데 수천 리를 달려도 맛이 변하기 전에 이미 서울에 도착했다(妃嗜荔支, 必欲生致之, 乃置騎傳送, 走數千里, 味未變, 已至京師)"라고 했다. 두목杜牧의 시 〈화청궁을 지나며 지은 절구(過華淸宮絶句)〉에 "먼지 속에 말이 달려가면 왕비가 씩 웃는데, 여지가 온 것인 줄 아무도 몰랐다네(一騎紅塵妃子笑, 無人知是荔支來)"라는 구절이 있다.

(10) 驚塵(경진): 말이 달리는 바람에 회오리치듯 일어나는 먼지.

(11) 永元(영원): 후한後漢 화제和帝의 연호. 소식의 자주自註에 "한나라 영원(89-104) 연간에 교주에서 여지와 용안을 진상하여 10리마다 역참을 하나씩 두고 5리마다 돈대를 하나씩 두었는데 마구 달려가다가 죽거나 맹수 또는 독사의 해를 입은 사람이 수도 없이 많았다. 당강은 자가 백유로 임무 지방의 장관이었는데 상소문을 올려서 상황을 이야기하자 화제가 그것을 폐지했다. 당나라 천보(742-755) 연간에는 대개 부주의 여지를 진상받았는데 자오곡 길을 통해 들어왔다(漢永元中, 交州進荔支·龍眼, 十里一置, 五里一堠, 奔驣死亡, 罹猛獸·毒蛇之害者無數. 唐羌, 字伯游, 爲臨武長, 上書言狀, 和帝罷之. 唐天寶中, 蓋取涪州荔支, 自子午谷路進入)"라고 했다.

(12) 交州(교주): 지금의 광동성·광서장족자치구 및 베트남 북부 일대.

(13) 天寶(천보): 당나라 현종玄宗의 연호.

(14) 歲貢(세공): 해마다 지방에서 나라에 바치던 공물
貢物.

(15) 涪(부): 부주涪州. 지금의 사천성 부릉涪陵.

(16) 林甫(임보): 이임보李林甫. 당나라 현종 때의 간
악한 재상으로 현종에게 여지를 많이 진상하여 총애
를 받았다.

(17) 酹(뇌): 땅에 술을 붓고 제사를 지내다. 강신례降
神禮를 행하다. 제사지내는 것을 가리킨다.

(18) 伯游(백유): 당강唐羌의 자字. 동한東漢 때 사람
으로 화제에게 여지를 헌상하는 일의 문제점을 상소
하여 마침내 이를 폐지하게 했다. 이 구절은 조정에
당강을 추잉힐 만한 소신 있는 충신이 없음을 개탄
한 것이다.

(19) 赤子(적자): 어린아이. 백성을 가리킨다.

(20) 尤物(우물): 진기한 사물. 여지를 가리킨다.

(21) 瘡痏(창유): 상처. 이 연은 여지나 용안처럼 진기
한 과일이 생산되는 바람에 그곳 백성들이 오히려
심한 고통을 당하는 것을 안타까워한 것이다.

(22) 登(등): 풍년이 들다.

(23) 上瑞(상서): 최상의 상서로움.

(24) 武夷(무이): 무이산武夷山. 복건성 무이산시 서쪽
에 있는 산으로 차의 명산지이다.

(25) 粟粒芽(속립아): 찻잎이 곡식 알갱이만큼 작은 이
른 봄에 따서 만든 차로 무이차 중에서도 가장 고급
스러운 것이다. ≪무이산기武夷山記≫에 "이 산에 곡

식 알갱이 같은 차가 생산되는데 이른 봄의 싹을 가
지고 만든 차로 품질이 가장 좋다(山産茶如栗粒者,
初春芽茶也, 品最貴)"라고 했다.

(26) 前丁後蔡(전정후채): 앞의 정위丁謂(960-1033)
와 뒤의 채양蔡襄(1012-1067). 정위는 송나라 진
종眞宗 때 재상을 지낸 사람으로 진국공晉國公에 봉
해졌는데 그는 처음으로 무이의 속립아를 진상했고,
채양은 송나라 인종仁宗 때의 유명한 서예가로 소
식·황정견黃庭堅·미불米芾과 더불어 북송사대가로
불리는 사람인데 그는 찻잎을 뭉쳐서 덩어리로 만들
고 그 위에 용과 봉황의 무늬를 찍은 최고급 차인
용봉차龍鳳茶를 진상했다. 소식의 자주自註에 "크고
작은 용단차龍團茶를 진상하는 일은 정진공(정위)에
게서 비롯되고 채군모(채양)에게서 완성되었다. 구
양영숙(구양수)이 채군모가 작은 용단차를 진상한다
는 말을 듣고 깜짝 놀라서 '채군모는 선비인데 어찌
이런 일을 하기에 이르렀는가?'하고 탄식했다(大小
龍茶, 始於丁晉公, 成於君謨. 歐陽永叔聞君謨進小龍
團, 驚歎曰: '君謨士人也, 何至作此事?)"라고 했다. 또
구양수의 ≪귀전록歸田錄≫에 "차의 품종 중에서 용
봉차보다 귀한 것이 없으니 이것을 단차團茶라고 한
다. 경력(1041-1048) 연간에 채군모가 복건로전운
사가 되어서 처음으로 찻잎을 조그만 덩어리로 압착
하고 그 위에 용무늬를 찍은 용차를 만들어 진상했
는데 그 품질이 기가 막히게 좋았다. 이것을 소단이

라고 하는데 스무 덩어리의 무게가 한 근이며 그 값어치는 금 두 냥 값과 같았다(茶之品, 莫貴於龍鳳, 謂之團茶. 慶曆中, 蔡君謨爲福建路轉運使, 始造小片龍茶以進, 其品絶精, 謂之小團, 凡二十餅重一斤, 其價値金二兩)"라고 했다.

(27) 出意(출의): 좋은 생각을 내다.

(28) 鬪品(투품): 송나라 때는 차의 품질을 평가하는 경시대회가 있었는데 여기에 출품된 고급 차를 투차 鬪茶 또는 투품이라고 했다. 소식의 자주에 "금년에는 민중(복건로)감사가 투차를 진상하겠다고 주청하는지라 그렇게 하라고 윤허했다(今年, 閩中監司乞進鬪茶, 許之)"라고 했다.

(29) 充官茶(충관차): 관용 차에 충당하다.

(30) 致養口體(치양구체): 입과 몸을 봉양하다.

(31) 洛陽相君(낙양상군): 낙양의 재상. 북송北宋 초기 사람으로 동중서문하평장사同中書門下平章事를 역임한 전유연錢惟演(977-1034)을 가리킨다. 그는 원래 오대십국五代十國 시기 오월왕吳越王 전류錢鏐의 후손이었는데 부친 전숙錢俶이 땅을 바치고 송나라에 투항했기 때문에 송나라 태종이 "충효로 사직을 보전하고 염양으로 백성을 교화했다(以忠孝而保社稷, 以廉讓而化人民)"라고 칭송한 바 있다.(≪송사宋史·전숙전錢俶傳≫ 참조)

(32) 姚黃花(요황화): 하양河陽 요씨姚氏의 집에서 처음으로 재배되어 낙양으로 들어가 널리 퍼진 노란색

모란. 전유연은 낙양유수洛陽留守로 재임할 때 이것을 궁중에 바친 적이 있었다. 요황화의 유래에 대해서는 구양수의 ≪낙양모란기洛陽牡丹記 · 꽃의 이름풀이(花釋名)≫에 "요황은 천 잎짜리 노란 꽃으로 민간인 요씨의 집에서 나왔다. 이 꽃이 나온 것은 지금까지 10년도 채 안 된다. 요씨는 백사마고개에 살았는데 그 땅이 하양에 속했지만 하양에는 그 꽃이 전파되지 않고 낙양에 전파되었는데 낙양에도 아주 많지는 않고 1년에 몇 송이 피는 데 불과했다(姚黃者, 千葉黃花, 出於民姚氏家. 此花之出, 於今未十年. 姚氏居白司馬坡, 其地屬河陽. 然花不傳河陽, 傳洛陽, 洛陽亦不甚多, 一歲不過數朶)"라고 했고, 전유연이 요황화를 바친 일에 대해서는 소식의 자주에 "낙양에서 모란꽃을 바치는 것은 전유연에게서 비롯되었다(洛陽貢花, 自錢惟演始)"라고 했다.

장질부가 술 여섯 병을 보냈는데 편지만
오고 술은 오지 않아서 장난삼아 짧은
시를 지어 묻는다

章質夫[1]送酒六壺, 書至而酒不達, 戲作小詩問之

백의사자 편에 술을 보내 도연명을 춤추게 하매

얼른 집을 쓸어 놓고 망가진 잔을 씻었는데

이찌 생각했으리오 청주종사 여섯 명이

오유 선생 한 명으로 변했을 줄을?

공연히 왼손에 갓 잡은 게를 들고

동쪽 울타리를 빙빙 돌며 낙화의 냄새나 맡네.

남해의 태수께선 지금의 공북해시니

틀림없이 밭 가는 제게 술 백 통을 나눠 주시리.

白衣送酒舞淵明,⁽²⁾⁽³⁾ 백의송주무연명

急掃風軒洗破觥.⁽⁴⁾ 급소풍헌세파굉

豈意靑州六從事,⁽⁵⁾ 기의청주륙종사

化爲烏有一先生.⁽⁶⁾ 화위오유일선생

空煩左手持新蟹,⁽⁷⁾⁽⁸⁾ 공번좌수지신해

漫繞東籬嗅落英.⁽⁹⁾⁽¹⁰⁾ 만요동리후락영

南海使君今北海,⁽¹¹⁾⁽¹²⁾ 남해사군금북해

定分百榼餉春耕.⁽¹³⁾⁽¹⁴⁾ 정분백합향춘경

[해제]

혜주에서 유배 생활을 하고 있던 소성 2년(1095) 12월에 지은 것이다. 진사도陳師道의 ≪후산시화後山詩話≫에 "소동파가 혜주에 거주할 때 광주태수가 매월 술 여섯 병을 보내 주었는데 한번은 관리가 넘어져서 술을 쏟아 버린 적이 있었다. 소동파가 시를 지어서 '예상하지 못하였네 청주종사 여섯 명이, 오유 선생 한 명으로 바뀌어 버릴 줄을' 하고 감사했다(東坡居惠, 廣守月餽酒六壺, 吏嘗跌而亡之. 坡以詩謝曰: '不謂青州六從事, 翻成烏有一先生.')"라고 한 바와 같이, 광주지주 장절이 보낸 술이 도중에 쏟아져 버린 일을 해학적으로 노래한 것이다.

[주석]

(1) 質夫(질부): 장절章楶(1027-1102)의 자字. ≪송사·장절전≫에 "장절은 자가 질부로 건주(지금의 복건성 건구建甌) 포성 사람이다(章楶, 字質夫, 建州浦城人)"라고 했다. 당시 광주지주廣州知州로 재임 중이었다. 소식의 유명한 영물사 〈수룡음水龍吟〉(사화환사비화似花還似非花)는 바로 버들개지를 노래한 장절의 〈수룡음〉에 차운한 것이다.

(2) 白衣(백의): 관아에서 심부름하던 하급 관리. 중양절날 강주자사江州刺史 왕홍王弘의 명을 받아 도연명陶淵明에게 술을 갖다 주었다는 백의사자白衣使者를 가리킨다. 도연명이 중양절날 술이 없어서 집 주위의 동쪽 울타리 밑에서 국화를 따고 있자니 흰 옷 입은 사람 한 명이 자기에게 다가오고 있었다.

강주자사 왕홍이 술을 보내 준 것이었다.(≪속진양
추續晉陽秋·공제恭帝≫ 참조)

(3) 淵明(연명): 도연명陶淵明. 소식 자신을 가리킨다.

(4) 風軒(풍헌): 바람이 잘 통하고 창이 넓은 집.

(5) 靑州六從事(청주육종사): 청주종사 여섯 명. 좋은
술 여섯 병을 가리킨다. ≪세설신어世說新語·술해術
解≫에 "환공에게는 술을 잘 감별하는 주부가 한 사
람 있어 술이 생기면 매번 그로 하여금 먼저 맛을
보게 했는데 그는 좋은 술을 '청주종사'라고 하고 나
쁜 술을 '평원독우平原督郵'라고 했다. 청주에는 제군
齊郡이 있고 평원에는 격현鬲縣이 있는바, '청주종사'
란 '제臍(배꼽)'까지 간다는 말이고 '평원독우'란 '격
鬲(횡경막)' 위에 머물러 있다는 말이다(桓公有主簿,
善別酒, 有酒輒令先嘗, 好者謂'靑州從事', 惡者謂'平原
督郵'. 靑州有齊郡, 平原有鬲縣, '從事'言到'臍', '督郵'
言在'鬲'上住)"라는 일화가 있다. 이는, 청주종사는
임무를 수행하기 위해 제군까지 가고 평원독우는 임
무를 수행하기 위해 격현에 거주하기 때문에 환공의
주부가 '제군齊郡'의 '제齊'와 배꼽이라는 뜻의 '제臍'
가 같은 발음이고, '격현鬲縣'의 '격鬲'과 횡경막이라
는 뜻의 '격膈'이 같은 발음임을 이용하여 우스갯소리
를 한 것으로, 좋은 술은 배꼽까지 내려가지만 나쁜
술은 횡경막에 걸려서 더 이상 안 내려간다는 뜻이다.

(6) 烏有一先生(오유일선생): 오유 선생 한 명. '오유
선생'은 한나라 사람 사마상여司馬相如의 〈자허부子

虛賦〉에 등장하는 허구적 인물인데 '오유烏有'가 '어찌 있겠는가'라는 뜻이기 때문에 '오유 선생'은 그런 사람이 실제로 존재하지 않는다는 뜻이다.

(7) 空煩(공번): 공연히 수고롭게 하다.

(8) 新蟹(신해): 새로 잡은 게. 신선한 안줏감을 가리킨다.

(9) 漫繞(만요): 마구 돌다.

(10) 東籬(동리): 동쪽 울타리. 도연명이 중양절날 술이 없어서 동쪽 울타리 밑에서 국화를 따고 있었다는 일화와 그의 시 〈술을 마시고(飮酒)〉 제5수 중의 "동쪽 울타리 밑에서 국화를 따노라니, 저 멀리 남산이 눈에 보인다(採菊東籬下, 悠然見南山)"라는 구절을 동시에 원용한 것이다.

(11) 南海使君(남해사군): 남해(지금의 광동성 광주)의 태수. 광주지주로 재임 중이던 장절을 가리킨다.

(12) 北海(북해): 공북해孔北海. 장절을 북해상北海相을 지낸 공융孔融에 비유한 것으로 술을 많이 가지고 있는 사람이라는 뜻이다. ≪후한서·공융전≫에 "그는 항상 감탄하며 '좌중에 손님이 언제나 가득하고 동이에 술이 비지 않으니 나는 걱정이 없도다'라고 했다(常歎曰: '坐上客常滿, 樽中酒不空, 吾無憂矣.')"라는 말이 있다.

(13) 定(정): 틀림없이.

(14) 春耕(춘경): 봄갈이 하는 사람, 즉 혜주惠州(지금의 광동성 혜주)에서 유배 생활을 하고 있는 소식 자신을 가리킨다.

여지를 먹으며(제2수)

食荔支(1) 二首(其二)

혜주태수의 동쪽 청사는 옛날 재상 진문혜공을 제
사하는 사당이다. 사당 아래에 공이 손수 심은 여지
나무 한 그루가 있는데 고을 사람들이 장군수라고
부른다. 올해는 여지가 크게 풍작이라 먹고 남은 것
을 아전들에게까지 나누어 주고, 너무 높아서 손이
닿지 않는 것은 원숭이가 따 먹게 놓아두었다
惠州(2)太守東堂, 祠故相陳文惠公(3). 堂下有公手植荔
支一株, 郡人謂之將軍樹(4). 今歲大熟, 賞啖之餘, 下
逮吏卒, 其高不可致者, 縱猿取之.

나부산 기슭은 사철 내내 봄이라
신선한 비파와 양매가 차례대로 나오네.
날마다 여지를 삼백 개씩 먹으니
길이길이 영남 사람 되는 것도 괜찮겠네.

羅浮山下四時春,⁽⁵⁾　　　라부산하사시춘

盧橘楊梅次第新.⁽⁶⁾⁽⁷⁾　　로귤양매차제신

日啖荔支三百顆,　　　일담려지삼백과

不辭長作嶺南人.⁽⁸⁾　　불사장작령남인

[해제]

소성 3년(1096) 4월 혜주지주의 동쪽 청사에서 여지를 마음껏 먹은 감회를 노래한 것이다. 이 시에서 그는 맛있는 여지를 하루에 300개씩 먹을 수 있어서 더할 나위 없이 좋다고 했다. 그러나 여지가 아무리 맛있다고 한들 그것 먹는 재미로 영원히 혜주에 살아도 좋겠다는 생각이 들었으랴! 그것은 차라리 자기 자신을 위로하려는 눈물겨운 노력이었다고 해야 할 것이다. 어쨌든 그것 또한 더위와 습기와 장기瘴氣 속에서도 쓰러지지 않고 끝까지 버틴 소식 특유의 현실적응 비결이었다고 할 수 있을 것이다.

[주석]

(1) 荔支(여지): 중국 원산의 상록교목으로 복건성과 광동성에서 많이 난다. 구형 또는 계란형의 자주색 과일은 겉에 혹 모양의 돌기가 있으며 수분이 많고 맛이 달다. 〈4월 11일에 처음으로 여지를 먹으며(四月十一日初食荔支)〉주 (1) 참조.

(2) 惠州(혜주): 지금의 광동성 혜주.

(3) 陳文惠公(진문혜공): 문혜라는 시호를 하사받은 북송 사람 진요좌陳堯佐를 가리킨다. 사신행查慎行의 《소시보주蘇詩補註》에 "《송사》에 '진요좌는 자가 희원으로 추밀사 진요수의 동생인데 인종 때에 참지정사를 지냈으며 죽은 뒤에 문혜라는 시호가 내려졌다'라는 기록이 있고……《여지기승》에 '함평

305

(998-1003) 초에 진요좌가 혜주지주로 재임하면서 혜주 청사에 손수 여지를 심었다'라는 기록이 있다(《宋史》: '陳堯佐, 字希元, 樞密使堯叟之弟, 仁宗朝參知政事, 卒諡文惠.'……《輿地紀勝》: '咸平初, 陳堯佐知惠州, 手植荔支于州堂.')"라고 했고, 풍응류馮應榴의 《소식시집합주蘇軾詩集合注》에 "《일통지·혜주명환》에 진요좌가 조주통판으로서 혜주지주 권한 대행이었다는 사실이 기재되어 있다(《一統志·惠州名宦》載陳堯佐以潮州通判權惠州)"라고 했다.

(4) 將軍樹(장군수): 여지나무 이름. 사신행의 《소시보주》에 "채군모(채양蔡襄)의 《여지보》에 장군여지라는 것이 있는데 '이것은 오대 때 이 관직을 지낸 사람이 심은 것으로 후인들이 그의 관직을 그 나무의 이름으로 삼았다'라고 했고……《능개재만록》에도 '정웅의 《번우잡편》에 광동·광서 지방의 여지는 모두 22종인데 그 가운데에 대장군·소장군 등의 명칭이 있다'라고 기록되어 있다(蔡君謨《荔支譜》中有將軍荔支, 云: '是五代時有爲此官者種之, 後人以其官號其樹.'……《能改齋漫錄》亦云: '鄭熊《番禺雜編》嘗記廣中荔支, 凡二十二種, 有大將軍·小將軍等名.')"라고 했다.

(5) 羅浮山(나부산): 혜주 북쪽에 있는 산.

(6) 盧橘(노귤): 비파나무의 열매. 〈4월 11일에 처음으로 여지를 먹으며(四月十一日初食荔支)〉주 (3) 참조.

(7) 楊梅(양매): 소귀나무의 열매. 〈4월 11일에 처음
으로 여지를 먹으며(四月十一日初食荔支)〉 주 (2)
참조.

(8) 嶺南(영남): 대유령大庾嶺 이남 지역인 지금의 광
동성·광서장족자치구 일대.

채소를 캐어 먹고

撷菜

나는 왕 참군의 땅을 빌려서 채소를 심었거니와 반묘도 채 안 되지만 나와 아들 과가 1년 내내 실컷 먹는다. 밤중에 술을 마시고 취해 깨울 방법이 없으면 매번 채소를 캐어서 요리하는데 채소의 맛에는 흙의 기름기가 함유되어 있고 채소의 기운에는 바람과 이슬이 가득 들어 있어서 비록 기장밥과 고깃국이라고 할지라도 이것을 못 따라온다. 사람이 살아가는 데 무슨 물건이 꼭 필요하다고 더 이상 탐욕스러워지겠는가? 이리하여 네 구절을 지었다.

吾借王參軍[(1)]地種菜, 不及半畝, 而吾與過子終年飽飯[(2)]. 夜半飲醉, 無以解酒, 輒撷菜煮之, 味含土膏[(3)], 氣飽風露, 雖梁肉[(4)]不能及也. 人生須底物[(5)], 而更貪耶? 乃作四句.

가을 되자 동쪽 텃밭에 서리가 가득한데
무는 아들 낳았고 겨자에겐 손자 있네.
나나 하증이나 배부르긴 마찬가진데
어찌 닭고기 돼지고기 먹느라 고생하는지 모르겠네.

秋來霜露滿東園,[(6)(7)]   추래상로만동원

蘆菔生兒芥有孫.[(8)]   로복생아개유손

我與何曾同一飽,[(9)]   아여하증동일포

不知何苦食雞豚.   부지하고식계돈

[해제]

혜주에서 유배 생활을 하고 있던 소성 3년(1096) 7월의 어느 날 술을 마시고 크게 취했으나 먹고 술을 깨울 만한 마땅한 음식이 없는지라 현지 관리의 땅을 빌려 자기가 손수 재배한 채소를 캐어서 삶아 먹은 뒤 부자가 부럽지 않은 흐뭇한 심경을 노래한 것이다. 유배지에서도 결코 의기소침하지 않고 초탈한 자세로 안빈낙도하는 모습이 잘 그려져 있다.

[주석]

(1) 王參軍(왕참군): 참군이라는 벼슬을 맡고 있는 왕씨. 구체적인 행적이 알려져 있지 않다.

(2) 飽飫(포어): 배부르게 먹어서 물리다.

(3) 土膏(토고): 흙의 기름기. 흙속에 함유되어 있는, 식물의 생장에 필요한 영양분을 가리킨다.

(4) 粱肉(양육): 기장밥과 고깃국. 맛있는 고급 음식을 가리킨다.

(5) 底物(저물): 무슨 물건.

(6) 霜露(상로): 서리와 이슬. 여기서는 서리를 가리킨다.

(7) 園(원): 채소나 화초를 심는 동산. 여기서는 채마밭을 가리킨다.

(8) 蘆菔(노복): 무. 이 구절은 크고 작은 무와 겨자가 많이 돋아나 있다는 말이다.

(9) 何曾(하증): 진晉나라 사람. 그는 천성이 워낙 사

치스럽고 호의호식하기를 좋아하는지라 날마다 식비를 만 전씩 쓰고도 젓가락 댈 곳이 없다며 불평했다고 한다.(≪진서·하증전≫ 참조) 이 구절은 변변찮은 음식이든 비싸고 좋은 음식이든 많이 먹고 배부르면 그것으로 족하다는 말이다.

쌀을 사서 밥 짓고

糴米

쌀을 사서 밥 짓고 땔감을 사서 불 피우고
갖가지 물건을 다 시장에 의존했나니
쟁기질하고 나무하여 얻은 것이 아닌지라
배부르게 먹어도 매우 맛이 없었네.
재배하고 태수님께 부탁했나니
땅 한 뙈기 얻어서 농사짓고 싶었네.
잘못임을 아는지라 지난날이 우습고
내 힘으로 먹고 사니 자괴감이 없어졌네.
봄 벼는 언제쯤 꽃이 피려나?
여름 피는 갑자기 이삭이 패었구나.
서글픈 마음으로 쟁기를 어루만지나니
이 마음을 더 이상 누가 알아주려나?

糴米買束薪,⁽¹⁾　　　적미매속신

百物資之市.⁽²⁾　　　백물자지시

不緣耕樵得,⁽³⁾⁽⁴⁾　　불연경초득

飽食殊少味.　　　포식수소미

再拜請邦君,⁽⁵⁾　　재배청방군

願受一廛地.⁽⁶⁾　　원수일전지

知非笑昨夢,⁽⁷⁾⁽⁸⁾　　지비소작몽

食力免內愧.⁽⁹⁾⁽¹⁰⁾　식력면내괴

春秧幾時花,⁽¹¹⁾　　춘앙기시화

夏稗忽已穟.⁽¹²⁾　　하패홀이수

悵焉撫耒耜,⁽¹³⁾⁽¹⁴⁾　창언무뢰사

誰復識此意.　　　수부식차의

313

담주儋州(지금의 해남성 담주시 중화진中和鎭)에서 유배 생활
을 하고 있던 소성 4년(1097)에 지은 것이다. 담주지주에게
부탁하여 빌린 땅에서 몸소 농사를 지으며 농경 생활의 즐거움
과 머나먼 유배지에서 농사를 걱정하고 있는 서글픈 심정을 노
래하였다.

[주석]

(1) 束薪(속신): 묶어 놓은 땔감.

(2) 資之市(자지시): 그것을 시장에 의존하다. 온갖
　　물건을 다 사서 쓴다는 말이다.

(3) 緣(연): 의지하다.

(4) 耕樵(경초): 쟁기질을 하고 나무를 하다. 몸소 노
　　동에 종사하는 것을 가리킨다.

(5) 邦君(방군): 원래 제후국의 군주를 가리키는 말인
　　데 태수를 가리키는 경우가 많다.

(6) 一廛地(일전지): 성인 남자 한 명이 차지하는 땅.

(7) 知非(지비): 그릇되었다는 사실을 알다. ≪회남자
　　淮南子·원도훈原道訓≫에 "거백옥은 나이 50세가
　　되어서 지나간 49년이 그릇되었음을 알았다(蘧伯玉
　　年五十而知四十九年非)"라는 말이 있고, 도연명陶淵
　　明의 〈귀거래사歸去來辭〉에 "오늘이 옳고 어제가 글렀
　　음을 깨달았다(覺今是而昨非)"라는 구절이 있다.

(8) 昨夢(작몽): 지난날의 꿈. 꿈같이 지나간 옛날 일

314

을 가리킨다.

(9) 食力(식력): 노동력을 먹고살다. 노력의 대가에
의지하여 생계를 유지한다는 말이다.

(10) 內愧(내괴): 내면의 부끄러움.

(11) 春秧(춘앙): 봄철의 모. 봄에 모내기해 놓은 벼를
가리킨다.

(12) 稗(패): 피. 볏과의 한해살이풀로 키는 벼보다 조
금 크고 잎은 벼처럼 길쭉하며, 여름에 연녹색軟綠
色 또는 자갈색紫褐色의 꽃이 핀다. 열매는 대개 사
료로 쓰지만 식량 사정이 좋지 않으면 식용으로도
쓰는데 품질이 나쁘기 때문에 우리나라 속담에 "사흘
에 피죽도 한 그릇 못 얻어먹은 것 같다"라는 말이
있다. 피는 벼에게 갈 영양분을 다 빨아먹어 버려 벼
의 생장을 방해하기 때문에 농민들이 애써 뽑아 없
앤다.

(13) 悵焉(창언): 실의에 젖은 모양. '창연悵然'과 같다.

(14) 耒耜(뇌사): 쟁기. '뇌耒'는 쟁기의 자루를 가리키
고 '사耜'는 땅속으로 들어가는 납작한 날을 가리킨다.

바둑 구경

觀棋

나는 평소에 바둑을 둘 줄 모른다. 한번은 여산의 백학관에 가서 노닌 적이 있는데 백학관 안에 있는 사람들이 다들 문을 닫고 낮잠을 잘 때 혼자서 소나무 고목과 흐르는 물 사이에서 바둑 두는 소리를 듣고는 속으로 매우 좋아했다. 이때부터 바둑을 배워 보려고 했으나 끝내 둘 줄 모른다. 아들 과는 바둑을 조금 둘 줄 아는 사람이라 담주태수 장중이 날마다 그와 어울려 노는데 나도 한쪽 모퉁이에 하루 종일 앉아 있지만 싫증이 나지 않는다.

予素不解棋, 嘗獨游廬山[1]白鶴觀[2], 觀中人皆闔戶晝寢, 獨聞棋聲於古松流水之間, 意欣然喜之. 自爾欲學, 然終不解也. 兒子過[3]乃粗能者, 儋守張中[4]日從之戱, 予亦隅坐, 竟日不以爲厭也.

오로봉 앞에

백학관이 있었는데

커다란 소나무는 뜰에 그늘을 드리우고

바람과 햇살은 맑고 화창하였네.
나는 그때 혼자서 돌아다닐 뿐
마주치는 사람이 아무도 없었는데
바둑 두는 사람이 누구이신가?
문 밖에 신발이 두 켤레 놓여 있었네.
사람의 목소리는 들리지 않고
이따금 바둑알 소리만 났나니
줄이 쳐진 바둑판을 앉아서 보며
이 묘미를 맛보는 사람이 누구일까?
빈 낚시를 드리우고 낚시하려 하는 이야
어찌 방어와 잉어에 뜻이 있으리?
우리 애가 그 묘리를 웬만큼 알아
손가락이 가는 대로 딱딱 소리를 내네.
이기면 참으로 기분이 좋고
진다고 할지라도 역시 기뻐할 만한 일.
여유롭고 느긋하니
아쉬운 대로 이렇게만 되면 좋겠네.

五老峰前,[5]　오로봉전

白鶴遺址.　백학유지

長松蔭庭,　장송음정

風日清美.　풍일청미

我時獨游,　아시독유

不逢一士.　불봉일사

誰歟棋者,　수여기자

戶外屨二.　호외구이

不聞人聲,　불문인성

時聞落子.[6]　시문락자

紋枰坐對,[7]　문평좌대

誰究此味.　수구차미

空鈎意釣,[8]　공구의조

豈在魴鯉.　기재방리

小兒近道,⁽⁹⁾⁽¹⁰⁾　　소아근도

剝啄信指.⁽¹¹⁾⁽¹²⁾　　박탁신지

勝固欣然,　　승고흔연

敗亦可喜.　　패역가희

優哉游哉,⁽¹³⁾　　우재유재

聊復爾耳.⁽¹⁴⁾⁽¹⁵⁾　　료부이이

[해제]

담주에서 유배 생활을 하고 있는 중이던 소성 5년(1098) 무렵에 지은 것으로, 이기는 경우는 물론 지는 경우에도 재미가 있는 바둑의 묘미를 설파한 것이다. 소식은 〈동고자전을 읽고(書東皐子傳後)〉에서 스스로 "나는 하루 종일 술을 마셔도 다섯 홉을 넘지 않으니 천하의 술 마실 줄 아는 사람 가운데 나보다 아래에 있는 사람은 없을 것이다. 그러나……천하의 술 좋아하는 사람 가운데 나보다 위에 있는 사람도 없을 것이다(予飮酒終日, 不過五合, 天下之能飮, 無在予下者. 然……天下之好飮, 亦無在予上者)"라고 한 것처럼, 비록 술을 잘 마시지는 못했지만 술을 좋아하기로는 누구에게도 뒤지지 않았다. 송나라 사람 팽승彭乘의 ≪묵객휘서墨客揮犀≫에 "자첨(소식)은 평소 다른 사람만 못한 것이 세 가지 있다고 스스로 늘 말했으니 바둑 두는 것, 술 마시는 것, 노래 부르는 것을 말한다(子瞻常自言平生有三不如人, 謂著棋·喫酒·唱曲也)"라고 하여 소식이 바둑을 잘 두지 못했다고 전언했는데, 이 시를 보면 소식이 바둑을 잘 두지 못한 것도 사실이지만 하루 종일 옆에서 구경해도 싫증이 나지 않을 정도로 바둑을 좋아한 것도 사실임을 알 수 있다.

[주석]

(1) 廬山(여산): 강서성 구강九江 남쪽에 있는 산.

(2) 白鶴觀(백학관): 여산의 오로봉五老峰 밑에 있던 도교 사원.

(3) 過(과): 소식의 셋째 아들 소과蘇過(1072-1123). 소식이 담주儋州(지금의 해남성 담주시 중화진中和

鎭)에서 유배 생활을 할 때 가족 중에서 오직 소과 만이 그를 모시고 있었다. 문학적 재능이 뛰어나 당시 사람들에게 소파小坡라고 불렸으며 ≪사천집斜川集≫이라는 문집을 남겼다.

(4) 張中(장중): 당시의 담주지주. 소식 부자에게 매우 호의적인 사람이었다.

(5) 五老峰(오로봉): 여산에 있는 다섯 개의 높은 봉우리. ≪태평환우기太平寰宇記 · 강남서도江南西道 · 강주江州≫에 "오로봉은 산의 동쪽에 있는데 낭떠러지가 우뚝하게 솟아 있는 것이 마치 다섯 사람이 한 줄로 늘어서서 서로 쫓아가는 것 같은 형상이다(五老峰在山東, 懸崖突出, 如五人相逐羅列之狀)"라고 했다.

(6) 落子(낙자): 바둑알을 놓다.

(7) 紋枰(문평): 줄이 쳐진 바둑판.

(8) 空鈎(공구): 빈 낚시. 미끼가 없는 낚시. ≪초사楚辭 · 칠간七諫≫에 "곧은 바늘을 낚시로 삼았으니 무슨 고기를 낚을 수 있었으랴!(以直針而爲鈎兮, 又何魚之能得!)"라는 말이 있거니와, 전설에 의하면 강태공姜太公은 위수渭水의 지류인 반계磻溪에서 곧은 바늘에 미끼도 끼우지 않고 뒤로 돌아앉은 상태에서 낚시를 했을 뿐만 아니라 바늘이 수면에 닿지도 않았다고 한다. 그것은 고기를 잡는 데에 목적이 있는 것이 아니라 자신을 알아보는 사람을 찾는 데에 목적이 있었기 때문이다.

(9) 小兒(소아): 자기 아들을 가리키는 겸칭으로 소과

를 가리킨다.

(10) 近道(근도) : 묘리妙理에 근접하다.

(11) 剝啄(박탁) : 바둑 두는 소리를 나타내는 의성어.

(12) 信指(신지) : 손가락을 믿다. 이 연은 소파가 바둑의 묘미를 웬만큼 알아서 손이 가는 대로 편안하게 바둑을 둔다는 말이다.

(13) 優哉游哉(우재유재) : '느긋하다'라는 뜻의 '우유優游'에 각각 감탄을 나타내는 어기조사 '재哉'를 붙임으로써 감탄의 어기를 더욱 강화한 것이다.

(14) 聊復(요부) : 아쉬운 대로 또.

(15) 爾耳(이이) : 이와 같을 따름이다.

슬에 취한 채 혼자 걸어서 자운·위·휘·선각 등 여씨 친구 네 명의 집을 두루 찾아갔다가(제1·2수)

被酒[1] 獨行, 遍至子雲·威·徽·先覺四黎之舍, 三首 (其一·二)

제1수

얼큰히 취해 여씨들 집을 물어물어 찾아갈 땐
대나무 가시와 등나무 가지로 걸음마다 길을 잃었지만
돌아갈 땐 쇠똥만 따라가면 된다네
우리 집은 목우장보다 훨씬 서쪽에 있으니까.

其一

半醒半醉問諸黎,[2]   반성반취문제려

竹刺藤梢步步迷.[3]   죽자등초보보미

但尋牛矢覓歸路,[4]   단심우시멱귀로

家在牛欄西復西.[5]   가재우란서부서

제2수

여씨 집안 총각머리 아이 서넛이
파 잎 피리를 불며 늙은이를 맞고 전송한다.
만 리 밖의 천애에 있다는 생각을 할 것 없다
개울가에 본래부터 무우의 바람이 있단다.

其二

總角黎家三四童,(6)　　　　총각려가삼사동

口吹蔥葉送迎翁.(7)(8)　　　구취총엽송영옹

莫作天涯萬里意,(9)　　　　막작천애만리의

溪邊自有舞雩風.(10)(11)　　계변자유무우풍

담주(지금의 해남성 담주시 중화진中和鎭)에서 유배 생활을 하고 있던 원부 2년(1099) 봄에, 잡목에 뒤덮여 길도 찾기 어려운 여자운·여위·여회·여선각 등 현지 친구들의 집을 찾아다니며 논 감회를 노래한 것으로 담주의 정취가 손에 잡힐 듯 핍진하게 그려져 있다.

[주석]

(1) 被酒(피주): 술에 취하다.

(2) 諸黎(제려): 자운子雲·위威·휘徽·선각先覺 등의 여씨 친구들을 가리킨다.

(3) 藤梢(등초): 등나무 우듬지.

(4) 牛矢(우시): 쇠똥. '우시牛屎'와 같다.

(5) 牛欄(우란): 난간을 쳐 놓고 소를 기르는 곳.

(6) 總角(총각): 두 갈래로 땋아서 짐승 뿔처럼 위로 향하게 묶는 아이들의 머리 모양을 가리킨다.

(7) 葱葉(총엽): 파 잎으로 만든 풀피리를 가리킨다.

(8) 翁(옹): 소식 자신을 가리킨다. 이 연은 소식이 찾아갈 때와 돌아올 때 여씨 집안의 아이들이 파 잎으로 만든 풀피리를 불면서 놀았다는 말이다.

(9) 天涯萬里意(천애만리의): 만 리 밖의 천애에 와 있다는 쓸쓸한 생각.

(10) 自(자): 본래.

(11) 舞雩(무우): 산동성 곡부曲阜의 기수沂水 가에 있

는 제단祭壇으로 노魯나라가 기우제를 지내던 곳이다. ≪논어論語·선진先進≫에 "늦은 봄에 봄옷을 잘 차려입고 갓을 쓴 어른 대여섯 명 및 아이들 예닐곱 명과 함께 기수에서 몸을 씻고 무우에서 바람을 쐰 다음 노래를 읊조리며 돌아오겠습니다(莫春者, 春服旣成, 冠者五六人·童子六七人, 浴乎沂, 風乎舞雩, 詠而歸)"라는 말이 있다. 이 연은 머나먼 섬 지방에서 유배 생활을 한다고 울적해 할 필요 없이 담주의 자연도 즐길 만하다고 초연하게 생각한 것이다.

고단한 밤
倦夜

베개 베기도 힘든 긴긴 밤이 싫은데
작은 창이 도무지 밝아 오지 않는다.
외딴 시골 마을에 개 한 마리 짖어 대고
기울어진 달 아래에 몇 사람이 길을 간다.
늙어 빠진 머리는 희어진 지 오래건만
나그네의 마음은 왠지 무척 담담하다.
황량한 정원에서 베를 짜는 베짱이야
괜히 헛일하는 거지 대체 무얼 짜겠느냐?

倦枕厭長夜,⁽¹⁾　　　권침염장야

小窗終未明.　　　소창종미명

孤村一犬吠,⁽²⁾　　　고촌일견폐

殘月幾人行.⁽³⁾　　　잔월기인행

衰鬢久已白,⁽⁴⁾　　　쇠빈구이백

旅懷空自淸,⁽⁵⁾⁽⁶⁾　　　려회공자청

荒園有絡緯,⁽⁷⁾　　　황원유락위

虛織竟何成.⁽⁸⁾　　　허직경하성

[해제]

담주(지금의 해남성 담주시 중화진中和鎮)에서 유배 생활을 하고 있던 원부 2년(1099) 8월에 잠을 이루지 못한 어느 날 밤의 정경을 노래한 것으로, 적막한 시골의 밤 풍경을 감정의 동요 없이 담담하게 그려 놓았다.

[주석]

(1) 倦枕(권침): 베개 베기가 고단하다.

(2) 孤村(고촌): 외따로 떨어져 있는 마을.

(3) 殘月(잔월): 거의 다 져 가는 달.

(4) 衰鬢(쇠빈): 노쇠한 살쩍. 자신의 머리카락을 가리킨다.

(5) 旅懷(여회): 나그네의 마음. 자신의 마음을 가리킨다.

(6) 空自(공자): 공연히. 까닭 없이.

(7) 絡緯(낙위): 베짱이.

(8) 虛織(허직): 헛되이 짜다. 이 구절은 베짱이가 베 짜는 소리를 내면서 울지만 실제로는 베를 짜지 못한다는 말이다.

붓 가는 대로

縱筆三首

제1수

적적한 이 동파라는 병든 늙은이
쓸쓸한 흰 수염에 서릿바람 잔뜩 분다.
홍안이 남았다고 기뻐하는 저 아이
술을 마셔 벌건 줄을 모르는 게 우습다.

其一

寂寂東坡一病翁,[1]　　　　적적동파일병옹

白鬚蕭散滿霜風.[2]　　　　백수소산만상풍

小兒誤喜朱顔在,[3][4]　　　소아오희주안재

一笑那知是酒紅.[5][6]　　　일소나지시주홍

330

제2수

노인장들 다투어 오각건을 구경하니
내가 관리로 현신한 적 있기 때문이렷다.
개울가 옛길의 세 갈래 길 어귀에
석양에 혼자 서서 행인을 헤아린다.

其二

父老爭看烏角巾, [7][8]   부로쟁간오각건

應緣曾現宰官身. [9][10]   응연증현재관신

溪邊古路三叉口, [11]   계변고로삼차구

獨立斜陽數過人.   독립사양수과인

제3수

쌀을 실은 북쪽 배가 들어오지 않아서
쌀이 마치 진주처럼 귀해졌는데
취하도록 마시고 배부르게 먹은 뒤
자유로이 거닌 일이 반달 동안 없었네.
내일 동쪽 이웃에서 조왕님께 제사할 터
닭 한 마리 술 한 말을 정녕 보내 줄 것이네.

其三

北船不到米如珠,[12][13]   북선부도미여주

醉飽蕭條半月無.[14]   취포소조반월무

明日東家當祭竈,[15][16]   명일동가당제조

隻雞斗酒定膰吾.[17][18][19]   척계두주정번오

[해제]

담주에서 유배 생활을 하고 있던 원부 2년(1099) 12월에 지은 것이다. 제1수에서는 자신의 노쇠해진 모습을 위로하려고 애쓰는 아들의 말에 오히려 씁쓸해진 자신의 감회를 노래했고, 제2수에서는 자신을 한 번 보기 위해 모여든 동네 노인들을 보면서 오히려 더 처량하게 느껴진 자신의 신세를 돌아보았으며, 제3수에서는 쌀이 무척 귀한 열대지방에서의 곤궁하면서도 인정미 넘치는 생활상을 묘사했다.

[주석]

(1) 東坡(동파): 소식의 자호自號.

(2) 蕭散(소산): 쓸쓸하다. 처량하다.

(3) 小兒(소아): 자신의 막내아들 소과蘇過를 가리킨다.

(4) 誤喜(오희): 잘못 알고 기뻐하다. 소철蘇轍의 시 〈소요당에서 함께 자며(逍遙堂會宿二首)〉 중의 제1수에 "마주 누워 자자던 옛날 약속 지킨 줄 알고 기뻐했네, 아직도 팽성 땅을 떠도는 줄 모르고(誤喜對床尋舊約, 不知漂泊在彭城)"라는 구절이 있다.

(5) 那知(나지): 어찌 알겠는가. 어세를 강화하기 위해 '부지不知' 대신 쓴 것이다.

(6) 酒紅(주홍): 술기운으로 인하여 벌게진 얼굴. 이 연은 소과가 부친을 기쁘게 해 드리기 위해 혈색이 좋아졌다고 하자 그 말에 오히려 씁쓸한 기분이 들었다는 뜻이다.

(7) 父老(부로): 연세 많은 어른에 대한 존칭.

(8) 烏角巾(오각건): 검은색 칡베로 만든 각진 두건. 은자들이 쓰는 두건을 가리킨다.

(9) 應緣(응연): 틀림없이~에서 연유할 것이다.

(10) 現宰官身(현재관신): 관리로 현신하다. '재관宰官'은 원래 주周나라 때 육경六卿의 수장인 총재冢宰의 속관을 가리키던 말로 널리 관리를 가리킨다. 이 연은 소식 자신이 옛날에 관리였기 때문에 동네 어른들이 다투어 자신을 쳐다본다는 말이다.

(11) 三叉口(삼차구): 길이 세 갈래로 갈라지는 어귀. 삼거리.

(12) 北船(북선): 북쪽의 육지에서 쌀을 싣고 담주(지금의 해남성 담주시 중화진中和鎭)로 오는 배를 가리킨다.

(13) 米如珠(미여주): 쌀이 진주만큼이나 귀하다는 말이다.

(14) 蕭條(소조): 소요逍遙하다. 이 구절은 근래에는 한동안 취할 정도로 술을 실컷 마시고 배부를 정도로 밥을 많이 먹은 뒤 으슬렁으슬렁 거닐어 본 적이 없다는 말이다.

(15) 東家(동가): 이웃집을 가리킨다.

(16) 祭竈(제조): 조왕님 즉 부뚜막신에게 제사를 지내다. 옛날에는 음력 12월 23일 또는 24일에 조왕님에게 제사를 올렸다.

(17) 隻雞斗酒(척계두주): 한 마리의 닭과 한 말의 술.

(18) 定(정): 틀림없이.

(19) 膰(번): 제사에 사용한 고기를 보내다.

334

경진년 인일에 황하가 이미 북쪽 물길을 회복했다는 소문을 들었으니 이 늙은 신하가 옛날에 여러 차례 주장한 말이 이제야 실증된 것이다(제1수)

庚辰歲[1] 人日[2]作, 時聞黃河已復北流, 老臣舊數論此, 今斯言乃驗, 二首(其一)

늘그막에 여전히 섬마을에 사는지라

꿈속에나 이따금 시 짓는 손자를 보네.

천애에서 인날 쇠기 이미 몸에 배었건만

그래도 귀문관을 지나 돌아가는 길은 기쁘겠네.

세 가지 대책을 제시한 가양이 이미 생각났으련만

외로운 충신 우번은 끝내 사면받지 못하네.

옷을 잡혀 하원미를 잔뜩 사 놓고

새로 술 걸러 대보름 쇠길 손꼽아 기다리네.

老去仍棲隔海村,[3]　　　로거잉서격해촌

夢中時見作詩孫.[4]　　　몽중시견작시손

天涯已慣逢人日,[5]　　　천애이관봉인일

歸路猶欣過鬼門.[6]　　　귀로유흔과귀문

三策已應思賈讓,[7]　　　삼책이응사가양

孤忠終未赦虞翻.[8]　　　고충종미사우번

典衣剩買河源米,[9]　　　전의잉매하원미

屈指新篘作上元.[10][11]　　　굴지신추작상원

담주에서 유배 생활을 하고 있던 원부 3년(1100) 1월에 지은
것이다. 북송 때에는 황하가 자주 범람하여 그 물길을 북쪽으로
터 주는 것이 좋을지 동쪽으로 터 주는 것이 좋을지를 놓고 위
정자들 사이에 의견이 분분했다. 소식은 옛날에 황하의 물길을
북쪽으로 터 주는 것이 좋겠다는 의견을 제시했으나 반대하는
사람이 더 많아 받아들여지지 않았는데, 이제 황하가 다시 북쪽
물길을 회복하게 되었으니 자신의 말이 옳았음이 입증된 셈이
다. 이 시는 그런데도 불구하고 자신을 사면해 주지 않는 조정
에 대해 섭섭한 마음을 토로한 것이다.

[주석]

(1) 庚辰歲(경진세): 경진년. 원부 3년(1100)을 가리
   킨다.

(2) 人日(인일): 인날. 음력 1월 7일로 옛날 명절의
   하나였다. ≪형초세시기荊楚歲時記≫에 "1월 7일은
   인날이라 일곱 가지 채소로 국을 끓이고 비단을 오
   려서 사람 모양을 만들거나 금박을 새겨서 사람 모
   양을 만들어 병풍에 붙이기도 하고 머리에 얹기도
   했다. 또 꽃 모양의 머리 장식물을 선물로 주기도
   하고 높은 곳에 올라가서 시를 짓기도 했다(正月七
   日爲人日, 以七種菜爲羹, 剪綵爲人或鏤金箔爲人, 以
   貼屛風, 亦戴之頭鬢. 又造華勝以相遺, 登高賦詩)"라고
   했다.

(3) 隔海村(격해촌): 바다 건너에 있는 마을. 담주(지금의 해남성 담주시 중화진中和鎭)를 가리킨다.

(4) 作詩孫(작시손): 시를 짓는 손자. 소부蘇符(1087-1156)를 가리킨다. 당시 부친 소매蘇邁를 따라 의흥宜興(지금의 강소성 의흥)에 가 있었다. 육유陸游의 ≪노학암필기老學庵筆記≫에 "소동파가 해남도에서 지은 시에 '꿈속에나 이따금 시 짓는 손자를 보네'라고 했는데 그것이 무슨 뜻인지 처음에는 잘 몰랐다. 촉 지방에서 소씨 집안 선산에 보관되어 있는 공의 묵적을 보았는데 앞 시의 운자를 다시 써서 대나무를 읊은 시(이 시 제2수) 뒤에 '시 짓는 손자 부에게 부친다'라고 써 놓은 것을 보고 나서야 비로소 이 구절이 중호(소부)를 위해서 지은 것인 줄 알게 되었다(東坡海外詩云: '夢中時見作詩孫.' 初不解. 在蜀見蘇山藏公墨迹, 疊韻竹詩後題云: '寄作詩孫符.' 乃知此句爲仲虎發也)"라고 했다.

(5) 天涯(천애): 혜주와 담주를 가리킨다.

(6) 鬼門(귀문): 귀문관. 광서장족자치구 북류시北流市 서남쪽에 있는 관문. 계문관桂門關이라고도 한다. ≪원풍구역지元豐九域志·광남로廣南路≫에 "귀문관은 뇌주에 있는데 속담에 '귀문관을 넘어가면 열 명 중에 아홉 명은 못 돌아온다'라는 말이 있으니 이는 장기瘴氣가 많다는 말이다(鬼門關在牢州, 諺云: '若度鬼門關, 十人九不還.' 言多瘴也)"라고 한바, 이는 북쪽 사람이 귀문관 남쪽으로 유배 가면 살아서 돌아

오기 힘들다는 말이다. 이 연은 이미 남방 생활에 익숙해져 있기는 하지만 그래도 귀문관을 지나 북쪽으로 돌아가면 기쁘겠다는 말이다.

(7) 賈讓(가양): 서한西漢 사람으로 위군魏郡(지금의 하북성 임장臨漳) 동쪽에서 황하가 범람했을 때 황하를 다스리는 세 가지 대책, 즉 황하의 물길을 인도하여 북쪽으로 흐르게 하는 상책, 물길을 몇 개 더 뚫어서 물살을 분산시키는 중책, 옛날 제방을 수선하여 더 높게 만드는 하책을 건의했다.(≪한서漢書·구혁지溝洫志≫ 참조) 여기서는 옛날에 황하의 치수에 관하여 좋은 방법을 제시한 소식 자신을 가리킨다.

(8) 虞翻(우번): 삼국시대 오吳나라 사람. 면전에서 용감하게 간언하다가 손권孫權에게 미움을 사서 교주交州(지금의 광동성·광서장족자치구 및 베트남 북부 일대)로 유배되었는데 10년이 넘도록 끝내 사면받지 못하고 유배지에서 죽었다.(≪삼국지·오지·우번전≫ 참조)

(9) 河源(하원): 지금의 광동성 하원. 당시 해남도에는 쌀이 나지 않았기 때문에 하원에서 나는 쌀을 사먹었다.

(10) 新篘(신추): 새로 술을 거르다.

(11) 上元(상원): 대보름날.

강물을 길어다 차를 끓이며
汲江煎茶

찻물은 반드시 살아 있는 물을 길어
살아 있는 숯불로 끓여야 하는지라
스스로 인적 드문 낚시터로 나가서
깊은 곳의 맑은 물을 길어 왔나니
큰 바가지로 달을 떠서 항아리에다 붓고
작은 국자로 강물을 덜어 병에 넣었다.
다호 속의 비가 이미 나부끼는 모습은
찻물 끓는 곳에 생긴 차의 다리요
어디선가 솔바람이 갑자기 이는 것은
찻물을 찻잔에 따를 때 나는 소리로다.
목이 너무 말라서 참기 쉽지 않은지라
천천히 세 그릇을 들이켜면서
황량한 성에서 나는 경치는 소리
앉아서 길고 짧은 그 소리를 듣는다.

活水還須活火烹,⁽¹⁾⁽²⁾　　　활수환수활화팽

自臨釣石取深淸.⁽³⁾　　　자림조석취심청

大瓢貯月歸春甕,⁽⁴⁾⁽⁵⁾　　　대표저월귀춘옹

小杓分江入夜瓶.⁽⁶⁾　　　소작분강입야병

茶雨已翻煎處脚,⁽⁷⁾⁽⁸⁾　　　다우이번전처각

松風忽作瀉時聲.⁽⁹⁾　　　송풍홀작사시성

枯腸未易禁三椀,⁽¹⁰⁾　　　고장미이금삼완

坐聽荒城長短更.⁽¹¹⁾　　　좌청황성장단경

[해제]

담주儋州(지금의 해남성 담주시 중화진中和鎭)에서 유배 생활을 하고 있던 원부 3년(1100) 봄에 강에 가서 손수 길어 온 신선한 물로 정성껏 끓인 차를 실컷 마신 뒤 고요한 밤 시간에 담담한 마음으로 오랫동안 상념에 빠진 일을 노래한 것이다.

[주석]

(1) 活水(활수): 막 길어 와서 신선한 새 물. 주희朱熹의 시 〈책을 보다가(觀書有感)〉에 "연못이 어찌 이리 맑을 수가 있는가? 원천에서 새 물이 흘러들기 때문이네(問渠那得淸如許, 爲有源頭活水來)"라는 구절이 있다.

(2) 活火(활화): 불꽃이 일어날 정도로 센 불. 당나라 사람 조린趙璘의 ≪인화록因話錄·상부商部≫에 "차는 반드시 약한 불로 데우다가 센 불로 달여야 한다. 센 불이란 불꽃이 일어나는 숯불을 말한다(茶須緩火炙, 活火煎. 活火謂炭火之焰者也)"라고 했는데, 소식의 자주自註에 "당나라 사람이 '차는 반드시 약한 불로 데우다가 센 불로 달여야 한다'고 했다(唐人云: '茶須緩火炙, 活火煎')"라고 했다.

(3) 釣石(조석): 낚시꾼이 앉아서 낚시를 하는 바위.

(4) 貯月(저월): 달을 담다. 달이 비쳐 있는 물을 퍼 담는 것을 가리킨다.

(5) 春甕(춘옹): 계절이 봄임을 암시하는 말이다.

(6) 夜瓶(야병): 시간이 밤임을 암시하는 말이다.

(7) 茶雨(다우): 차를 끓일 때 찻물의 상부에 뜬 찻잎에서 우러난 녹색 물질이 다호茶壺의 바닥으로 가늘고 길게 퍼져 내려가는 모양, 또는 말차末茶의 찻잎 가루가 찻물에 흩어져서 떠 있는 모양을 빗발에 비유한 것으로 '다각茶脚'을 가리키는바, ≪다보茶譜≫에 "원주의 계교는 차의 명성이 매우 두드러진데도 끓이면 녹색 다리가 아래로 처져 내려가는 호주의 연고차나 자순차만 못하다(袁州之界橋, 其茶名甚著, 不若湖州之研膏·紫筍, 烹之有綠脚垂下也)"라고 하고, ≪다록茶錄≫에 "대체로 차는 물이 많고 찻잎이 적으면 다리가 흩어지고 물이 적고 찻잎이 많으면 다리가 뭉쳐진다(凡茶, 湯多茶少則脚散, 湯少茶多則脚聚)"라고 한 것을 보면 전자일 가능성이 더 크다. 이 연에 대하여 양만리楊萬里의 ≪성재집誠齋集·시화詩話≫에 "이것은 도치된 표현으로 더욱이나 시인들의 절묘한 수법이다(此倒語也, 尤爲詩家妙法)"라고 했거니와, 이 구절은 '전처이번다우각煎處已翻茶雨脚'을 도치시킨 것이다.

(8) 脚(각): '다우각茶雨脚' 즉 '다각'을 가리킨다.

(9) 松風(송풍): 소나무 숲을 스쳐서 부는 바람, 즉 솔바람. 찻물을 찻잔에 따를 때 나는 소리를 가리키는 것으로 보인다. 소식의 시 〈과거시험장에서 차를 끓이며(試院煎茶)〉에 "게 눈 상태를 지나고 물고기 눈이 생겨서, 솔바람 부는 소리를 솨아솨아 내려 한

다(蟹眼已過魚眼生, 颼颼欲作松風鳴)"라는 구절이 있는 것을 보면 찻물이 세게 끓는 소리를 솔바람이 부는 것에 비유한 것일 가능성도 있지만 이 경우 '따를 때 나는 소리(瀉時聲)'라는 말과 부합하지 않는다. 이 구절은 '사시홀작송풍성瀉時忽作松風聲'을 도치시킨 것이다.

(10) 枯腸(고장): 메마른 창자. 노동盧仝의 시 <붓을 놀려 간의대부 맹씨가 새 차를 부쳐 준 것에 감사한다(走筆謝孟諫議寄新茶)>에 "세 사발을 마시니 메마른 창자를 뒤지는데, 오로지 오천 권의 문자밖에 없지요(三椀搜枯腸, 惟有文字五千卷)"라는 구질이 있다.

(11) 長短更(장단경): 북이나 딱따기 따위를 울려서 밤 시간 즉 경更이 바뀌는 것을 알려 주는 것을 '경치기(打更)'라고 했는데 '장단경(長短更)'은 '장경단경(長更短更)'의 축약형으로 각각 치는 횟수가 많은 경우와 적은 경우를 가리킨다.

담이에서

儋耳[1]

벼락의 위세 사라지고 저녁 비도 개었을 제
높은 산을 뒤로하고 혼자 난간에 기대서니
무지개는 구름 끝에서 땅으로 떨어졌고
상쾌한 바람은 바다에서 불어온다.
시골 늙은이들은 벌써 풍년을 노래하고
사령장은 귀양객을 풀어 줘 돌아가게 하려 한다.
남은 인생 밥이나 배부르게 먹으면서
동파에서 초연하게 늙어 가리니
골짜기 하나만 독차지할 수 있다면
그 밖의 세상만사 심드렁할 뿐이다.

霹靂收威暮雨開,　　　　벽력수위모우개

獨憑闌檻倚崔嵬.(2)　　　독빙란함의최외

垂天雌霓雲端下,(3)　　　수천자예운단하

快意雄風海上來.(4)　　　쾌의웅풍해상래

野老已歌豐歲語,(5)　　　야로이가풍세어

除書欲放逐臣回.(6)(7)　　제서욕방축신회

殘年飽飯東坡老,(8)　　　잔년포반동파로

一壑能專萬事灰.(9)　　　일학능전만사회

346

[해제]

원부 3년(1100) 1월에 철종哲宗이 세상을 떠나고 휘종徽宗이 즉위하면서 유배되었던 관리들이 차례대로 사면되어 조정으로 돌아가고 있었다. 소식은 그해 5월에 유배지를 담주보다는 도성에 조금 가까운 염주로 옮기라는 명을 받았다. 이 시는 담주에서 염주로 떠나기 직전인 원부 3년 5월, 비 온 뒤에 날이 개는 자연현상에 빗대어 당시의 담담한 기쁨을 노래하면서 앞으로의 인생에 대한 포부를 밝힌 것이다.

[주석]

(1) 儋耳(담이): 소식이 유배 생활을 한 담주儋州(지금의 해남성 담주시 중화진中和鎭)의 다른 이름.

(2) 崔嵬(최외): 높은 산.

(3) 垂天雌霓(수천자예): 하늘에 드리워진 암무지개. '자예雌霓'는 쌍무지개 중의 바깥쪽에 있는 색채가 흐릿한 이차무지개로 '자예雌蜺'로 쓰기도 한다. 이와 반대로 쌍무지개 중의 안쪽에 있는 색채가 선명한 일차무지개를 '웅홍雄虹'이라고 한다.

(4) 雄風(웅풍): 된바람. 세찬 바람을 가리킨다. 송옥宋玉은 〈풍부風賦〉에서 바람을 대왕의 바람인 웅풍과 서민의 바람인 자풍雌風으로 구분하여 "그러므로 저 시원한 된바람은……깨끗하고 맑게 불어와 병도 고치고 술도 깨게 합니다. 눈과 귀를 밝게 하고 몸과 마음을 편안하게 합니다. 이것이 이른바 대왕님

347

의 웅풍입니다.……저 서민의 바람은……입술에 닿으면 입술이 부르트고 눈에 닿으면 눈이 흐릿해집니다. 이에 닿으면 이가 떨리고 기침이 나며 죽지도 못하고 살지도 못합니다. 이것이 이른바 서민의 자풍입니다(故其淸涼雄風,……淸淸泠泠, 愈病析酲. 發明耳目, 寧體便人. 此所謂大王之雄風也.……夫庶人之風,……中脣爲胗, 得目爲蔑. 啗齰嗽獲, 死生不卒. 此所謂庶人之雌風也)"라고 했다.

(5) 野老(야로): 시골 늙은이. 담주의 노인들을 가리킨다.

(6) 除書(제서): 관직을 내리는 문서. 소식에게 담주에서 염주廉州(지금의 광서장족자치구 합포合浦)로 옮기라고 명한 조서詔書를 가리킨다. 그는 원부 3년 (1100) 5월에 담주에서 염주로 유배지를 옮기라는 어명을 받은 상태였다.

(7) 逐臣(축신): 쫓겨난 신하. 소식 자신을 가리킨다.

(8) 東坡(동파): 소식이 원풍 4년(1081) 2월에 황주성黃州城 동쪽에 있는 황무지를 개간하여 만든 농장. 자신이 손수 일군 농토를 가리킨다.

(9) 灰(회): 다 식어 버린 재처럼 마음이 차분해져서 열렬한 관심이 없다는 말이다.

징매역의 통조각에서 (제2수)

澄邁驛[1] 通潮閣[2] 二首(其二)

남은 인생 해남에서 보내려고 했는데
하느님이 무양에게 나의 혼을 부르게 했네.
저 멀리 까마득히 하늘이 내려앉고
송골매가 가물가물 사라지는 곳
청산이 한 가닥의 머리카락을 이룬
그곳이 다름 아닌 중원이라네.

餘生欲老海南村,[3]　　　　여생욕로해남촌

帝遣巫陽招我魂.[4][5]　　　제견무양초아혼

杳杳天低鶻沒處,[6]　　　　묘묘천저골몰처

靑山一髮是中原.[7][8]　　　청산일발시중원

[해제]

원부 3년(1100) 5월 소식은 3년에 걸친 담주에서의 유배 생활을 마치고 염주廉州(지금의 광서장족자치구 합포合浦)로 옮기게 되었다. 이 시는 염주로 옮겨 가는 도중이던 그해 6월 해남도 북쪽의 징매역에 들렀을 때 그곳에 있는 통조각에 올라 바다 건너편에 있는 육지를 바라보며 중원으로 돌아가는 환희를 노래한 것이다.

[주석]

(1) 澄邁驛(징매역): 해남도 북단의 징매현澄邁縣에 있던 역참驛站.

(2) 通潮閣(통조각): 징매역에 있던 누각.

(3) 海南村(해남촌): 바다 남쪽에 있는 마을. 해남도에 있는 담주儋州(지금의 해남성 담주시 중화진中和鎭)를 가리킨다.

(4) 帝(제): 천제天帝. 상제上帝. 하느님. 여기서는 천자를 가리킨다.

(5) 巫陽(무양): 여자 무당의 이름. 하느님이 그녀에게 명하여 굴원屈原의 혼을 부르게 했다. 초사楚辭〈초혼招魂〉에 "하느님이 무양에게 '한 사람이 하계下界에 있는데 나는 그를 돕고자 한다. 혼백이 흩어졌으니 너는 시초점蓍草占을 쳐서 그에게 혼을 돌려주어라'라고 하셨다(帝告巫陽曰: '有人在下, 我欲輔之. 魂魄離散, 汝筮予之.')"라는 말이 있다. 이 구절은 조

정에서 자신을 가까운 곳으로 불러들였다는 말이다.

(6) 杳杳(묘묘): 아득히 먼 모양.

(7) 靑山一髮(청산일발): 청산이 아주 가느다랗게 늘
어서 있는 모습을 가리킨다.

(8) 中原(중원): 중국 대륙을 가리킨다.

6월 20일 밤에 바다를 건너며
六月二十夜渡海

삼성이 눕고 북두성이 돌아 삼경이 가까울 제
그칠 줄 모르던 비와 바람도 갤 줄을 아네.
구름이 걷히니 달이 밝은데 그동안 누가 가렸나?
하늘과 바다는 본디부터 저리 맑다네.
노나라 노인의 뗏목 타려던 마음도 괜히 생각나고
헌원이 울리던 음악 소리도 대략 이해하겠네.
남방 황무지에서 구사일생했어도 한탄하지 않나니
이번 유람이 내 평생에 가장 멋진 것이라네.

參橫斗轉欲三更, [1]　　삼횡두전욕삼경

苦雨終風也解晴. [2] [3] [4]　　고우종풍야해청

雲散月明誰點綴, [5]　　운산월명수점철

天容海色本澄淸. [6]　　천용해색본징청

空餘魯叟乘桴意, [7] [8] [9]　　공여로수승부의

粗識軒轅奏樂聲. [10]　　조식헌원주악성

九死南荒吾不恨, [11] [12]　　구사남황오불한

兹游奇絶冠平生. [13] [14]　　자유기절관평생

[해제]

원부 3년(1100) 6월 20일 밤에 해남도에서 배를 타고 경주해
협瓊州海峽을 건너가면서 지은 것이다. 죄가 감면되어 육지로
돌아가는 길인 만큼 날아갈 듯 밝고 명랑한 정조를 띠고 있다.

[주석]

(1) 參(삼): 삼성參星. 이십팔수二十八宿 가운데 스물
  한 번째 별자리의 별들. 오리온자리에 있으며 중앙에
  나란히 있는 세 개의 큰 별을 '삼형제별'이라 한다.
(2) 苦雨(고우): 오랫동안 계속 내리는 비. 궂은비.
(3) 終風(종풍): 하루 종일 부는 바람.
(4) 解(해): ~할 줄 알다.
(5) 點綴(점철): 일반적으로 뒤에서 받쳐 주어 다른
  물건을 더욱 두드러지게 하는 것을 가리키는데, 여
  기서는 하늘에 구름이 끼어서 밝은 달을 가린 것을
  가리키고, 나아가 소인배들이 자신의 고결한 마음을
  가린 것을 가리킨다. 《세설신어世說新語·언어言語》
  에 "사마 태부가 밤에 서재에 앉아 있자니 마침 하늘
  에 뜬 달이 밝고 맑은데 가리는 물건이 전혀 없는지
  라 태부가 아름답다고 감탄했다. 사경중이 그 자리
  에 있다가 대꾸하기를 '오히려 엷은 구름이 끼어 뒤
  에서 받쳐 주는 것만 못합니다'라고 했다. 그러자 태
  부가 그를 놀려 말하기를 '그대는 마음이 맑지 않아
  서 또 애써 하늘나라까지 더럽히려고 하는가?'라고

했다(司馬太傅齋中夜坐, 于時天月明淨, 都無纖翳, 太傅歎以爲佳. 謝景重在坐, 答曰: '意謂乃不如微雲點綴.' 太傅因戲謝曰: '卿居心不淨, 乃復强欲滓穢太淸邪?')"라는 일화가 소개되어 있다. 또 소식의 ≪동파지림東坡志林≫에 "푸른 하늘에 흰 달이 떠 있는 것은 참으로 인간 세상에서 볼 수 있는 한 가지의 유쾌한 현상인데 어떤 사람이 '엷은 구름이 끼어 뒤에서 받쳐주는 것만 못합니다'라고 한 것을 보니 마음이 맑지 않은 사람은 항상 하늘나라를 더럽히려고 하는 줄을 알겠다(靑天素月, 固是人間一快, 而或者乃云: '不如微雲點綴.' 乃知居心不淨者, 常欲滓穢太淸)"라고 했다. 이 구절은 왕문고王文誥의 ≪소식시집蘇軾詩集≫에 "장돈에게 물은 것이다(問章惇也)"라고 한 바와 같이, 친구이자 정적으로서 자신을 해남도까지 유배 보낸 장돈에 대한 원망을 내비친 것이다.

(6) 天容海色(천용해색): 하늘과 바다의 용모와 안색. 이 구절은 왕문고의 ≪소식시집≫에 "공이 자신에 대하여 말한 것이다(公自謂也)"라고 한 바와 같이, 소식 자신의 마음가짐이 본래 하늘과 바다처럼 깨끗했음을 강조한 것이다.

(7) 餘(여): 남다. 자신의 뇌리에 남아 생각이 떠오른다는 뜻인 것 같다.

(8) 魯叟(노수): 노나라 늙은이. 공자孔子를 가리킨다.

(9) 乘桴意(승부의): 뗏목을 타고 바다로 들어가려는 마음. 세속을 떠나 은거하려는 마음을 가리킨다. ≪논

어論語·공야장公冶長≫에 "공자께서 '도가 행해지지 않아서 뗏목을 타고 바다로 들어간다면 나를 따라갈 사람은 아마 유이리라!' 하고 말씀하시자 자로가 이 말을 듣고 기뻐했다(子曰: '道不行, 乘桴浮於海, 從我者其由與!' 子路聞之喜)"라는 말이 있다. 이 구절은 배를 타고 바다를 건너가는 자신을 뗏목을 타고 바다로 들어가는 공자에 빗대 본 해학적인 표현이다.

(10) 軒轅(헌원): 전설상의 제왕인 황제黄帝의 이름. 그는 성이 공손씨公孫氏였으며 헌원軒轅이라는 언덕에서 살았기 때문에 헌원이라고 불렀다는 설이 있다. ≪장자莊子·천운天運≫에 "북문성이 황제에게 '폐하께서 〈함지〉의 음악을 동정의 들판에서 연주하셨는데 저는 처음 들었을 때는 두려운 생각이 들었고 다시 들었을 때는 권태로워졌으며 마지막으로 들었을 때는 미혹되어 버렸습니다'라고 했다(北門成問於黄帝曰: '帝張〈咸池〉之樂於洞庭之野, 吾始聞之懼, 復聞之怠, 卒聞之而惑)"라고 했고, ≪장자·지락至樂≫에 "〈함지〉와 〈구소〉의 음악을 동정의 들판에서 연주한다면 새는 그 소리를 듣고 날아가 버릴 것이고, 짐승은 그 소리를 듣고 달아나 버릴 것이고, 물고기는 그 소리를 듣고 물 밑으로 내려가 버릴 것이지만, 사람은 그 소리를 듣고 서로 모여 둘러싸고 구경할 것이다(〈咸池〉·〈九韶〉之樂, 張之洞庭之野, 鳥聞之而飛, 獸聞之而走, 魚聞之而下入, 人卒聞之, 相與還而觀之)"라고 했다. 이 구절은 사방에서 들려오는 바닷물이 파

도치는 소리를 듣고 그 옛날에 황제가 연주했다는 〈함지〉라는 음악을 연상하며 몇 천 년 전으로 시간 여행을 하면서 초연한 심경에 빠져 보았다는 말이다.

(11) 九死(구사) : 죽을 고비를 여러 차례 넘기고 겨우 살아나다. 구사일생하다.

(12) 南荒(남황) : 담주儋州(지금의 해남성 담주시 중화진中和鎭)를 가리킨다.

(13) 玆游(자유) : 이번 유람. 열대지방인 담주에서의 유배 생활을 가리킨다.

(14) 奇絶(기절) : 극도로 기묘하다. 이 연은 담주에서의 유배 생활이 유익한 경험이요 아름다운 추억이라고 생각한 것이다.

대유령 위의 노인에게

贈嶺上老人

학의 골격 하얀 수염 이미 재가 된 마음
손수 심은 푸른 솔이 한 아름이 되었군요.
영감님은 대유령의 꼭대기에 살면서
남쪽으로 갔다 몇 명이나 돌아오는 걸 보셨나요?

鶴骨霜髥心已灰, [1] [2] [3]   학골상염심이회

青松合抱手親栽. [4]   청송합포수친재

問翁大庾嶺頭住, [5]   문옹대유령두주

曾見南遷幾箇回. [6] [7]   증견남천기개회

사면령을 받아 북쪽으로 돌아가던 건중정국 원년(1101) 1월 4일에 대유령 꼭대기 부근의 한 주막에서 쉬고 있는데 주막집 주인 영감이 나와서 소식의 종자從者에게 "나리는 어떤 분이시오?" 하고 물었다. 종자가 "소 상서尙書이십니다"라고 하자 다시 "소자첨蘇子瞻 나리란 말이오?" 하고 물었다. 종자가 "그렇습니다"라고 하자 주인 영감이 공손하게 다가와서 소식에게 읍하며 말했다. "어떤 사람이 나리를 해치지 못해서 안달이 났다고 들었는데 오늘 이렇게 돌아오시는 걸 보니 선량한 사람은 하늘이 돕는가 봅니다." 소식은 자신에게 덕담을 해 준 그 주인 영감에게 감사의 마음을 표시하고 그 집 벽에 이 시를 써 주었다. 대유령 정상에서 남쪽으로 조금 내려간 곳에 당시에 소식이 심었다는 동파수東坡樹라는 나무가 있는데 그 아래에 이 시를 새긴 작은 시비가 있다.

[주석]

(1) 鶴骨(학골): 수척해져서 뼈가 앙상한 자태를 가리킨다.

(2) 霜髥(상염): 서리를 맞은 것처럼 하얀 수염.

(3) 心已灰(심이회): 마음이 이미 재가 되다. 마음이 이미 식어 버린 재처럼 담담하여 동요가 없다는 말이다.

(4) 合抱(합포): 한 아름.

(5) 大庾嶺(대유령): 강서성과 광동성 사이에 있는 고개. 이 고개의 남쪽에 있는 광동성과 광서장족자치

구를 영남 지방이라고 하는바 덥고 습기가 많아 북쪽 사람은 살기 힘들다.

(6) 曾見(증견): 본 적이 있다.

(7) 南遷(남천): 남쪽으로 옮긴다는 뜻으로, 대유령 이남 지역으로 유배 가는 것을 가리킨다.

대유령을 넘어서(제2수)
過嶺二首(其二)

칠 년 동안 왔다 갔다 내가 어찌 견뎌 냈나?
맛있는 조계 물 한 잔을 다시 맛봤거니와
꿈속에 해남으로 유배 간 것 같더니
취중에 어느 사이 강남 땅에 이르렀다.
물결이 일게 발을 씻자 빈 계곡이 울리고
안개에 덮인 나그네 옷에 이내가 떨어진다.
누가 꿩을 깜짝 놀라 날아가게 하는가?
바위 반쯤 꽃비 내려 어수선하다.

七年來往我何堪,⁽¹⁾　　　칠년래왕아하감

又試曹溪一勺甘.⁽²⁾　　　우시조계일작감

夢裏似曾遷海外,⁽³⁾　　　몽리사증천해외

醉中不覺到江南.⁽⁴⁾　　　취중불각도강남

波生濯足鳴空澗,　　　파생탁족명공간

霧繞征衣滴翠嵐.⁽⁵⁾⁽⁶⁾　　　무요정의적취람

誰遣山雞忽驚起,⁽⁷⁾　　　수견산계홀경기

半巖花雨落毿毿.⁽⁸⁾⁽⁹⁾　　　반암화우락삼삼

건중정국 원년(1101) 1월 5일에 대유령 북쪽에 있는 어느 계
곡에서 지은 것이다. 한 구절 한 구절에 7년 만에 다시 대유령
을 넘어 북쪽으로 돌아가는 환희가 스며 있는 매우 발랄한 시
이다. 전고典故를 거의 쓰지 않은 것도 색다른 점이다.

[주석]

(1) 七年(칠년): 혜주惠州(지금의 광동성 혜주)로 유
배 가는 길에 북쪽에서 남쪽으로 대유령을 넘어간
소성 원년(1094) 9월부터, 완전히 사면되어 남쪽
에서 북쪽으로 대유령을 넘어가는 건중정국 원년
(1101) 1월까지, 즉 혜주·담주儋州(지금의 해남성 담
주시 중화진中和鎭)·염주廉州(지금의 광서장족자치구
합포合浦) 등지에서 유배 생활을 한 기간을 가리킨다.

(2) 曹溪(조계): 광동성 소관시韶關市 곡강구曲江區에
있는 개울. 그 옆에 중국 선종禪宗 중 남종의 발원
지인 남화사南華寺가 있다.

(3) 海外(해외): 경주해협瓊州海峽 건너편에 있는 담
주를 가리킨다.

(4) 江南(강남): 당시의 행정구역은 대유령 정상을 경
계로 남쪽은 광남동로廣南東路이고 북쪽은 강남서로
江南西路였는바, 대유령 정상에서 북쪽으로 조금 넘
어간 강남서로 지역을 가리킨다.

(5) 征衣(정의): 먼 길 떠난 나그네의 옷. 자신의 옷

을 가리킨다.

(6) 翠嵐(취람): 먼 산에 끼어 푸르스름하게 보이는 흐릿한 기운. 남기嵐氣. 이내.

(7) 遣(견): ~로 하여금 ~하게 하다.

(8) 半巖(반암): 바위의 절반. 유우석劉禹錫의 시 〈수안의 감당관에 쓴 시(題壽安甘棠館)〉에 "산새가 갑자기 깜짝 놀라 날아가니, 그 바람에 바위 반쯤 꽃잎이 떨어진다(山禽忽驚起, 衝落半巖花)"라는 구절이 있다.

(9) 毿毿(삼삼): 마구 흩어져서 어지러운 모양.

금산사에 걸려 있는 내 초상화에 쓴 시

自題[(1)] 金山[(2)] 畫像[(3)]

마음은 이미 재가 된 나무같이 식었고
육신은 매이지 않은 배처럼 자유롭네.
너의 평생 공적이 무엇이더냐?
황주 혜주 그리고 담주뿐이네.

心似已灰之木,　　　심사이회지목

身如不繫之舟.　　　신여불계지주

問汝平生功業,[(4)]　　문여평생공업

黃州惠州儋州.[(5)(6)(7)]　황주혜주담주

[해제]

소식은 건중정국 원년(1101) 5월에 진강에 있는 금산사에서 이공린이 그려 놓은 자신의 초상화를 보고 자신의 일생을 한 번 돌이켜보았다. 아무리 생각해 보아도 특별히 기억에 남는 일은 없고 오직 황주·혜주·담주에서 유배 생활을 하던 일만 떠올랐다. 그렇다고 지금 와서 그것이 억울하다든가 누가 원망스럽다든가 하는 마음도 없었다. 그의 마음은 이미 싸늘하게 식어 버린 재처럼 차분해져 있었던 것이다. 이 시는 이때 자신의 초상화를 보고 거기에 스스로 써 넣은 제화시이다.

[주석]

(1) 自題(자제): 자신의 초상화에 스스로 제화시題畫詩를 쓰는 것을 가리킨다.

(2) 金山(금산): 강소성 진강鎭江에 있는 산. 여기서는 그 산에 있는 절인 금산사를 가리킨다.

(3) 畫像(화상): 북송 화가 이공린李公鱗이 그려서 금산사에 걸어 놓은 소식의 초상화를 가리킨다.

(4) 汝(여): 초상화 속에 있는 소식 자신을 가리킨다.

(5) 黃州(황주): 소식의 첫 번째 유배지인 지금의 호북성 황강시黃岡市 황주구.

(6) 惠州(혜주): 소식의 두 번째 유배지인 지금의 광동성 혜주.

(7) 儋州(담주): 소식의 세 번째 유배지인 지금의 해남성 담주시 중화진中和鎭.

편저자 소개

편저자 류종목柳種睦은 서울대학교 중어중문학과를 졸업하고 동 대학원에서 문학박사 학위를 취득했다. 대구대학교 중어중문학과 교수와 서울대학교 중어중문학과 교수를 역임했으며 현재 서울대학교 중어중문학과 명예교수이다. 주요 저서 및 역서로 ≪소식사연구蘇軾詞研究≫, ≪당송사사唐宋詞史≫, ≪여산진면목廬山眞面目≫, ≪논어의 문법적 이해≫, ≪송시선宋詩選≫, ≪한국의 학술연구-인문사회과학편 제2집≫, ≪범성대시선范成大詩選≫, ≪팔방미인 소동파≫, ≪육유시선陸游詩選≫, ≪소동파시선≫, ≪소동파사선蘇東坡詞選≫, ≪소동파사蘇東坡詞≫, ≪당시삼백수唐詩三百首≫ 1·2, ≪중국고전문학정선-시가≫ 1·2, ≪정본 완역 소동파시집≫ 1·2·3, ≪중국고전문학정선-시경 초사≫, ≪소동파 산문선≫, ≪중국고전문학정선-사곡詞曲≫, ≪소동파 문학의 현장 속으로≫ 1·2, ≪송사삼백수 천줄읽기≫, ≪유종원시선柳宗元詩選≫, ≪소식의 인생 역정과 사풍詞風≫, ≪한시 이야기≫ 등이 있다.

명문동양신서明文東洋新書 - 03

소동파 후기後期 명시名詩

초판 인쇄 ― 2018년 11월 5일
초판 발행 ― 2018년 11월 10일

편저자 ― 류 종 목

발행인 ― 金 東 求

발행처 ― 명 문 당(창립 1923년 10월 1일)
　　　　　서울시 종로구 윤보선길 61(안국동)
　　　　　우체국 010579-01-000682
　　　　　전 화 (02) 733-3039, 734-4798
　　　　　FAX (02) 734-9209
　　　　　Homepage / www.myungmundang.net
　　　　　E-mail / mmdbook1@hanmail.net
　　　　　등록 1977. 11. 19. 제1-148호

* 낙장 및 파본은 교환해 드립니다 * 복제 불허
* 정가 12,000원
ISBN 979-11-88020-72-0 03820

* 저자와의 협약에 의해 인지는 생략합니다